贵金属交易者最佳指南

魏强斌　陈杰　编著

U0132847

GOLD
TRADING STEP BY STEP

黄金
交易进阶
——领悟黄金为核心的盈利秘诀

★揭露贵金属笑傲两千年文明的秘密★迎接人类历史最大财富分配的机遇
★解密黄金保证金和期货交易的诀窍★纵览白银、铂金、钯金的投资之道

经济管理出版社
ECONOMY & MANAGEMENT PUBLISHING HOUSE

图书在版编目(CIP)数据

黄金交易进阶/魏强斌,陈杰编著．—北京:经济管理出版社,2012.1

ISBN 978－7－5096－1745－8

Ⅰ.①黄…　Ⅱ.①魏…②陈…　Ⅲ.①黄金市场－投资－基本知识　Ⅳ.①F830.94

中国版本图书馆 CIP 数据核字(2011)第 269890 号

出版发行:**经济管理出版社**

北京市海淀区北蜂窝 8 号中雅大厦 11 层

电话:(010)51915602　　　邮编:100038

印刷:北京晨旭印刷厂　　　　经销:新华书店

组稿编辑:郭丽娟　　　　　　责任编辑:郭丽娟

责任印制:黄　铄　　　　　　责任校对:超　凡

720mm×1000mm/16　　　18 印张　　　293 千字

2012 年 3 月第 1 版　　　　2012 年 3 月第 1 次印刷

定价:45.00 元

书号:ISBN 978－7－5096－1745－8

· 版权所有　翻印必究 ·

凡购本社图书,如有印装错误,由本社读者服务部

负责调换。联系地址:北京阜外月坛北小街 2 号

电话:(010)68022974　　　邮编:100836

GOD！

　　西方现代文明社会的主要宗教是基督教，而基督教崇拜上帝（GOD）。在世界金融与经济领域中，也存在一种类上帝的金融与经济崇拜，那就是世界金融与经济对 GOLD（黄金）、OIL（石油，又被称为黑金）、DOLLER（美元，又被称为美金）的追崇。黄金、黑金与美金这三个英文单词的第一个字母缩写，恰好就是基督教崇拜的上帝（GOD）这个英文词汇。

——中国黄金投资教父　张卫星

兴衰！

　　贯穿整个历史，黄金流进那些正在强大的国家，而从那些正在衰落的国家中流出。

——世界金币投资大师　唐纳德·霍普

投机！

　　当你不具备投资条件时，大胆投机；当你具备投资条件时，绝不投机。

——中国黄金投资第一人　周里昂

战略！

　　黄金有它特定的国家战略和安全意义，能够做到国家战略的安全预警。

——中国黄金协会秘书长　刘涛

前　言

特尔克：黄金，每盎司 8000 美元！

一

全球投资者，甚至各国政府越来越想把美元换成这种货币仍能购买的各种商品，商品市场的火暴在很大程度上就是全球交易者弃美元而去的结果。最近十年，全球都在寻找美元的替代品，美元作为全球储备货币的地位岌岌可危，根据人类几千年来的货币历史来看，黄金就是美元的最佳替代品。正如贵金属理财专家马克·马龙尼所言："……黄金与白银从来没有被所谓的法定通货击败过……两千多年以来，每当某个政府或者国家开始稀释自己的货币，而民众感到经济出现了问题的时候，历史往往会一再重演……这么一来，黄金和白银就会重新清算新增法币的总额。"我们这样说的最主要的原因是黄金是一种真实的资产，而不是人为赋予的"价值"。黄金的稀有性使其十分珍贵，而黄金的物理和化学方面的稳定性使它便于保存，所以黄金不仅成为人类的重要物质财富之一，也成为我们储藏财富的根本手段，并一直受到社会经济和政治发展的青睐。

声誉卓著的黄金史学家格林就曾指出："古埃及和古罗马的文明可以说是由黄金铸造起来的。"掠夺和占有更多的黄金是古埃及和古罗马统治者黩武的最终动力。

根据史料的相关描述，公元前 2000 年至公元前 1849 年，古埃及统治者先后对努比亚（这是一个尼罗河上游的小国，它有丰富的黄金资源）进行了四次掠夺性战争，目的是占领努比亚全部金矿，最终如愿以偿。公元前 1525 年至公元前 1465 年，埃及第十八王朝法王先后发动了两次战争，从巴勒斯坦和叙利亚掠夺了大量黄金。这些战争的直接后果就是大量黄金流入埃及，使埃及财力大增，使他们有能力兴建大型水利工程，发展农业，兴建豪华宫殿和陵园，为人类留下了巨大的阿蒙神庙遗迹和金字塔，要知道仅图坦哈蒙陵墓中的金棺就重达 110 公斤。

我们把历史的镜头拉近，公元前 47 年古埃及被罗马帝国占领，罗马大帝恺撒凯旋罗马时，展示了从埃及掠夺的 2822 个金冠，每个金冠重 8 公斤，共计 22.58 吨，同时还展示了白银 1815 吨。当时，罗马的军队抬着游行的金银重达 65000 塔兰特，约 1950 吨。金银的积累使罗马帝国的国力大增，使他们有能力建起一批宏伟的建筑。虽然这些建筑现在绝大多数已是残垣断壁，但古罗马文明至今仍在文学、史学、法学、哲学诸方面给人类以深刻的影响。

我们再将历史的镜头拉近，一些黄金也是近代工业文明的物质基础。16 世纪西欧航海家开辟了新航线，同时来到了美洲，对欧洲经济生活产生了巨大的影响，其中美洲、非洲的黄金及白银流入欧洲，使欧洲资本主义的原始积累增加。贡德的《白银资本》极其深刻地分析了这段时期欧洲货币和财富的变化。16 世纪，葡萄牙从位于西欧南部的非洲掠夺黄金达 276 吨，与此对应的是西班牙从美洲掠夺的金银更多。根据可靠的史料统计数据，16 世纪末西班牙控制了世界黄金开采量的 83％。当时金银大量流入西欧，造成了欧洲物价的上涨，出现了第一次所谓的"价格革命"，这些金银对欧洲封建主义的解体和资本主义生产关系的建立起到了巨大的促进作用。17 世纪的葡萄牙为了能够抗衡西班牙而与英国结盟，为此向英国的工业品开放了市场。此时在葡萄牙控制下的巴西黄金开发高潮兴起，巴西黄金完全有可能转化为资本而使葡萄牙完成工业革命，但由于统治者的骄奢淫逸和封建专制，葡萄牙成了不积水的漏斗，其在美洲收获的大部分黄金流向了其盟友英国。据统计，仅流入英国国库的黄金就有 600 吨，再加上其他国家的流入，使英国迅速地积累了完成工业革命和资本主义建设所需要的巨额货币资本。英国率先于 1717 年施行了金本位制，为大不列颠统治下的金融体制提供了可靠的经济担保。这次金本位的建立，正如供给学派所言，给英国提供了稳健的通货环境，促进了英国长达两百多年的稳定增长。此后，发生了所谓的"第二次价格革命"，不过这次价格革命不仅没有影响英国的金融业，反倒为英国各类商品出口到国际市场创造了有利条件。当时，英国商品出口量占了全世界总量的 25％之多，这使得"工业革命"在英国发生了。

20世纪布雷顿森林体系瓦解后，黄金所扮演的角色虽已暂时有所改变，但是主要发达国家，特别是美国和西欧大国仍然储备了约3.1万吨的黄金财富，明显是以备不测之需。21世纪初，随着新兴大国的崛起以及美元的滥发，亚洲国家开始增加其黄金储备。此外，全世界还有2万多吨黄金是私人所拥有的。所以，有黄金分析专家认为，人类数千年生产的约14万吨黄金中目前有40％左右作为金融资产，存在于金融领域，60％左右作为一般性商品，主要的功能是满足各种消费需要。

毕竟，黄金是一种货币，而且是一种不依赖于人为规定而存在价值的货币。在我们看来，黄金和白银之所以具有投资价值，主要是因为贵金属特别是黄金最近几年来回归货币属性的趋势将延续并加速，而这就使得黄金的价格在未来将有一个飙升的过程，这个过程会持续到10年以上。不过，在这期间，如果美国将实际利率稳定在正值水平，那么黄金会出现暂时的调整。

黄金和白银能够作为财富，主要是因为它们是一种商品，同时黄金和白银这类商品有充当一般等价物的优势，也就是说黄金和白银更适合作为财富衡量和储存的手段。中国在历史上实行了很长时间的白银本位制，而欧洲大多数国家都实行了较长时间的黄金本位制，最终黄金本位制在全球范围内确立起来。黄金的终极优势体现为"天然的货币"。黄金作为货币的历史十分悠久，出土的古罗马亚历山大金币距今已有2300多年，而波斯金币则已有2500多年。现存中国最早的金币是春秋战国时楚国铸造的"郢爰"，距今差不多也已有2300多年的历史。由此看来，黄金作为货币的历史至少有2300年了。不过这些金币只是在一定地理范围内、区域内流通使用的辅币。而黄金真正成为一种世界公认的国际性货币则是在19世纪出现的欧洲"金本位"时期。所谓的"金本位制"也就是黄金可以作为国内支付手段，用于流通结算，可以作为外贸结算的国际硬通货。虽然英国早在1717年便率先施行了金本位制，不过直到1816年才正式在制度上给予确定，从而金本位制得以正式建立。此后，世界上的资本主义大国，比如德国、瑞典、挪威、荷兰、美国、法国、俄国、日本等国先后宣布施行金本位制。

坦率而言，"金本位制"是黄金货币属性表现的高峰，正是黄金本位的实行使得这些国家获得了稳定的宏观经济环境。世界各国实行金本位制长者两百余年，短者数十年，而中国一直没有施行过金本位制。到了20世纪上半叶，因为世界大战的爆发，各国纷纷进行黄金管制，这使得金本位制难以维持。第二次世界大战结束前夕，在美国主导下召开了布雷顿森林会议，通过了相关决议，决定建立以美元为中心的国际货币体系，但美元与黄金挂钩，美国承诺担负起以35美元兑换一盎司黄金的国际义务，这是一种模仿金本位的货币体系。不过，这一体系却存在一个致命的缺点，那就是不能自我纠正美元和黄金关系的失调。20世纪60年代，各国相继发生了数次黄金抢购风潮，美国为了维护自身利益，决定放弃黄金固定官价，然后又宣布不再承担兑换黄金义务，至此布雷顿森林货币体系瓦解，于是开始了黄金非货币化改革。这一改革从20世纪70年代初开始，到1978年修改后的《国际货币基金协定》获得批准，布雷顿森林体系的瓦解，牙买加体系的建立，可以说制度层面上的黄金非货币化进程基本完成。

最后，我们来看看黄金作为一般商品对我们的经济和生活产生的影响。制作黄金饰品（包括首饰、佛像装饰、建筑装饰等）和黄金器具是黄金作为商品最基本的用途。如果说这一需求有什么变化的话，那就是金饰品日益从宫廷和庙宇走向了民间，将达官贵人们的特权变成了大众消费。现在每年世界黄金供应量的80%以上是由首饰业所吸纳的。

因为黄金价格昂贵和资源的相对稀少，限制了黄金在工业上的使用，工业用金占世界总需求量的比例不足10%。不过有专家认为，今后首饰用金将会趋向平稳，工业用金的增长将是带动黄金供需结构变化的重要力量，所以黄金的商品用途还会不断拓展。

当前，黄金商品用途主要是首饰业、电子工业、牙医、金章及其他工业用金。应该承认，目前黄金的商品用途仍是十分狭小的，这也是黄金长期作为货币金属而受到国家严格控制的结果。

二

享誉世界的黄金分析大师特尔克不但准确地预测到自2002年9月启动的黄金牛市，而且他在把握黄金市场的脉络及其背后的驱动因素方面一直都是料事如神。长期以来，特尔克一直是黄金和其他贵金属市场的权威，也是Goldmoney.com公司的创始人，这家公司为以黄金为货币进行跨境交易提供了在线平台。他还与人合写了《美元的即将崩溃》（*The Coming Collapse of the*

Dollar) 一书，2004 年由 Doubleday 公司出版。从该书内容和已经发表的文章可以看出，特尔克认为黄金价格的进一步攀升空间很大，因为美元身上的一些问题将促成黄金价格不断上升。因此，他以下定论的口吻说道："准确地说，不是黄金在涨价，而是美元在贬值。"事实也是这样，今天一盎司黄金能购买的原油数量与 50 年前差不多，但美元的情况就完全不同了。

下面，我们就来分享一下特尔克看涨黄金的理由。"恐惧指数"（fear index) 是特尔克使用的黄金市场风向标之一。"恐惧指数"的计算公式如下：

（美国黄金储备×黄金的美元价格）/美国货币 M3 数值＝恐惧指数

这个指数以货币供应量 M3 为基础，但现在美国货币当局已不再公布 M3 的数值了。美国政府不再公布 M3 数值的官方理由是为了节省时间，并能节省 100 万美元的数据编纂费用。不过，特尔克对此感到非常吃惊，毕竟 M3 是货币供应量中最重要的组成部分，这一数据能揭示出美元的流通总量。美国政府之所以这样做，其实是想隐瞒货币流通环节中的通货膨胀水平。美国货币当局宣布不再公布 M3 数值时，正是美国 M3 年增长率远远超过 8％且呈逐年递增趋势的时候，所以这是美国政府用来控制通货膨胀心理预期的手段之一。然而，这是个弄巧成拙的严重错误，因为这反而加重了全球对美元走势的担忧，必然会造成黄金价格的上涨。

特尔克认为一场"美元危机"已经降临在我们的头上，这几年来美元的购买力持续下降便是明证，只不过还没达到引发全球恐慌的水平。不过，他仍然认为迟早会发生这种情况。美元的压力将逐渐增加，人们对美元的前景更加担心了。而那些老练的投资者已经觉察到危机。最近几年，美国政府基本上禁止了海外美元购买美国本土的重要资产，全球投资者发现美国政府不允许海外的美元持有者将货币转换为美国的有形资产。

近几年来已经出现一种趋势，全球投资者包括各国政府都越来越想把美元换成能购买各种大宗商品和战略物质的货币，商品现货和期货市场的火暴很大程度上就是全球投资者抛弃美元、寻找新的财富保证的结果。由于美国不断扩大的双赤字和美联储货币政策的滥用，世界上的重量级投资者和有眼光的政府都在寻找美元的恰当替代品，所以美元作为全球储备货币的地位正遭受尼克松时代以来最严峻的考验。俄罗斯财政部长曾经在 G7 会议上提出了关于美元作为储备货币是否还能胜任这个问题，现在看来这是一个重要的货币历史转折点。而且，欧元也在竭力扩大自己的影响，毕竟欧元区一直坚持德国央行货币稳健的传统。最近几年，美国要支持日益加重的财政赤字和贸易赤字，同时挽救次贷危机和缓解后危机时代的社会经济问题就必须大量发行美元，但是此时全球市场对美元的需求量却在显著萎缩，亚洲各国特别是中国和日本持有美元只是权宜之计而已，绝非长久打算。

M3 指的是特定范畴内的美元供应量，同时特尔克也关心美元的相对需求量。人们对黄金和美元都有一定的需求量，而特尔克创制的"恐惧指数"衡量的是两者之间的相对需求变化。当"恐惧指数"上升时，表明对美元的需求量在下降。从各种消息渠道可以得知，各国央行都在分散外汇储备，减持美元，重量级的个人投资者和机构投资者也将尽量规避美元，持有黄金。通过"恐惧指数"和相应的具体"症状"，我们知道美元的相对需求量在下降，美国的货币体系可谓千疮百孔。

越南战争开始后美元的发行没有任何节制可言，与此相反的是金本位最大的贡献就是迫使各国货币当局在发行本国货币时有所节制，如果过多发行本国货币，那么黄金会从该国流入他国，消除和熨平经济繁荣和萧条之交替周期的恶劣影响。按照《美元危机》作者邓肯的严密分析逻辑，美国与中国以及其他国家的巨额贸易逆差在金本位制度下是不可能产生的。但是美国似乎从尼克松时代开始在基辛格的密谋下就妄图取代黄金，成为世界货币的供给者和控制者。现在，美国政府正把资本管制措施作为处理巨额贸易逆差和国际资本流动失衡的方法。其实，我们需要的是限制美元的流通总量，将美元的全球发行建立在比较有节制的基础上，模仿金本位的稳定和谨慎，而美国政府采取的行动却是资本管制。2008 年前后迪拜和加州联合石油的交易被拒就是典型的例子。打着保护主义旗号的政策趋向和资本管制之间有着千丝万缕的关系，都是为了推迟美元无节制发行带来的灾难发生。

由于美元的滥发和次贷危机标志的金融动荡时代的到来，特尔克在 2008 年认为未来几年金价还会比当时高很多，他宣称每盎司 8000 美元的价格可能是个不错的预期值。不过，某些研究报告说，每盎司 2000 美元是个合理的价格水平，草根经济学者刘军洛认为黄金的合理价格是 3000 美元/盎司，特尔克本人也不排除这是一个近期的价格目标。他认为推动全球金价上涨有两大因素：一是全球对实体黄金有很强的投资和投机需求，当金价超过每盎司 1000

美元的时候，人们因预期会发生货币危机而开始买进黄金；二是现在市场上有大量的黄金结转交易，这种对实体黄金的需求会令空头面临巨大问题。在这些因素的推动下，黄金价格很可能会在未来的两三年内攀升到每盎司 2000 美元的水平。

在目前大背景下，黄金借贷将受到抑制。如果各国的央行将大量储备黄金借出，供各个银行和其他机构做黄金结转交易，也就是说，投资者以非常低的利息借到黄金，并以现货价格卖出，然后将资金投资到更高收益率的美元或其他货币交易上，只要黄金价格不上涨，你就能赚到不错的息差。但是，在最近几年金价上涨的市场环境下，黄金借贷交易者将遭受损失，毕竟投资者最终要买回实体黄金还给央行，但黄金价格的上涨幅度可能会超过投资者的资金收益率。

在 2008 年 6 月到 8 月的时候黄金出现了较大幅度的回落，从 1000 美元/盎司跌到 850 美元/盎司附近，很多投资者因此离开黄金市场，寄希望于黄金价格进一步回落，这和历史上的黄金大牛市启动阶段经常出现的情况一样。历次黄金大牛市启动前，黄金的价格过于便宜，价值被严重低估。20 世纪 70 年代，金价超过 50 美元/盎司后就没再低于这个水平。1971 年 8 月尼克松总统关闭黄金交易窗口，此后两年金价从 40 美元/盎司跳升至 120 美元/盎司。如果将通货膨胀因素考虑在内，今天的 500 美元相当于 1971 年的 42 美元，因此将 120 美元乘以 11 倍后就能得到调整通货膨胀后的金额，也就是每盎司 1300 美元以上。

影响黄金价格最重要的利率因素是实际利率，也就是经过通货膨胀调整后的利率水平。对于美国经济而言，实际利率的通常计算方式是将联邦基金利率减去 CPI（消费价格指数）。当然，也可以通过 90 天国债利率来减去 CPI 指数。国金证券的一个相关研究报告进一步证明了黄金的美元价格走势与美国实际利率负相关，请看图 1。

即使在利率上升时，减去 CPI 后实际利率仍可能接近零或是负值。经济学家约翰·威廉姆斯（John Williams）有个很有意思的网站叫 Shadow-stats.com。他将近 30 年来的 CPI 还原，不考虑期间发生的所有调整因素，得出的结论是：如果今天 CPI 的计算方式和 20 世纪 70 年代的一样，则最近数年的平均通货膨胀率约为 8%。依不同的通货膨胀率计算方式，实际利率在零附

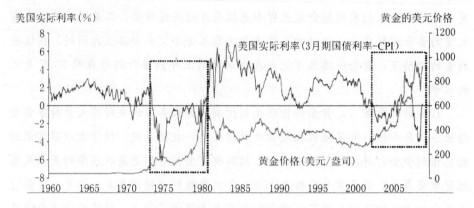

图1 实际利率与金价走势负相关

资料来源：彭博财经，国金证券。

近，甚至可能是负数。这说明目前的通货膨胀相当严重，只有当实际利率达到4%或5%时，持有黄金的优势才会失去。20世纪中叶是美国历史上滞胀最严重的时代之一，当时的美联储主席保罗·沃尔克（Paul Volcker）在短期内将实际利率调高到8%，才让市场相信美国政府下决心要拯救美元，应该将资金从有形资产（比如黄金）中撤出，转而投入金融资产。最近十几年，美国政府试图在不破坏美元价值的情况下缓解联邦财政赤字，这是无法做到的，美元将继续丧失其购买力。

美联储现任主席本·伯南克与其前任格林斯潘很不一样。格林斯潘显然很懂黄金，在他入主美联储之前他是一个黄金本位信奉者，但是在步入美联储之后变得更为温和。尽管如此，格林斯潘还是经常在Fed会议上谈论金本位的"自动性"，如果你回顾一下他的言论，就会经常看到"金本位"这个字眼，但是伯南克对黄金及其市场的理解可能不如格林斯潘。格林斯潘来自商界，而伯南克则从学术界进入美联储，这使两人的观点和经验水平都存在差异。伯南克就任美联储主席之前的著述和言论都让特尔克有这种印象。他上任后相当谨慎，上任才四个月左右，似乎比较关注20世纪30年代的通货紧缩问题，这是很值得警觉的事情。现在世界不需要更多的美元供应量，而需要更大的美元需求量，而提高需求量必须采取一系列措施，让人们在长时间内对美元及其购买力产生信心。比如像沃尔克那样，快速而不是有节制地提高利率。这样做对美国人而言必定会有损失，但是他们必须认识到自己早已无法过上过去几十年来那样的标准生活了。做出调整一定会产生痛苦，但如果我们不采取强有力的措施，结果导致美元的购买力遭到破坏，那么痛苦会更加剧烈。

特立独行的沃尔克提高利率后，美国经历了严重的经济衰退，但调整最终带来了经济增长期，使我们在经济活动中能继续创造新的价值。这段历史其实是由饱受非议的供给学派创造的，从计量经济学的角度可以很好地看到这一点。不过，即使在沃尔克主持货币政策期间，美国仍旧缺乏一位奉行谨慎财政政策的财长和首脑。如果在货币需求衰退的市场环境下发行过多美元，此时信贷主动扩大则可能导致魏玛时期德国出现的恶性通货膨胀。

问题在于，美元是全球的储备货币。如果大家都逃离美元，那会怎样？这就是特尔克那本《美元的即将崩溃》所要论述的观点。逃离美元的趋势会越来越明显，按照Shadowstats.com的非官方统计数据来看美元的购买力只有50年前的5%。

石油与美元的关系很有意思，因为有两股驱动力在相互作用。第一股驱动力是石油生产国好像越来越不愿意收美元，因为美元在不断贬值。第二股驱动力是麦特·西蒙（Matt Simmon）的论点，即原油资源面临枯竭。如果可精炼的原油将要枯竭，那价格上涨是理所当然的。因此，一方面美元日趋疲软，另一方面高质量的原油供应量也在不断下降。从历史数据来看，原油和黄金的价格关系密切。一般来说，2.2克黄金可以买一桶原油，而现在3.4克黄金才能买一桶原油。不是原油价格过高，就是黄金价格太低。不少宏观分析师都认为原油价格是合理的，是黄金价格过低。因此，如果原油价格不大幅度下跌，则金价会更高。图2是黄金从1992年到2008年初的走势图，可以看到黄金的走势在最近几年是多么陡峭。当我们在2011年再来查看黄金走势的时候，黄金似乎已经在1500美元/盎司之上站稳，在度过了年中的季节性调整后可能上攻1600美元/盎司的水平。

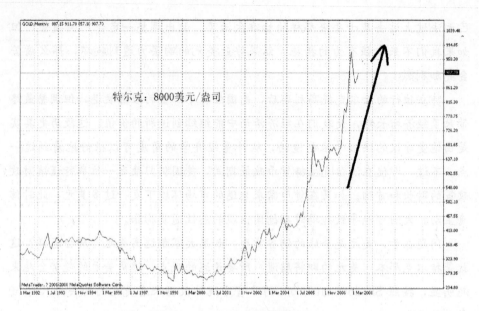

特尔克: 8000美元/盎司

图2 1992～2008 年初黄金走势

资料来源: www.520fx.com。

三

金价在最近 50 年里出现了以下几个阶段的暴涨。第一阶段是从 1968 年到 1980 年。该阶段国际金价从最低 35 美元/盎司上升至最高 873 美元/盎司。这个阶段延续了 12 年，按照均价统计上涨了 18 倍，按照最高价统计则上涨了 24 倍。国际金价在此期间由于美元的信用危机和恶性通货膨胀，再加上全球政局的动荡不安，具体而言是中东战争、苏联入侵阿富汗、两伊战争以及第一次石油危机等因素引发了全球的地缘恐慌，为了追求资金的避险和安全，国际和民间资金纷纷涌入黄金市场避险，金价也是在 1980 年 1 月 21 日达到了最高价 873 美元/盎司。这成了一个历史性的价格水平，此后也成了金价长达 20 多年的"天花板"。

50 年来金价运行的第二阶段是从 1980 年到 2000 年。在此阶段，国际金价从最高 873 美元/盎司下跌至最低 255 美元/盎司。这段时间持续了将近 20 年，国际黄金均价下跌了差不多 60％，统计出来的最大跌幅为 70％。这个阶段的 20 年中虽然美国实行宽松的货币政策，也就是低息政策，但是因为全球化的发展使得很多计划经济体开始融入其中，这极大地增加了其对美元的需求。同时，宽松的货币政策使得美国房地产经济异常繁荣，这种繁荣一直持续到 2007 年美国次贷危机爆发。低利率政策推动美国经济的高速发展，间接助长了美元的强势，受其影响黄金则暗淡下来，在此期间即使海湾战争爆发短期推动了国际金价的上涨，但是美国的扩张性货币政策使它的经济异常稳定和繁荣，所以美元在这个时期始终保持强劲的势头，而国际黄金的价格趋于缓慢下降。

第三阶段是从 2000 年到 2008 年。2000 年以后美国经济的稳定增长并没有产生相应的黄金价格负相关趋势，这是一个信号，也是美国经济不再稳定的信号。2000 年后随着美国新经济泡沫破裂和"9·11"事件后美国全球反恐战略的实施，国际黄金价格摆脱了自 1980 年以来持续了 20 年的熊市。金价从最低 255 美元/盎司上升，2008 年上半年一度摸高到 1033 美元/盎司，已经超越了 28 年前创下的 873 美元/盎司历史最高纪录。目前已经上涨 7 年半，上涨 3.3 倍。到了 2011 年上半年，黄金已经牢牢地站在了 1500 美元/盎司的水平之上。下面是黄金从 1900 年到 2006 年的美元和欧元价格（见图 3）。

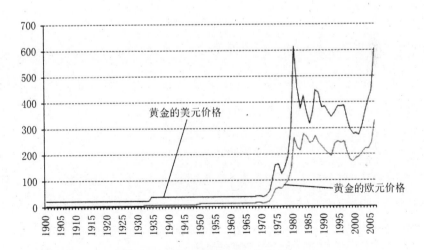

图 3　1990～2006 年黄金年均价格

资料来源：世界黄金协会。

魏强斌　陈　杰

2008 年 6 月 1 日初版　2011 年 7 月 11 日再版

目　录

初阶课程

黄金交易的基础知识

世界上所有的成功都源于洞悉了所谓的"常识"!

潘恩

第一阶
黄金交易的基本常识

黄金既是最为重要的贵金属，也是交易量最大的贵金属，所以，贵金属交易者主要以黄金交易者为主。作为一个黄金交易者，必须首先对黄金本身有所认识，如果不了解黄金交易的基本知识，也就无法做好黄金各类形式的交易和投资。黄金交易有很多品种，比如现货金条、金币、纸黄金、黄金保证金交易、黄金期货、黄金期权，所有这些交易品种都是基于同样的前提，这就是黄金的商品属性、投资属性和货币属性。

一名合格的黄金交易者，不仅需要了解黄金交易相关的知识，也需要了解黄金的根本属性以及黄金各大交易品种之间的关系。知己知彼，百战不殆；知天知地，胜乃不穷。作为一名合格的黄金交易者同样也需要严守这些客观规律。要了解黄金的根本属性，黄金交易和投资的主要优点，同时还要明晰国内黄金交易和投资相关的法律规定，以及黄金交易过程中所涉及的相关术语。

本阶将以四节的内容来详细深入地介绍黄金交易的基础知识。第一节将介绍"黄金的特点和应用"。不少人只是简单地将黄金看成是奢侈品，并没有搞清楚黄金的工业价值和货币属性。通过学习这一小节，不少对黄金认识不清的投资者可以建立起一个相对正确的黄金观。第二节将介绍"黄金的三大属性"，这是正确研判黄金走势的根本前提。不少常年交易黄金的资深人士之所以仍旧不能很好地把握黄金的走势，其根本原因就在于他们没有很好地把握黄金的这三大根本属性。一切黄金走势研判的秘诀都潜藏在这三大属性之中，区别成功和失败黄金投资者的关键就在于对这三大属性是否掌握透彻。第三节将介绍

"黄金交易和投资的优点"，这是鼓舞本书读者在黄金交易和投资上不断克服困难的动力所在。无论是股票投资还是其他种类的投资，都不能替代黄金投资，因为黄金投资有着内在的魅力和外在的投资价值。第四节将介绍"内地黄金投资的法律沿革"。目前中国大陆的黄金投资处于如火如荼的热闹境地，这也使得不少灰色的黄金交易和投资渠道日益泛滥，一名合格的黄金投资者必须了解内地黄金交易和投资的相关法律，这样才能保证自己的本金安全和投资合法。但是，现在许多黄金交易和投资类书籍却往往忽视了这些，忽略了对读者和交易者切身利益的关注。

第一节　黄金的特点和应用

黄金的自然特点决定了它在工业、装饰和货币领域的诸多运用。许多人之所以忽视黄金的投资价值和货币属性，就是因为他们对黄金的特点掌握不深。纸币在20世纪70年代之后才逐渐成为流通和支付手段的主导，这使得此后出生的人们淡忘了历史上的教训，进而看轻了黄金保值和避险的价值。

黄金的英文名称是GOLD，化学元素符号是Au，在不少的行情软件上可以看到这两个英文单词，这也是要求炒金者必须能够识别的两个最基本的英文单词，这样你才能便捷地从行情软件上找到你需要的黄金走势。

黄金在元素周期表上排名79，比重19.32，据说是最重的金属，熔点高达1064摄氏度，沸点高达2808摄氏度。纯黄金的颜色为金黄色，不过黄金中通常含有其他金属或者杂质，比如银、铂、铜等。除了黄金，还有铂金、钯金等，但是这些都不是本书介绍的重点，本书是以黄金作为重点来介绍的。

黄金的纯度可以通过试金石的"条痕比色"来鉴定：如果条痕呈现出青色，则黄金纯度在70％左右；如果是黄色，则含金量为80％左右；如果是紫色，则含金量为90％左右；如果是红色，则基本上是纯金。含金量的多少也就是说黄金的纯度，被称为"成色"，成色通常可以采用百分比或者千分比含量来表示，这是黄金纯度的第一种表示方法。上海黄金交易所的金条成色有四种规格：99.99（俗称四条九），99.95，99.9和99.5。无论使用百分比还是千分比来标识黄金的纯度，习惯上都会省略数字后面的百分号或者千分号。

除了使用百分比和千分比表示黄金纯度之外，经常采用的黄金纯度还有克拉，简称 K，或者"开"。克拉是中东波斯商人曾经用来度量豆子重量的单位，英文是"Carat"或者"Karat"，现在用来衡量宝石的重量和黄金的纯度，纯金定义为 24K。不少女士都非常熟悉 K 金这个称呼，比如 24K 金、22K 金、18K 金和 14K 金，24K 金是纯金，那么 18K 金就是 75％纯度的黄金，通过18K 除以 24K 就知道了（参见表 1－1）。

表 1－1　黄金纯度的三种表示方法

百分比（以 100 为单位）	成色（以 1000 为单位）	K 金（以 24 为单位）
100％	999 Fine	24 Karats
91.7％	917 Fine	22 Karats
75.0％	750 Fine	18 Karats
58.5％	583 Fine	14 Karats
41.6％	416 Fine	10 Karats

资料来源：中国黄金协会。

黄金具有非常高的物理延展性和化学稳定性，它不和氧、水等许多物质发生化学反应，而这对于物理和化学的诸多运用非常重要。在正常情况下，1 克纯金可以拉升到 3 千米左右长，而如果做成金箔的话则其面积可以达到 9 平方米。黄金的导热和导电性能卓越，在电子工业上运用广泛。但是，纯度较高的黄金很容易被磨损，长年佩戴的黄金首饰会减轻重量，因而现在的黄金首饰都添加了其他金属以便防止磨损和增强色泽，比如加入银和铜等。

黄金的基本特点我们已经介绍完，下面就来看看黄金的具体用途。黄金的采掘和使用已经有几千年的历史，目前市面上的黄金基本上都是这几千年开采出来后积累的。在最近几十年，世界地面存金增长得非常迅速，从 1950 年开始迅猛增长。黄金首饰和工业制品占了约 64％，而官方储备占了 18％左右。黄金首饰和工业制品主要是商品性需求，而官方储备则主要是货币方面的需求，后者是为了应对金融危机和国际收支需要。当然，一些不稳定地区对金饰品的需求其实也混合了商品需求和货币需求。

黄金的化学稳定性和物理色泽使得其成为首饰材料的首选。黄金作为首饰的原料已有几千年的历史了，未来黄金仍旧是首饰材料的首选，因为目前很难找到在化学和物理两方面都适合首饰需要的材料。由于印度是黄金消费的大国，所以印度的节日通常会影响金价的短期走势，由于西方和印度的节日集中于第一季度和第四季度，所以黄金在年末和年初容易走强，而阶段性底部往往出现于年中，特别是 6 月和 7 月，这对于把握买卖黄金的时机而言是非常有价值的知识。

除了作为首饰材料，黄金还是极其重要的工业原料，全球的工业用金消耗了 10％的黄金，而电子工业首当其冲，因为电子工业用金占了整个工业用金的 65％左右。现在，键合金丝成了电子工业必需的材料。而黄金本身低而稳定的电阻性能，使得它的合金成为用量最大的合金。除了电子工业，黄金还被广泛地运用于化学工业、建筑工业、服装工业和玻璃工业等。黄金在航空航天工业中的运用将越来越广泛，这是由于黄金具有耐高温、耐腐蚀的特性，比如航天航空中的镀金玻璃能够很好地防范宇宙射线等，对红外线和紫外线的反射能力超强。1960 年对镀金反射镜研究导致了激光的发明。

黄金的第三个用途是医疗，特别是牙科，这是因为黄金的化学性质比较稳定，对于牙齿和口腔的损害极小。除此之外，中药对黄金的使用也很多，比如同仁堂的牛黄安宫丸、牛黄清心丸、大活络丸等。另外，金盐制剂可以用于肺结核、风湿性关节炎和皮肤病的治疗。

黄金的第四个用途就是奖章、奖杯和纪念品的制作，这些需求对国际黄金价格的波动影响较小。

黄金的第五个用途就是餐饮，最为著名的是东亚和东南亚一带盛行的金箔宴。大家对金箔饮料可能还比较陌生，通常在食用酒中加入少量的金箔，可以达到解毒和养颜的功效，1983 年世界卫生组织将黄金列入食品添加剂行列。

黄金长期的走势与黄金的商品性需求关系不大，因为黄金的最大特征还是货币属性，有人称黄金是"货币之王"，这并没有言过其实，因为黄金不像纸币，它不需要任何担保，不需要政府的强制使用，它也不是债务凭证，所以黄金是最可靠的通货。在本阶的第二节，我们将深入地讨论黄金的货币属性，这里我们先来谈一下黄金在货币和官方储备中的运用。官方储备主要由外汇和黄金组成，美国的官方储备基本上都是黄金，欧洲国家也不例外，这反映了这些国家对黄金价值的深入认识。2005 年名列全球官方黄金储备量前 5 位的国家分别是美国、意大利、法国、德国和瑞士，其黄金占官方储备的比率依次为74.5％、66.1％、62.9％、61.4％和42.1％。美国的黄金官方储备是8133吨，瑞士的黄金官方储备是1290吨。西方前十国的官方黄金储备占世界各国官方黄金储备总量的75％以上。亚洲国家的黄金官方储备普遍偏少，有逐渐增加的趋势，这对于国际金价走势的影响也是较为深远的。

第二节　黄金的三大属性

黄金的三大属性主导着黄金的价格走势，只有明白了三大属性及其相互之间的关系才能做到正确地研判黄金走势。好的黄金分析师不多，其最为关键的原因就在于绝大多数黄金分析师对黄金属性缺乏清楚的认识。

黄金的属性包括商品属性、投资属性和货币属性，其中对金价最有影响力的属性是货币属性，其次是投资属性，最后才是商品属性。

所以，要判断黄金现货和期货合约价格的长期和重大走向，就必须以黄金的货币属性作为跟踪的核心；要研判黄金现货和期货合约价格的中期和重要走向，就必须以黄金的投资属性作为跟踪的核心；要研判黄金现货和期货合约价格的短期和次要走向，就必须以黄金的商品属性作为跟踪的核心。

首先，我们来看看黄金的商品需求。在前面一节，我们已经深入地谈到了黄金的主要商业用途，比如工业、医疗、首饰等，这里不再赘述，我们重点谈谈黄金的国别消费情况。目前全球黄金市场消费的基本情况是黄金市场发达的国家本身也就是黄金消费量巨大的国家。现在世界主要的黄金生产国是南非、美国、澳大利亚、中国、俄罗斯等，而主要的黄金消费国则是印度、美国、中国、土耳其、埃及和沙特阿拉伯等。在黄金消费上，印度的年需求量远远大于其他国家，其每年的消费额大约占到世界黄金消费总量的1/4。而美国的消费量则仅仅相当于印度的1/3。在黄金的商品需求中，印度是一个不可小觑的因素，而商品需求是导致黄金价格短期波动的重要因素，所以我们在研究黄金的月度波动时就一定要关注印度黄金消费量的变化。相对于印度的黄金需求，印度黄金矿产金量几乎可以忽略不计，因此印度的黄金大部分是以进口方式满足。印度GDP变化和国际黄金价格变化请看图1—1。

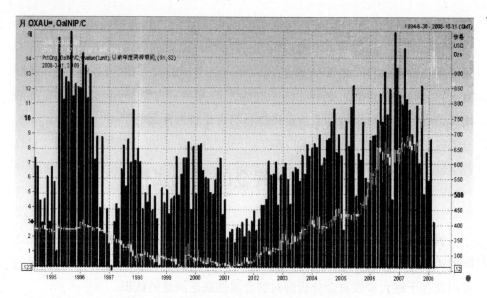

图 1—1　印度 GDP 变化和国际黄金价格变化

资料来源：印度国民经济研究局。

随着经济条件的改善和黄金市场的开放，中国大陆的黄金消费迅速增长，黄金饰品和黄金投资方兴未艾，消费量在最近几年一直排名世界第三。

对黄金的商品需求随着科学技术的进步而不断发生变化，总的来说是黄金的商品需求增加了。现在科学研究进入到微观层面，对中子和同位素的研究日益离不开黄金的帮助，而胶体金探针则是最新免疫细胞化学标识技术，这项技术可以用于检测抗原等。黄金作为添加材料在纳米技术领域也有新的运用。虽然黄金的这些新运用不会在短期内增加对黄金的需求，但是从长期来看这种需求是在增加，尽管黄金替代品在不断提升其市场比重，然而对黄金的新需求也在不断涌现。

当然，如果你想要进一步研究更短时间内的黄金变化情况，则需要利用技术分析的方法，这些方法我们将在后面介绍。

现在，我们接着介绍影响黄金中期趋势的投资属性。黄金作为投资品，既可与外汇比较，也可与债券和股票同台竞技，同时它也算得上是大宗商品。所以，黄金作为投资品时，我们必须关注很多市场，特别是股票市场。

外汇、债券、股票和期货以及黄金是全球主要的投资品种，每个投资品种都有自己的特点和优势，国际游资在这些品种之间游走，持仓的变化会使得各个投资品种的价格此消彼长。黄金的商品属性和货币属性经常成为黄金市场炒作的基础，所以我们在分析黄金的投资属性时，不能忽略了对其他两个属性的分析。纸黄金、黄金期货和黄金保证金交易大大地便利了全球投资者对黄金的炒卖，这使得黄金的投资属性日益明显，大型的对冲基金，特别是宏观对冲基金和期货管理基金的出现，使得国际资本的力量日益强大。

就流动性而言，黄金的变现能力要好于绝大多数商品，而且黄金市场是24小时交易，规模很大，电子盘和主要的黄金市场联系起来构成了一个横跨全球的交易市场。交易者可以根据黄金价格的细微波动来进行杠杆交易。目前黄金的杠杆式交易基本与外汇保证金交易同属一种类型，很多国外的经纪交易商都同时提供黄金和外汇的保证金交易。

从21世纪初开始，黄金就一直上涨，吸引了更多的国际资本流入，这就要求投资者关注黄金的投资属性。从20世纪70年代布雷顿森林体系崩溃以来，黄金已经上涨了22倍多，其间还有20多年英美政府刻意打压造成的熊市。但是，根据目前的美元发行量来看，黄金的美元价值应该在2000美元以上。在黄金投资的热潮下，大量的黄金投资品种被开发出来，比如黄金期货、黄金期权、黄金ETF等。单从黄金的投资前景来看，金价的上涨也能持续一段不短的时间，当然任何价格的上涨都不是直线上升的，其中有曲折的部分。通常而言，只要金价回调没有超过50%，则黄金就能继续上涨；如果回调超过50%，则意味着看涨黄金的判断极有可能是错误的。

黄金的投资属性主要是从国际游资的流向来研判的，如果资金流向主要股票市场，则黄金上涨的"燃料"就不足。黄金与美元指数代表的外汇走势，长期来看是负相关的，黄金的价值不需要任何担保，但是美元却需要政府信用来担保，这是黄金和美元的最关键区别，外汇市场上的资金流动往往建立在对这个区别的认识上。同时，黄金和外汇市场可以相互验证和参照。在黄金投资中，研究主要货币对的走势、研究美元指数的走势是必不可少的一门功课，因为主要货币对走势的变化将影响到黄金价格的走势。外汇和黄金不光在投资属性层面有联系，在货币属性层面也有联系。

黄金与股票以及债券之间的联系很紧密，当然这是在一个资金流动比较自由的金融环境中。当资金青睐于股票和债券市场时，黄金的价格会下降。当然，如果全球的风险厌恶情绪上升，那么黄金中短期内因为商品属性和投资属性而下跌，在中长期却会因为货币属性而上涨。在下面的基本分析中，我们会详细地介绍到这种跷跷板的效应，这就是黄金投资属性分析的关键。黄金与石油的关系也很密切，因为地缘政治动荡，特别是产油国的地缘政治动荡会同时影响到黄金和原油的价格走势，而石油价格上涨引发的滞胀也会引起黄金价格上涨。黄金与金属期货的走势也有密切的关系，根据历史数据统计，黄金是商品市场长期趋势的先行者，而铜则被看做是最好的经济学家，所以如果能够结合黄金和铜来理解商品市场的走势，以及黄金本身的走势，则会为投资者带来相当大的利润。

最后，我们来介绍对黄金长期走势影响最为深远的货币属性。马克思很早就论证了黄金的货币属性，这是由黄金的基本物理和化学特性以及黄金本身恰当储量所决定的。黄金作为货币的历史非常悠久，一般认为中国是最早采用黄金作为货币的地区，但是当时黄金作为货币还并不普遍。黄金真正成为世界货币是在18世纪欧洲实行金本位制以后。金本位制是指黄金既可以作为国内支付结算手段，也可以用于国际结算支付手段，自由地进出边境。金本位制彰显了黄金的货币属性，西欧资本主义国家享受了金本位制带来的极大好处，这就是稳定的价格体系。在实行黄金本位制的这200年中，欧美资本主义体系得到了极大的发展，采用金本位制的国家的经济增长迅速。在供给学派看来，物价稳定是经济持续健康增长的关键因素之一，而黄金本位则被历史一再证明是物价稳定器。

第二次世界大战之后美国力促建立了布雷顿森林体系，该体系规定美元与黄金挂钩，而其他国家的货币与美元挂钩，1盎司兑35美元，美国承担以35美元兑1盎司黄金的义务。这是一种模仿金本位制的体系，虽然提供了短暂的宏观稳定性，但是很快由于美国的国际收支出现问题，而不得不放弃美元兑黄金的规定比率。尼克松政府在1971年8月宣布停止向外国提供美元兑黄金，布雷顿森林体系崩溃后，信用本位正式建立起来，但是世界经济和金融危机出现的频率越来越高，以美元为首的纸币发行量越来越大。为了抑制黄金价格的涨势，将黄金剔除出货币行列，1976年通过的牙买加协议废除了黄金官价，同时采取其他措施推行黄金的非货币化。

黄金的货币属性不是人为规定的，而是由黄金的自然禀赋所决定的，马克思说"金银天然就是货币"在今天仍旧是正确的。虽然黄金被迫退出货币流通领域，但是在遇到国际支付危机时，黄金仍旧是很好的应急货币，比如1997年的东南亚经济危机时各国政府紧急募集黄金，以及中国大陆和俄罗斯为了进行市场化经济引进技术而卖出大量黄金。今天的黄金仍旧具有货币属性，这并不全是历史的惯性，更准确地说这是由黄金本身的特性所决定的，不以某一利益团体的意志为转移。虽然目前世界上没有一个国家采用金本位制，但是欧美大国的官方储备还是以黄金为主。黄金作为货币的属性不是单凭人为力量就能抹去的，随着全球纸币的滥发，地缘政治的日趋动荡，以及经济滞胀的到来，黄金的货币属性将日益显著。东亚国家开始有意识地增加官方储备中的黄金比例，这也是促使黄金价格上涨的重要因素。由于黄金有国际储备功能，因而黄金被当作具有长期储备价值的资产而被广泛地应用于公共以及私人资产的储备中。其中黄金的官方储备占有相当大的比例，例如目前全球已经开采出来的黄金约15万吨，各国央行的储备金就有约4万吨，个人储备的有3万多吨。因此，国际上黄金官方储备量的变化将会直接影响国际黄金价格的变动。事实上，从20世纪70年代以来国际黄金价格的变动情况来看，也能看出官方储备对黄金价格的影响。

20世纪70年代，浮动汇率制度开始登上历史舞台，黄金的货币性职能受到削弱，作为储备资产的功能得到加强，各国官方黄金储备量增加，直接导致了70年代之后国际黄金价格大幅度上涨。

20世纪八九十年代，各中央银行开始重新看待黄金在外汇储备中的作用。中央银行日渐独立以及日益市场化，使其更加强调储备资产组合的收益。在这种背景下，没有任何利息收入的黄金（除了参与借贷市场能够得到一点收益外）的地位有所下降。部分中央银行决定减少黄金储备，结果1999年比1980年的黄金储备量减少了10%，正是由于主要国家抛售黄金，导致当时黄金价格处于低迷状态。

近年来，由于主要西方国家对黄金抛售量达成售金协议，该协议规定成员每年售金量不超过400吨，同时，对投放市场的黄金总量设定了上限。另外，还有一些国家特别是亚洲国家在调整它们的外汇储备，增加黄金在外汇储备中的比例。例如俄罗斯、阿根廷以及南非2005年就决定提高黄金储备，对亚洲央行来说更有理由多持黄金，因为亚洲国家的黄金储备只占外汇储备很小一部分，而他们却拥有几万亿的美元外汇储备，有能力买入黄金从而对冲美元贬值的风险。应该说，对亚洲央行来说，增加黄金储备只是时间的问题，不过在市场专业人士看来，增持黄金是一件很紧迫的事情，因为时间已经不多了。

黄金价格长期走势受制于其货币属性，这个"长期"不是一二十年，而是从布雷顿森林体系瓦解开始。如果你是一个像巴菲特一样有耐心和坚定意志的投资者，则应该把视野放宽到十年以上，以黄金的货币属性作为分析的重点，这样的话你就不是抓住一点蝇头小利而已。下面我们给出运用黄金属性分析黄金价格的要点。请看表1-2，我们列出了黄金属性制约下的走势周期和分析要点。

表1-2　黄金属性与研判矩阵

时间周期	属性	分析要点
黄金价格的长期走势	货币属性	注意信用本位的稳定性
黄金价格的中期走势	投资属性	注意股票为主的金融市场的走势，关注游资的流向
黄金价格的短期走势	商品属性	注意印度为主的黄金消费的趋势，特别是季节性

资料来源：帝娜私人基金行为交易研究室。

黄金有三大基本属性，这是许多交易者所忽视的，所以也导致了绝大多数黄金投资者的亏损。在黄金交易中，如果我们能够较为正确地使用上述矩阵来分析黄金走势，则肯定会比绝大部分交易者做得好。

第三节　黄金交易和投资的优点

"给我一个从事黄金交易和投资的理由"，这是任何一个理性交易者在开始从事黄金交易前都会提到的一句话。黄金交易和投资究竟有哪些好处和优势，可以让普通交易者喜欢上它，下面我们就为你逐一列举。

黄金期货在全球都有交易，最大的黄金期货交易在美国纽约，其次是日本、伦敦。目前在中国内地和香港也有黄金期货交易，可以说黄金期货是一个全球联动的市场，一个黄金期货的热爱者可以一天24小时通过全球的某一个市场介入黄金期货交易。黄金保证金交易和黄金现货的买卖也都有这个优势。当然，除了黄金保证金交易之外，其他黄金交易品种的全天候买卖单在某一个平台上是无法完成的。不过，黄金市场仍旧比内地 A 股市场的交易机会多。目前内地黄金交易公司的电话报单时间从早上一直持续到凌晨，这是 A 股市场无法与其媲美的。所以，黄金买卖的交易时长是黄金投资的第一个优势。这点与外汇现货保证金交易类似。

黄金市场是一个全球性的市场，自然就会有巨量买家介入，而且这样的买家还不少，所以黄金市场很难受到单一庄家的控制。虽然布雷顿森林体系崩溃后欧美联手抑制金价，但是这样的操作绝不是金融团体能够做到的，所以日常的黄金市场基本上不用考虑庄家控盘因素。在贵金属市场上，即使中期和短期的操控也需要资金以外的手段才能做到，比如推行黄金非货币化政策等，所以像亨特兄弟这样的白银操控大师最后也功亏一篑。由于少了庄家因素，所以黄金走势的技术性特点就比较正常，这样才符合技术分析的前提：历史会重演以及市场具有惯性。缺乏庄家因素，比较好利用正统的技术分析手段，这是黄金投资的第二个优势。

通货膨胀是这个时代的主题之一，因为美联储统治下的全球货币发行仿佛就像野马脱缰一样，加上新兴大国的崛起使得战略资源价格持续上涨，所以全球进入一个长期持续通货膨胀的时代（当然这一趋势中间肯定有调整）。商品具有天然对抗通货膨胀的能力，但是一般的商品单位价值不高，同时要么容易腐败，要么不宜保存，所以不太适合作为抗通货膨胀投资的对象。但黄金却相反，黄金的单位价值高，容易保存。所以，黄金是天然的抗通货膨胀投资品，这是黄金投资的第三个优势。

黄金是极好的避险投资。"盛世藏书画，乱世藏黄金"，这是中国的古训，在当今世界这条法则仍旧适用。历史上只要宏观危机出现，则黄金就会受到追捧。以最近十几年发生的宏观危机为例，1997 年东南亚经济危机爆发，危机发生国的金价应声而涨，危机传染到哪国，哪国的金价就上涨。2008 年上半年，越南发生金融动荡，股市楼市大幅度下跌，越南顿时成了金条的最大进口国，以致政府不得不进行干预，限制黄金进口，理由是避免总体贸易逆差扩大。所以，黄金往往是人民财产的最后保障，一旦黄金的避险需求被触发，则黄金价格的上涨将是惊人的，黄金的避险需求与黄金的货币属性密切相关。黄金能够作为很好的避险投资，这是黄金投资的第四个优势。

黄金的转移非常容易，这使得黄金作为遗产非常有优势，以至于可以成为很好的避税手段。地产和证券的转让要求登记，而这些资产作为遗产在欧美还需要缴纳遗产税。而金条这类易于转手的财产则可以很好地规避这些。财产转移上非常便利，这是黄金投资的第五个优势。

黄金交易的税赋在全球所有投资品种之中应该算是非常轻的了，虽然单笔交易看不出税赋的多少，但是长期下来按照复利的原理计算则是一笔惊人的支出。所以一个交易成本较低的品种对于投资者而言无疑是福音。税赋和交易成本低是黄金投资的第六个优势。

普通商品伴随着时间的流逝都会出现物理性质不断产生破坏和老化的现象。不管是不动产如房产还是汽车等动产，除非被某个名人使用过，不然经过岁月的磨炼都会有不同程度的贬值。而黄金由于其本身的特性，虽然会失去其本身的光泽，但是其质地根本不会发生变化。即使黄金掉入了它的克星"王水"里，经过一连串的化学处理，它仍然可以恢复其原有的面貌。正是由于黄金是一种恒久的物质，其价值又得到了国际的公认，所以从古到今都扮演着一个重要的经济和政治角色。

要想明白黄金交易和投资的优点，就要明白黄金的属性，黄金的货币属性告诉我们黄金投资的避险优势和抗通货膨胀性，黄金的投资属性告诉我们黄金的转移和税赋优势以及交易时间优势。另外，避险交易占据主导时，黄金是优势品种；套息交易占据主导时，黄金是劣势品种。

第四节　内地黄金投资的法律沿革

黄金在布雷顿森林体系瓦解和牙买加体系建立起来后的数十年中退出了历史舞台，而在我国内地黄金退出私人市场的时间更久。所以，当黄金再次回到人们视野的时候，不少投资者对私人买卖黄金的法律规定还停留在以前，不少人现在还认为私人买卖金条是违法的。要进行包括黄金现货和期货在内的相关品种买卖，就有必要对我国内地的现行黄金法规有所了解，在此基础上才能利用现有法律法规帮助自己做好黄金投资和交易。

　　我国内地曾经严厉的私人黄金管制法规和措施使得不少人至今都不敢轻易介入黄金的买卖中，但是如果对目前黄金超级大牛市视而不见，则很可能错失一个投资的良机。我们按照中国内地最近几十年黄金买卖沿革来介绍相关的法规和措施。

　　从新中国成立到现在，我国内地黄金买卖经历了以下四个阶段：

　　第一个阶段是 1949~1956 年，中央政府为了应付国家建设和国际支付，将金矿收归国有，并且统一黄金价格，实现非常严格的管制。新中国成立时，中央政府的黄金储备不到 1 万盎司，大量的黄金被国民党政府运到台湾，内地黄金储备严重匮乏，黄金因此成了绝对重要的战略性资源。新中国成立之初，人民币的法定地位虽然确定，但是金银仍旧在广大城乡作为计价和流通手段，在上海等金融发达城市，黄金还成了炙手可热的投机对象，人民币在金价的打压下不断贬值。为了巩固人民币的地位，稳定物价水平，中国人民银行下发了《金银管理办法》严禁民间进行金银买卖，明确规定了所有金银的买卖都由中国人民银行管理，对黄金买卖和走私进行了严厉处罚，以此巩固人民币的本币地位。这一时期制定的黄金政策对此后几十年影响深远，以至于绝大多数民众忘记了黄金的投资和投机价值。

　　第二个阶段是 1957~1992 年，中央政府实行统购统配的黄金流通体制，黄金的生产流通纳入国家经济计划，黄金行业实行全国统一管理。1978 年改革开放前，中央政府一直以鼓励金银生产为主要政策，为了保证国家进行大规模经济建设的需要，黄金统收专营的生产流通体制逐步形成。1957 年 9 月，国务院发出了《关于大力组织群众生产黄金的指示》，央行和财政部采取了提高黄金收购价格，取消黄金生产税收和增加财政补贴等具体措施促进黄金生产。1977 年 10 月，《中国人民银行金银管理办法（试行）》为此后一段时间的金银管理工作提供了依据，这是新中国成立以来颁布的第一部金银管理规章。从 1969 年到 1978 年，内地黄金储备占总储备的 61％以上，在这段时间内数次帮助国家应付突发事件，及时换取外汇，比如唐山大地震等。1978 年改革开放以后，金银市场开始逐步建立起来，这就促进了金银由保管型向经营型转变，开始重视和满足人民生活对黄金的需要。1979 年，国务院授权中国人民银行铸造和发行纪念性和投资性的金币。1982 年 8 月，中国人民银行发布《关于国内恢复销售黄金饰品的通知》，这一举措恢复了关闭 20 多年的金饰品市场。1983 年 6 月，国务院发布《中华人民共和国金银管理条例》，对金银的生产、流通等诸多环节进行了明确的规定。1983 年 12 月，《中华人民共和国金银管理条例实施细则》发布实施。1984 年 1 月，中国人民银行与海关总署共同制定《金银进出国境的管理办法》。中国人民银行根据国内黄金供求关系的变化，并参照国际黄金市场价格的波动，适当地调整国内金银价格，平衡内地的黄金生产和消费。

　　第三个阶段是 1993～2001 年，黄金经营和流通体制开始逐步放开，进行改革尝试。1993 年，民营黄金市场迅速发展，大大冲击了传统的黄金统收专营体制，改革开始提上议程。1993 年 8 月，国务院提出了黄金市场化改革方向，对此前的金银管理条例提出了具体的修改意见。1994 年，世界黄金协会在中国大陆设立了代表处。1999 年 11 月 25 日，中国人民银行开始放开白银市场，此时白银自由贸易已经停止了半个多世纪。2000 年 3 月 27 日，国务院发展研究中心提出建立新型的市场化黄金流通体系，在该体系下，中国人民银行对黄金生产不再实行计划管理，黄金生产者和消费者有足够的自主权决定黄金买卖，黄金价格由市场供求决定。2000 年是黄金价格开始频繁浮动的一年，全年 6 次调整黄金价格。

　　第四个阶段是 2001 年到现在，黄金开始与世界价格接轨，私人买卖黄金逐步完全放开，黄金投资方兴未艾。2001 年 4 月，中国人民银行宣布取消黄金"统购统销"的计划体制，在上海组建黄金交易所。2001 年 6 月 11 日，中国人民银行正式启动黄金价格周报价制度。2001 年 8 月 1 日，金饰品价格放开。2001 年 11 月 28 日，上海黄金交易所开始模拟运行。2002 年 10 月 30 日，上海黄金交易所正式开业，此时中国人民银行停止黄金配售业务，并在较短时期内停止黄金收购，此后中国内地黄金价格完全由市场决定，黄金市场化改革初步完成。2003 年 3 月 31 日，中国人民银行发出通知取消黄金收购许可，世界各地公司只需要在中国市场购买黄金就可以自由地在中国进行黄金首饰的生产、批发和零售，而不需要得到中国政府的批准，但是黄金的进出口仍需要申请。2004 年 9 月，伦敦金银协会年会在上海举行，中国人民银行行长周小川在会上提出了中国黄金市场未来要完成的三个转变：第一个转变是实现中国黄金市场从商品交易为主向金融交易为主的转变；第二个转变是实现中国黄金市场从现货交易为主向期货交易为主的转变；第三个转变是实现中国黄金市场由国内市场向国际市场的转变。具体措施包括发展各种类型的个人黄金投资业务。由于中国黄金消费量有很大的潜力，加上政府对黄金买卖政策的根本性转变，内地的黄金消费和投资将急剧上升，进而推动全球黄金市场的繁荣。2008年次贷危机扩大化之后，黄金开始进入广大老百姓投资的视野，一时间黄金投资风起云涌，不少银行都推出了黄金理财产品，大多以纸黄金和实物投资金条为主，至此国内黄金市场与国际黄金市场完全接轨。

通过了解内地黄金法规和政策的变迁，我们可以看出黄金投资政策环境和导向的变化，作为全球交易量数一数二的商品和金融产品，黄金相关的各类投资工具势必走进中国内地广大投资者的视野，并成为理财的重要工具。本书的重点在于介绍黄金保证金品种的交易，特别是国际通行的现货黄金保证金交易以及内地的黄金期货，这都要求每个投资者加快学习的步伐，迅速掌握这些交易工具，占得先机！

第二阶
黄金交易的相关市场

  无论是黄金现货投资，还是黄金保证金交易以及黄金期货交易，所有类型的黄金交易都受到市场结构和交易时区轮动的影响。黄金市场结构的演变可以告诉我们历史的重要性，只有参透历史的玄机才能找到交易的成功之路。

  在本阶课程中，我们将介绍黄金市场化的历史，黄金的历史与人类文明一样源远流长。在第一节中我们将详细地解读黄金和黄金市场的前世今生，懂历史才能洞悉未来。目前黄金的超级大牛市可以从历史上寻找到很多相似的场景，币值下降，长期通货膨胀加上地缘政治剧烈动荡，这些都是历史上也是现在黄金价格猛烈持续上升的关键因素。

  在第二节，我们将介绍黄金市场的类型，不同类型的黄金市场对于价格运动的时间和空间分布有很大的影响，同时不同的黄金市场类型也意味着不同的监管制度和投资风险，了解市场类型才能更好地掌握游戏规则，所以我们应该对黄金市场的类型有所了解，以便于我们分析国际金价的趋势和动向。

  在第三节，我们将介绍黄金市场内部构成和交易方式，是否存在坐庄因素，是否需要注意某类特别的买卖者，要找到这些问题的答案就必须首先分析清楚市场的主要参与者。不同的黄金交易品种之间存在密切的关系，一方面可以为你指示交易方向，另一方面可以为你提供对冲风险的工具。找到适合自己的交易方式，肯定是每个交易者要做的第一件事情。

  在第四节，我们来看看全球的主要黄金市场，了解它们的地理分布和影响力，毕竟黄金从严格意义上来讲是一个全球 24 小时交易品种。知道这些主要市场，可以更好地理解"风向标"的含义，更好地把握各种类型的黄金交易。

在第五节，我们将介绍国内的黄金市场，在这里你将看到触手可及的黄金投资渠道，准备开始你的黄金交易之旅吧。

第一节　黄金市场化的历史

黄金称得上是金属之王，人类发现和利用黄金的历史比铜、铁等贱金属还要早，大约在距今 10000 年前的新石器时代。公元前 6 世纪就出现了世界上的第一枚金币，不过一般平民很难拥有黄金。

由于黄金本身具有良好的稳定性和稀有性，所以黄金理所当然地成为贵金属，被人类一直作为财富储备，即使到了 20 世纪下半叶的牙买加体系建立后也是如此。因为黄金具有特殊的自然属性，所以被赋予了特有的社会属性，也就是我们在本书反复强调的货币属性。对 20 世纪历史最具影响的思想家马克思在《资本论》中写道："货币天然不是金银，但金银天然就是货币。"这句话直到今天仍旧意义非凡。

我们首先来看看黄金市场化的历史，也就是黄金作为财富储备和投资投机对象的演化历史。在 19 世纪之前，由于黄金极其稀有，黄金大都作为帝王和统治阶级独占的财富和权势的象征，或者被神灵象征性地拥有，成为供奉器具和修饰保护神灵形象的材料。

黄金矿山也属皇权和统治阶层所有，当时黄金是由奴隶、犯人在极其艰苦恶劣的条件下开采出来的。正是在这样的基础上，黄金培植起了大秦帝国、古埃及及古罗马等文明。16 世纪西欧殖民者为了掠夺黄金而杀戮当地民族，毁灭文化遗产，在人类文明史上留下了血腥的一页。在现代文明确立以前，抢掠与赏赐成为黄金流通的主要方式，而黄金自由交易的市场交换方式难以发展，即使存在也因黄金的专有性而限制了黄金自由交易的市场规模。

黄金作为全球性的交易媒介和财富计量标准已经有几千年的历史。黄金交易和投资人士要认识黄金在现代人类社会中的重要作用，以及推导预估黄金在未来人类社会中的作用，就必须要先了解在过去人类社会很长一段历史时期里，黄金在社会和金融领域所发挥的重要作用的特殊地位演变史。

在长期的人类社会和经济发展中，黄金都被赋予了人类社会经济活动中的货币价值功能，经过漫长的历史演变，黄金的"金本位制"最终在欧洲被逐渐确立起来，"金本位制"是以黄金作为货币进行流通的货币制度，它是19世纪末到20世纪上半期欧美资本主义各国普遍实行的一种货币制度，这一时期的金本位制度带来了资本主义历史上最长的一段稳定高速增长时期。

"金本位制度"诞生在第一次工业革命浪潮的欧洲国家，1717年的英国率先施行了金本位制，到了1816年英国颁布了《金本位制度法案》，正式在制度上确定了金本位制，金本位制度因此成为英国货币制度的基础。到了19世纪，西方资本主义强国如德国、瑞典、挪威、荷兰、美国、法国、俄国等以及亚洲的日本都先后宣布施行了金本位制，这样黄金就成为国际上的硬通货。

国际金本位制的主要内容包括：①以黄金来规定所发行货币代表的价值，每一货币单位都有法定的含金量，各国货币根据其所含黄金的重量而形成一定的固定比价关系；②金币可以自由铸造，任何人都可按法定的含金量，自由地将金砖交给国家造币厂铸造成金币，或以金币向造币厂换回相当的金砖；③金币是无限法偿的货币，具有无限制支付手段的相应权利；④各国的货币储备是黄金，国际间结算也使用黄金，黄金可以自由地输出或输入，当国际贸易出现赤字时，能够用黄金进行支付。从上述相关内容可以看出，国际金本位制具有自由铸造、自由兑换、自由输入输出三大特点。随着全球范围内金本位制的形成，黄金承担了全球商品交换的一般等价物责任，成为全球商品交换过程中的媒介，国际金本位制是黄金的货币属性表现的高峰。

历史上，全球共有59个国家实行过金本位制，资本主义各国的金本位制虽然时有间断，但大都延续到20世纪的20年代。由于各国的具体国情和黄金持有量不同，有的国家实行金本位制长达二百多年，比如英国，而有的国家仅有几十年的金本位制，但是中国基本没有施行过金本位制。

资本主义各国为了准备第一次世界大战，出于积累战备资源和建立霸权的需要，加紧了对黄金的掠夺与控制，使金币的自由铸造和自由兑换制度受到了严重的冲击，黄金在世界各国之间的自由输入输出受到严格限制。第一次世界大战爆发以后，主要参战国的军费开支猛烈增加，纷纷停止金币铸造和金币与纸币之间的兑换，禁止黄金输出和输入，这些行为从根本上破坏了金币本位制赖以存在的基础，导致了金币本位制的彻底崩溃。

当时的资本主义体系霸主英国在 1919 年停止金本位制度，但是此后于 1926 年又恢复使用金砖本位制度，不过在这个制度下，纸币只能兑换 400 盎司的国际认许金条，这比纯粹的金本位制度更为逊色。此时，欧美其他资本主义强国纷纷加强了黄金管制，禁止黄金自由买卖和进出口。

第一次世界大战以后，绝大多数欧美资本主义国家的经济受到通货膨胀、物价飞速上涨的影响，加之黄金分配极不均衡，已经难以恢复金币本位制。1922 年在意大利热那亚城召开的世界货币会议上决定采用"节约黄金"的原则，实行"金砖本位制"和"金汇兑本位制"。

当时实行"金砖本位制"的国家主要有英国、法国、美国。在金砖本位制度下，各国央行发行的纸币货币单位仍然规定含金量，但黄金只作为货币发行的准备金集于中央银行，而不再铸造金币和实行金币流通。流通中的货币完全由银行发行的纸币货币单位所代替，人们持有银行发行的纸币在一定数额以上可以按纸币规定的含金量与黄金兑换。英国以银行发行的纸币兑换黄金的最低限额为相等于 400 盎司黄金的银行发行的纸币（约合 1700 英镑），低于限额不予兑换。法国规定银行发行的纸币兑换黄金的最低限额为 21500 法郎，等于 12 公斤的黄金。通过规定最低兑换额，各国政府压制了民间和市场对黄金的需求，达到限制流通中的黄金的目的。由各国的中央银行掌管和控制黄金的输出和输入，禁止私人买卖黄金，这反映出在"非常时期"黄金的需求是非常大的，可以将这种管制看做是无限大的需求。虽然不允许民间藏有黄金，但是中央银行仍旧保持一定数量的黄金储备，以维持黄金与货币之间的联系。

"金汇兑本位制"又称为"虚金本位制"，其主要特点是国内不能流通金币，而只能流通有法定含金量的纸币；纸币不能直接兑换黄金，只能兑换外汇。实行这种制度国家的货币同另一个实行金砖本位制国家的货币保持固定比价，并在该国存放外汇和黄金作为准备金，体现了弱国对强国的依附关系。通过无限制买卖外汇维持本国货币与金砖本位国家货币的联系，也就是盯住后者的货币。在金汇兑本位下，国家禁止黄金自由输出，黄金的输出输入由中央银行负责办理。第一次世界大战前的印度、菲律宾、马来西亚和一些拉美国家及地区，以及 20 世纪 20 年代的德国、意大利、丹麦、挪威等国，均实行过这种制度。

"金砖本位制"和"金汇兑本位制"都是被削弱了的国际金本位制，本质上是反映了黄金紧缺和纸币发行泛滥之间冲突的妥协，在这个时候黄金的价格受到管制，不过可以确信的是黄金在政治和经济动荡时期是唯一的保值手段。

从第一次世界大战结束到第二次世界大战开始前，大约是 1914～1938 年，西方的矿产金绝大部分被各国中央银行吸收，黄金市场的活动有限。1929～1933 年世界性经济危机的爆发，迫使各国放弃"金砖本位制"和"金汇兑本位制"，各国纷纷加强了贸易管制，禁止黄金自由买卖和进出口，公开的黄金市场失去了存在的基础，伦敦黄金市场关闭，一关便是 15 年，直至 1954 年后方重新开张。

在第二次世界大战结束的时候，美国成为这场摧残欧洲大陆战争的最大赢家，美国不但在经济上发了战争财，而且还吸纳了大量的黄金，有关的统计数据显示在第二次世界大战即将结束时，美国拥有的黄金占当时世界各国官方黄金储备总量的 3/4 以上，几乎全世界的黄金都因为战争流到了美国。从更长的历史来看，黄金流入哪里，哪里就会建立起鼎盛的文明和庞大的帝国；而黄金流出哪里，哪里的文明和帝国就会衰落。

1944 年 5 月，美国偕同 44 国政府的代表在美国布雷顿森林举行会议，经过激烈的争论后各方签订了《布雷顿森林协议》，建立了金本位制崩溃后一个新的国际货币体系。"布雷顿森林体系"实际上是一种国际金汇兑本位制，又称"美元－黄金本位制"。它使美元在战后国际货币体系中处于核心地位，美元几乎成了黄金的"等价物"。美国承担以官价兑换黄金的义务，其他国家的货币只有通过美元才能同黄金发生关系，美元处于中心地位，起着准世界货币的作用。从此，美元就成了国际清算的支付手段和各国的主要储备货币。"布雷顿森林体系"是以美元为核心、以黄金为基础的金汇兑本位制。"布雷顿森林体系"的核心内容是：①美元是国际货币结算的基础，是主要的国际储备货币。②美元与黄金直接挂钩，其他货币与美元挂钩，美国承担按每盎司 35 美元的官价兑换黄金的义务。③实行固定汇率制。各国货币与美元的汇率，一般只能在平价的 1‰ 上下幅度内波动，因此黄金也实行固定价格制，如果波动过大，各国央行有义务进行必要的干预，恢复到规定的范围内。

在"布雷顿森林体系"中，无论是黄金的货币流通功能还是国际储备功能，都被实质性地限制了，因为世界上的储备黄金绝大部分都被美国政府控制了，其他国家几乎都没什么黄金。没有黄金储备，就没有发行纸币的准备金，所以当时只能依赖美元。在"布雷顿森林体系"下，美元成为世界货币体系中的主角，不过我们作为黄金交易者一定要注意到黄金是稳定这一国际货币体系的"定海神针"，所以黄金的兑换价格及流动仍然受到各国政府非常严格的控制。各国基本上都禁止居民自由买卖黄金，黄金的市场定价机制难以有效的发挥作用，此时黄金就像历史上反复上演的那样，当政府和霸权步履维艰的时候，黄金的货币地位就被人为地废除了。当"布雷顿森林体系"为牙买加体系代替时，黄金实际上是被美元囚禁在牢笼里的货币之王，美国将世界的黄金控制在自己手中，而用发行的纸币来取代黄金，这是美国霸权强大的表现，也是霸权透支的表现。

20世纪60年代，美国因为陷入越南战争泥潭，政府财政赤字不断增加，国际收支情况恶化，"双赤字问题"开始困扰美国，霸权开始因为过度的扩展而呈现出颓势。美元出现不可抑制的通货膨胀，美元的信誉受到极大的冲击。第二次世界大战后欧洲国家的经济快速复苏，各国都因为经济复苏财富增长而拥有了越来越多的美元，像德国和日本这样的快速崛起力量更是极大地动摇了美国的霸权地位。由于美国的双赤字引发的通货膨胀，使得各国政府和全球市场力量都预期美元即将大幅贬值，美元的基础开始动摇。为了资产保值，黄金就成了最好的选择，因此各国政府为了避险和财富保值需求而纷纷以手头持有的美元向美国兑换黄金，使美国政府承诺的美元同黄金的固定兑换率日益难以维持，这就进一步危及到了美国的霸权。到1971年，美国的黄金储备减少了60%以上。美国政府被迫放弃按固定官价美元兑换黄金的政策，各西方国家的货币也纷纷与美元脱钩，金价进入由市场自由浮动定价的时期，"布雷顿森林体系"就这样彻底崩溃，但实际上黄金的货币地位又被进一步削弱，这就是借机上台的"牙买加体系"。

1976年，国际货币基金组织通过了《牙买加协议》，此后两年又对该协议进行了进一步的修改，由此确定了黄金的非货币化。"牙买加体系"的主要内容有：①黄金不再是货币平价定值的标准。②废除黄金官价，国际货币基金组织不再干预市场，实行浮动价格。③取消必须用黄金同基金进行往来结算的规定。④出售国际货币基金组织的1/6的储备黄金，所得利润用来建立帮助低收入国家的优惠贷款基金。⑤设"特别提款权"代替黄金用于会员之间和会员与国际货币基金组织之间的某些支付。

所谓"特别提款权"，是国际货币基金组织创设的一种储备资产和记账单位，应该说是一种信用货币。它是国际货币基金组织分配给会员国的一种使用资金的权利。当会员国发生国际收支逆差时，可用它向基金组织指定的其他会员国换取外汇，以偿付国际收支逆差或偿还基金组织贷款，还可与黄金、自由兑换货币一样充当国际储备。但由于其只是一种记账单位，不是真正货币，使用时必须先换成其他货币，不能直接用于贸易或非贸易的支付。"特别提款权"定值是和一篮子货币挂钩，市值不是固定的。

不过，"牙买加体系"推动下的黄金的非货币化发展过程并没有使黄金完全退出流通领域。黄金的货币职能依然存在，现在仍有多种法定面值的金币发行、流通，而黄金价格的变化实际上仍然是衡量货币的有效工具，是人们评价经济和政治稳定状态的参照物。

黄金仍然是发达国家重要的资产储备手段。截至 2005 年，全球中央银行外汇储备中总计有黄金 3.24 万吨，约占数千年人类黄金总产量的 22%，私人储藏金条 2.4 万吨，两项总计占世界黄金总量的 37%。用黄金进行清偿结算实际上仍然是公认的唯一可以代替用货币进行往来结算的方式。而"特别提款权"的使用和普及程度远远低于预期，目前黄金仍然是国际上可以接受的继美元、欧元、英镑、日元之后的第五大硬通货，不过官方并不对此公开承认。

从 1976 年"牙买加体系"宣布"黄金非货币化进程"之后，黄金作为世界流通货币的地位降低了。不过，黄金的货币属性并没有降低，直到现在黄金仍旧是一种特殊的商品，它集商品和货币功能于一身，同时具有商品、投资和货币三重属性。

作为特殊的贵金属，黄金目前依然是世界各国特别是欧美大国所青睐的主要国际储备。当今黄金仍作为一种公认的投资资产活跃在金融领域，充当国家或个人的储备资产。

第二节　黄金市场的类型

黄金市场是买卖双方集中进行黄金买卖的交易中心，通常提供即期和远期交易，允许交易商进行实物交易或者各类凭证交易，满足投机或套期保值的需要，它是一国金融市场体系的重要组成部分。

通常而言，黄金市场的建立和发展需具备以下条件：一是该国或地区需要有发达的经济条件和完善的信用制度；二是该国或地区必须实行自由外汇制度，允许黄金自由买卖和出入；三是有健全的法制基础，稳定的政治和经济环境；四是良好的软硬件环境，交通发达，基础设施完善等。

随着黄金市场的非货币化进程，黄金已逐渐丧失了交易媒介和价值衡量尺度的货币职能，但仍在国际贸易、国际间债权债务清算以及国际储备等方面保持着一定的货币特征。

黄金市场可根据其性质、作用、交易类型和交易方式、交易管制程度和交割形式等做不同的分类。

按照其性质和对整个世界黄金交易的影响程度，可分为主导性黄金市场和区域性黄金市场。主导性黄金市场是指其黄金价格的形成及成交量的变化对其他黄金市场起主导性作用的黄金市场。这类黄金市场主要有伦敦、纽约、苏黎世、芝加哥、香港等。区域性黄金市场主要是指黄金交易规模有限，且大多集中在本地区并对整个世界市场影响不是很大的黄金市场，主要满足本国本地区或邻近国家的工业企业、首饰行、投资者及一般购买者对黄金交易的需要，其辐射力和影响力都相对有限。这类黄金市场主要有巴黎、法兰克福、布鲁塞尔、卢森堡、新加坡、东京等。

按照交易类型和交易方式的不同，可分为黄金现货交易和黄金期货交易。所谓黄金现货交易，是指黄金交易双方成交后两个营业日内交割的一种交易方式。交易标的主要是金条、金锭和金币，珠宝首饰等也在其中。所谓黄金期货交易，是指黄金交易双方按签订的合约在未来的某一时间交割的一种交易方式。在同业间通过电话联系进行交易的欧洲型市场，如伦敦、苏黎世等是以黄金现货交易为主；设有具体交易场所的美国型市场，如纽约、芝加哥、香港等，是以黄金期货交易为主。世界上有的黄金市场只有现货交易，有的只有期货交易，但大多数是既有期货交易又有现货交易。

黄金期货交易的主要目的是套期保值，是现货交易的有益补充，成交后不立即交割，而由交易双方先签订合同，交付押金，在预定的日期再进行交割。其主要优点在于以少量的资金就可以掌握大量的期货，并事先转嫁合约的价格，具有杠杆作用。期货合约可于任一营业日变现，具有流动性；也可随时买进和结算，具有较大弹性；还能在运用上选择不同的委托形式，在不同的市场之间进行套货，具有灵活性等。

由于黄金交易及其类型上的差异，使得黄金市场又呈现出国际化的趋势，出现了两大黄金集团：一个是伦敦－苏黎世集团，另一个是纽约－香港集团（包括芝加哥）。这两大集团之间的合作十分密切，共同操纵着世界黄金市场。其中伦敦黄金市场的作用尤为突出，至今该市场的黄金交易和报价仍然是反映世界黄金市场的一个"晴雨表"，不过自从罗斯柴尔德家族主导的银行退出金价定盘之后，伦敦市场的意义开始逐步下降，黄金向全球性定价过渡。

按照有无固定场所，可分为无形黄金市场和有形黄金市场。无形黄金交易市场主要是指黄金交易没有专门的交易场所，如主要通过金商之间形成的联系网络形成的伦敦黄金市场，以银行为主买卖黄金的苏黎世黄金市场，以及香港本地的伦敦无形市场。有形黄金市场主要是指黄金交易是在某个固定的地方进行交易的市场。它又可以分为有专门独立的黄金交易场所的黄金市场和设在商品交易所之内的黄金市场，前者如香港金银业贸易场、新加坡黄金交易所等，后者如设在纽约商品交易所（COMEX）内的纽约黄金市场、芝加哥商品交易所（IMM）内的芝加哥黄金市场以及加拿大的温尼伯商品交易所内的温尼伯黄金市场。

按照黄金交易的管制程度，可分为自由交易市场、限制交易市场和国内交易市场。自由交易市场是指黄金可以自由输出输入，而且居民和非居民都可以自由买卖的黄金市场，如苏黎世黄金市场。限制交易市场是指黄金输出输入受到管制，只允许非居民而不允许居民自由买卖黄金的市场，这主要是指实行外汇管制国家的黄金市场，如1979年10月英国撤销全部外汇管制之前的伦敦黄金市场。国内交易市场是指禁止黄金进出口，只允许居民而不允许非居民买卖黄金的市场，如巴黎黄金市场。

近年来，黄金市场的黄金微型化交易发展很快，各种实金形式多种多样，且数量轻，大大便利了小额资金入市投资黄金。黄金市场的交易方式也多样化，如纸黄金和凭证等交易，实际上代表了黄金交易凭证化的趋势。

第三节　黄金市场的构成和交易方式

黄金市场，顾名思义就是黄金生产者和供应者同需求者进行交易的场所。世界黄金市场的构成可以由图2-1看出。

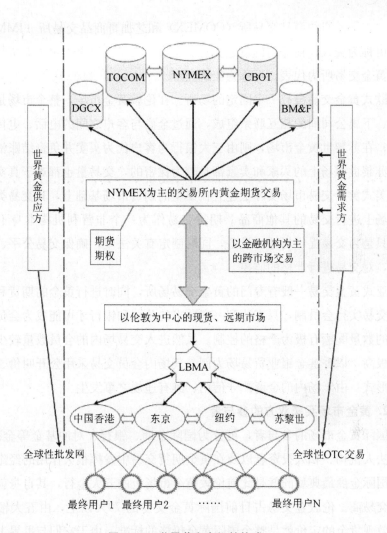

图 2—1 世界黄金市场的构成

资料来源：上海黄金交易所、世界黄金协会。

世界各大黄金市场经过几百年的发展，已形成了较为完善的交易方式和交易系统。其构成要素从作用和功能上来考虑，可分为：

1. 为黄金交易提供服务的机构和场所

在各个成功的黄金市场中，为黄金交易提供服务的机构和场所各不相同，具体划分起来，又可分为没有固定交易场所的无形市场，以伦敦黄金交易市场和苏黎世黄金市场为代表，可称为欧式；在商品交易所内进行黄金买卖业务的，以美国的纽约商品交易所（COMEX）和芝加哥商品交易所（IMM）为代表，可称为美式；在专门的黄金交易所里进行交易，以香港金银业贸易场和新加坡黄金交易所为代表，可称为亚式。

欧式黄金交易没有一个固定的场所。在伦敦黄金市场，整个市场是由各大金商、下属公司间的相互联系组成，通过金商与客户之间的电话、电传等进行交易；在苏黎世黄金市场，则由三大银行为客户代为买卖并负责结账清算。伦敦和苏黎世市场上的买家和卖家都是较为保密的，交易量也都难于真实估计。

美式黄金交易市场实际上建立在典型的期货市场基础上，其交易类似于在该市场上进行交易的其他商品。期货交易作为一个非营利机构本身不参加交易，只是为交易提供场地、设备，同时制定有关法规，确保交易公平、公正地进行，对交易进行严格的监控。

亚式黄金交易一般有专门的黄金交易场所，同时进行黄金的期货和现货交易。交易实行会员制，只有达到一定要求的公司和银行才可能成为会员，并对会员的数量配额有极为严格的控制。虽然进入交易场内的会员数量较少，但是信誉极高。以香港金银业贸易场为例，其场内会员交易采用公开叫价、口头拍板的形式。由于场内的金商严守信用，鲜有违规之事发生。

2. 黄金市场买卖双方的参与者

国际黄金市场的参与者，可分为国际金商、银行、对冲基金等金融机构，各种法人机构、私人投资者以及在黄金期货交易中发挥很大作用的经纪公司。

国际金商最典型的就是此前伦敦黄金市场上的五大金行，其自身就是一个黄金交易商。伦敦金交易占目前国际黄金交易的70%以上，由五大银行进行的伦敦现货金的定价就是整个国际黄金价格的标准。由于它们与世界上各大金矿和黄金商有广泛的联系，而且其下属的各个公司又与许多商店和黄金顾客联系，因此，五大金商会根据自身掌握的情况，不断报出黄金的买价和卖价。当然，金商要负责金价波动的风险。

银行又可以分为两种：一种是仅仅为客户代行买卖和结算，本身并不参加黄金买卖，以苏黎世的三大银行为代表，他们充当生产者和投资者之间的经纪人，在市场上起到中介作用。另一种是做自营业务，如在新加坡黄金交易所（UOB）里就有多家自营商会员是银行的。

最近20年来，全球对冲基金尤其是美国的对冲基金活跃在国际金融市场的各个角落。在黄金市场上，几乎每次大的下跌都与基金公司借入短期黄金在即期黄金市场抛售和在纽约商品交易所黄金期货交易所构筑大量的空头头寸有关。一些规模庞大的对冲基金利用与各国政治、工商和金融界千丝万缕的联系往往较先捕捉到经济基本面的变化，利用管理的庞大资金进行买空和卖空，从而加速黄金市场价格的变化，从中渔利。

各种法人机构和个人投资者既包括专门出售黄金的公司，如各大金矿、黄金生产商、专门购买黄金消费的（如各种工业企业）黄金制品商、首饰行以及私人购金收藏者等，也包括专门从事黄金买卖的投资公司、个人投资者等，种类多样，数量众多。但是从对市场风险的喜好程度划分，又可以分为风险厌恶者和风险喜好者：前者希望回避风险，将市场价格波动的风险降低到最低限度，包括黄金生产商、黄金消费者等；后者就是各种对冲基金等投资公司，希望从价格涨跌中获得利益。前者希望黄金保值而转嫁风险；后者希望获利而愿意承担市场风险。

经纪公司是专门从事代理非交易所会员进行黄金交易，并收取佣金的经纪组织。有的交易所把经纪公司称为经纪行。在纽约、芝加哥、香港等黄金市场里，活跃着很多经纪公司，它们本身并不拥有黄金，只是派场内代表在交易厅里为客户代理黄金买卖，收取客户的佣金。

3. 有关的监督管理机构

随着黄金市场的不断发展，为保证市场的公正和公平，保护买卖双方利益，杜绝市场上操纵价格等非法交易行为，各地都建立了黄金市场的监督体系，比如美国的商品期货交易委员会（CFTC）、英国的金融服务局（FSA）、中国香港的证券与期货管理委员会及新加坡金融管理局等。

4. 有关的行业自律组织

最为著名的是世界黄金协会，它是一个由世界范围的黄金制造者联合成立的非营利性机构，其总部设在伦敦，在各大黄金市场都设有办事处。其主要功能是通过引导黄金市场上的结构性变化（比如消除税收、减少壁垒、改善世界黄金市场的分销渠道等）来尽可能提高世界黄金的销量，对世界黄金生产形成稳定的支持，并在所有实际和潜在的黄金购买者之间树立起正面的形象。

成立于1987年的伦敦黄金市场协会（LBMA），它的主要职责就是提高伦敦黄金市场的运作效率及扩大伦敦黄金市场的影响，为伦敦招商；促进所有参与者，包括黄金生产者、精炼者、购买者等的经营活动；同时与英国的有关管理部门，如英国金融管理局、关税与消费税局等共同合作，维持伦敦黄金市场稳定有序的发展。

实际上，以上各种交易所与金商、银行自行买卖或代客交易只是在具体的形式和操作上不同，其运作的实质都是一样的，都是尽量满足世界不同黄金交易者的需要，为黄金交易提供便利。

第四节　全球主要黄金市场

掌握主要的黄金市场所处时区和主要交易品种，就可以对全球金价的日内走势有清楚的洞察，本节最后附上了全球黄金市场的交易时段图，请大家最好复印后挂在墙上，以便培养起对交易时段的"感觉"，把握市场的脉搏。

美国自 1974 年放开官方黄金管制后，黄金业得到了充分的发展。美国的黄金交易有现货和期货交易，且是世界上最大的黄金期货交易市场，主要集中在纽约、芝加哥、底特律、布法罗、旧金山五大交易所中，其中以纽约和芝加哥最有影响。1980 年纽约交易所的交易规模达到了 8 亿盎司约为 25000 吨，芝加哥市场约为 8000 吨，而美国的实金交易量低于亚洲和欧洲。美国黄金市场以做黄金期货交易为主，目前纽约黄金市场已成为世界上交易量最大和最活跃的期金市场。纽约商品交易所是全球最具规模的商品交易所，同时是全球最早的黄金期货市场。该交易所 COMEX 分部黄金期货每宗交易量为 100 盎司，交易标的为 99.5％的成色金。迷你黄金期货，每宗交易量为 50 盎司，最小波动价格为 0.25 美元/盎司。参与 COMEX 黄金买卖以大型的对冲基金及机构投资者为主，他们的买卖对金市产生极大的交易动力；庞大的交易量吸引了众多投机者加入，整个黄金期货交易市场有很高的市场流动性。

法律与行政共管体制使美国的黄金体系管理独具特色。其主管机构有：美国联邦储备委员会及所属联邦储备银行、财政部、美国商品期货交易委员会、美国黄金协会。其主要的管理法规是美联储关于金银管理的法规及财政部和美联储关于黄金储备的规定、《商品期货交易委员会法》、期货交易规则、商品交易所条例等。

　　美国黄金市场的管理特征是美联储协商、财政部联合管理货币储备黄金。美国商品期货交易委员会根据美国国会立法和期货交易所、期货协会三个机构共同管理黄金市场。其管理模式是先立法管理，即利用制定、修改、颁布有关的法律法规对黄金储备和黄金交易市场进行管理。然后配套行政管理，即依靠有关政府授权部门、职能机构或地方政府等进行管理。实际实施中则以市场原则为依据，以行业自律管理为主，实施市场化管理。美国黄金行业自律组织有美国期货业协会、美国黄金协会、美国珠宝首饰商会。

　　美联储和财政部管理美国货币储备黄金规模为 8137 吨，占美国外汇总储备的 56.5%，占全球货币储备黄金总数（约 3 万吨）的 27%（2001 年数据），且美国的货币储备黄金多年来一直处于冻结状态，既没有增加，也没有减少。

　　美国的黄金交易所是美国黄金体系的核心。尤其它是全球黄金期货交易的中心，这是其有别于其他黄金体系的典型特征。

　　美国的黄金制造业主要用于首饰、电子工业、牙科和金币，2001 年数据分别是：K 金首饰 158 吨、牙科 14 吨、工业用金 8.3 吨、其他 231.7 吨。这种商品金通过金制造业生产成产品后进入市场，在相关商品部门协会自律管理下，按商品运行规律运转，通过交易所进行交易。美国是黄金生产大国，年产黄金 2000 年 355 吨、2001 年 335 吨，并通过交易所交易。

　　伦敦是世界上最大的黄金市场，每天进行上午和下午两次黄金定价。由五大金行定出当日的黄金市场价格，该价格一直影响纽约和香港的交易。伦敦黄金市场主要是指伦敦金银市场协会（LBMA），该市场是 OTC 市场 LBMA 的会员，主要有两类：作市商和普通会员。作市商目前有 9 家，均为知名投行，如巴克莱银行、德意志银行、汇丰银行、高盛国际、JP 摩根等。LBMA 黄金的最小交易量为 1000 金衡制盎司，标准金成色为 99.5%。

　　从 1919 年 9 月 12 日伦敦五大金行的代表首次聚会"黄金屋"，开始制定伦敦黄金市场每天的黄金价格起，这种制度一直延续到了今天。伦敦黄金定盘价早期由德意志银行、香港上海汇丰银行、英国洛希尔银行、瑞士信贷第一波士顿银行和加拿大丰业银行联合行使。五大金行每天制定两次金价，分别为伦敦时间上午 10：30 和下午 3：00。由洛希尔公司作为定价主持人，一般在定价之前，市场交易停止片刻。此时各金商先暂停报价，由洛希尔公司的首席代表根据前一天晚上的伦敦市场收盘之后的纽约黄金市场价格以及当天早上的香港黄金市场价格定出一个适当的开盘价。其余四家公司代表则分坐在"黄金屋"的四周，立即将开盘价报给各自公司的交易室，各个公司的交易室则马上按照这个价格进行交易，把最新的黄金价格用电话或电传转告给其客户，并通过路透社把价格呈现在各自交易室的计算机系统终端。

各个代表在收到订购业务时，会将所有的交易单加在一起，看是买多还是卖多，或是买卖相抵，随后将数据信息以简单的行话告诉给洛希尔公司的首席代表以调整价格。如果开盘价过高，市场上没有出现买方，首席代表将会降低黄金价格；而如果开盘价过低，则会将黄金价格抬高，直到出现卖家。定价交易就是在这样的供求关系上定出新价格的。同时，在"黄金屋"中，每个公司代表的桌上都有一面英国小旗，一开始都是竖着的。在黄金定价过程中，只要还有一个公司的旗帜竖在桌上，就意味着市场上还有新的黄金交易订购，洛希尔公司的首席代表就不能结束定价。只有等到"黄金屋"内的五面小旗一起放倒，表示市场上已经没有了新的买方和卖方，订购业务完成，才会由洛希尔公司的代表宣布交易结束，定价的最后价格就是成交价格。定价的时间长短要看市场的供求情况，短则1分钟，长可达1小时左右。之后，新价格很快就会传递到世界各地的交易者。

伦敦金价之所以重要，与伦敦黄金市场在世界黄金交易中的核心地位密不可分。伦敦垄断了世界上最大的产金国——南非的全部黄金销售，使得世界黄金市场的大部分黄金供给均通过伦敦金市进行交易。而且伦敦黄金市场上的五大金商在国际上也是声名显著，与世界上许多金矿、金商等拥有广泛的联系；五大金商有许多的下属公司，下属公司又与许多商店和黄金顾客联系，这个范围不仅涉及伦敦黄金市场，而且扩展到整个世界，加上在定价过程中，金商提供给客户的是单一交易价，没有买卖差价，价格比较合理，所以许多人喜欢在定价时进行交易。因此，在"黄金屋"里，五大金商几乎代表全世界的黄金交易者，包括黄金的供给者、黄金的需求者和投机者们，决定出一个在市场上对买卖双方最为合理的价格，而且整个定价过程是完全公开的。正因为伦敦金价有以上的特点，伦敦黄金市场价格成为世界上最重要的黄金价格。

由于瑞士信贷第一波士顿银行的退出，目前伦敦黄金市场上的四大定价金行减少为洛希尔国际投资银行（N M Rothschild & Sons Limited）、加拿大丰业银行（Bank of Nova Scotia-Scotia Mocatta）、德意志银行（Deutsche Bank）、美国汇丰银行（HSBC USx）。

瑞士信贷第一波士顿银行（Credit Suisse First Bosto）几年前退出其在伦敦、纽约和悉尼的有关贵金属造市、金融衍生物、清算及库存等业务。瑞士信贷的退出为黄金生产商进入伦敦定价委员会提供了一个机会。目前有多家黄金矿业公司欲购买该席位。

英国不限制私人投资黄金。英国有一套完整的网上订购、运输、保险、结算服务体系，多由商业银行代理。其产品通过销售网络进入市场。

英国黄金市场的管理部门是英国的金融服务局，按照国家管理金银的原则，负责黄金事务的管理和监管伦敦黄金市场的经营管理。英格兰中央银行负责国家储备黄金的管理，国家储备的货币黄金通过伦敦黄金交易所进行买进、卖出调剂，由英格兰银行代表国家负责运作。

英国黄金市场的管理特征是：①典型的以伦敦黄金交易市场为核心，以苏格兰中央银行为储备的市场交易机制管理体系。英格兰中央银行约有黄金储备715吨，2001年到2002年3月15日通过17次拍卖活动销售约400吨黄金，其储备减少至315吨，这属于货币黄金被英格兰银行计入国家储备中。②拥有货币黄金、金融黄金、商品黄金完整运行体系的黄金体系。③是世界各地官方黄金交易的主要市场，伦敦交易所是世界上最大的全球性交易所，是商品黄金、金融性黄金、货币黄金三种属性黄金和实物相互交融的市场。

伦敦黄金市场协会通过出资协议、交易规则、协会章程、交割规则、结算规则等法规负责交易所的运作与管理，提供交易的保障并负责监管。伦敦黄金交易所是现货与远期期权交易所，其交易是通过各大金商的销售联络完成的，交易所会员由具有权威性的四大金商及一些有资格向四大金商购买黄金的公司或商店组成。交易由金商根据各自的买盘和卖盘报出买价和卖价。交易所交易灵活，黄金的纯度、重量、交割的地点都可由客户选择。另外，客户无须交收现金即可买入黄金现货，到期按固定利率支付即可，但此时客户不能获取实物黄金，条件价格好时可相反操作进行平仓。交易所交易的金银都是符合标准的产品，并都是带有LBMA授权精炼戳记和编号的产品。LBMA由会员推选出来的委员会运营，并有专家小组委员会处理会员资格、实物和清算、财政和公关事宜。其会员由下列企事业单位构成：银行、贸易公司、冶炼厂、中间商、鉴定机构、运输公司、保管公司。会员分为坐市商会员和普通会员。在LB-MA内交易是隐蔽的，且会员之间交易免增值税。

瑞士不仅是世界上新增黄金的最大中转站，也是世界上最大的私人黄金的存储与借贷中心。苏黎世黄金市场在国际黄金市场上的地位仅次于伦敦。瑞士的黄金体系是一种开放式自由交易的市场运行体系。政府部门由瑞士国民银行为代表行使央行管理职能，主要负责储备货币黄金的管理与运作，协助商业银行和钟表首饰业协会管理黄金交易所和黄金产品制造业。

苏黎世黄金市场没有正式组织结构，由瑞士三大银行——瑞士银行、瑞士信贷银行和瑞士联合银行负责清算结账。三大银行不仅可代客户交易，而且黄金交易也是这三家银行本身的主要业务。苏黎世黄金总库（Zwich Gold Pool）建立在瑞士三大银行非正式协商的基础上，不受政府管辖，作为交易商的联合体与清算系统混合体在市场上起中介作用。

苏黎世黄金市场在每个交易日特定时间，根据供需状况议定当日交易金价，这一价格为苏黎世黄金官价。苏黎世的黄金交易所主要由瑞士三大商业私人银行——瑞士银行、瑞士联合银行、瑞士信贷银行为主导，通过苏黎世黄金总库制定自律规则管理。其交易单位为99.5%金，交割日期为现货当日，期货合约为到期日后的几个交易日，交割地点为苏黎世的黄金库或其他指定保管库，交易价格无涨跌停板限制。交易时间为当地时间周一至周五的9：30～12：00和14：00～16：00，报价时间为3：30～11：00和13：00～15：00。苏黎世黄金市场是世界上最大的金币市场。

全日金价在此基础上的波动无涨停板限制。苏黎世金市的金条规格与伦敦金市相同，可方便参与者同时利用伦敦市场，交割地点为苏黎世的黄金库或其他指定保管库。瑞士的黄金体系主管单位是公私合股的瑞士中央银行部门。苏黎世黄金总库组织与瑞士国民银行制定瑞士苏黎世黄金交易市场的管理规则、章程及配套法规。

瑞士黄金管理体系基于瑞士特殊的私人银行体系和辅助性黄金服务体系，为黄金经营提供一个自由保密的环境。而且由于瑞士一直处于世界各种政治经济集团的边缘，是各大集团的交汇融通周转地，本地的黄金制成加工业属世界一流。瑞士的黄金管理体系是货币黄金、金融投资交易黄金及商品黄金并重的黄金管理体系。瑞士的黄金交易是整个黄金管理体系的中枢，而苏黎世的黄金交易市场以三大银行为骨干，以私营民间黄金投资交易为主，且和私人银行业务结合运行。

瑞士黄金交易系统具有最大的包容性，是私人投资黄金及理财的主要场所，也是东西方黄金交融的场所。南非、苏联和社会主义阵营国家的大部分黄金通过苏黎世黄金市场与西方国家进行交易。

货币性黄金由瑞士中央银行、瑞士国民银行管理，其保有规模约 2000 吨。在 2001～2002 年，随着 1999 年 9 月欧洲央行黄金协议的开始实施，瑞士分别在 2001 年和 2002 年出售了 221 吨、285 吨储备黄金。

苏黎世黄金交易所是三种属性黄金交易的场地，且是黄金金融投资特别是世界私人黄金投资最大的市场。每年瑞士进口的黄金为 1200～1400 吨，同时每年有 1000～1200 吨黄金出口。其黄金的主要来源是南非和俄罗斯等。

瑞士的黄金制造业和工业需求量每年在 150 吨左右波动，是实际商品消耗金的规模。与其他黄金交易所不同，苏黎世黄金市场的黄金交易一概由三家商业银行代理、结算。它们不但代理客户交易，而且开展自营直接参与黄金交易，并提供优良安全的保险柜和黄金账户。投资者将所购买的黄金存入此账户后，账户所有人可提取金条或金币。投资者付款后，银行给顾客开具"黄金购买证明单"，注明黄金的数量、价格、成色、费用及价款，且免交捐税。苏黎世黄金市场没有金价定盘制度。

瑞士三大银行也是全球从事黄金业务的综合银行，具有从事贵金属交易系统的配套设施和条件，以瑞士联合银行为例（UBS）。瑞士联合银行 1996 年合并时曾是世界上最大的银行。它在稀贵金属方面有七个方面的业务：稀贵金属储备，交易结算，医疗器械（牙、心脏起搏器等），钟表（瑞士 85％金表壳），珠宝，电子元件，稀贵金属提纯。

瑞士联合银行能为客户提供一条龙服务。其拥有年处理 500 吨金的大型冶炼精炼厂，有金、银、铂、钯等合计约 3000 吨的大型金库供储备周转用，有装甲车和密封非装甲车提供运输，有销售、结算、加工（表壳、珠宝、医疗器械、电子元件）系统，有高水平的回收提纯技术和雄厚的资产实力来保证一条龙服务。

瑞士联合银行实施会员制交易管理，会员按相应的章程和规则从事交易。对于黄金加工制造业，其管理由行业协会和商会自律管理，直接和黄金交易所挂钩。黄金交易方面按会员制由三大商业银行代理、结算。钟表、首饰、电子元件等按照商品规律经营管理。对于私人投资者，商业银行提供账户，代理实金、纸黄金及黄金衍生品的业务。客户可根据自己的要求下达指令从事黄金投资，银行接受电话理财。

日本黄金交易所成立于 1981 年 4 月，1982 年开设期货，1984 年与东京橡胶交易所等合并为东京工业品交易所，2004 年黄金期权获准上市。在 24 小时的黄金交易市场中，东京市场成为伦敦、纽约交易时间外的亚洲时段的重要交易市场。日本市场以日元/克计，每宗交易合约为 1000 克，交收纯度为 99.99％的金锭，在指定的交割地点交割。图 2－2 显示了全球主要黄金市场的交易时段，对于一个黄金交易者而言，这绝对是最重要的知识之一。

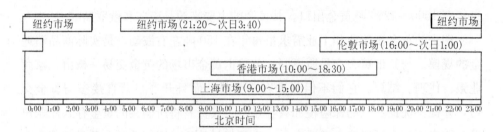

图 2－2　全球主要黄金市场的交易时段

注：几大市场组成了全球的 24 小时黄金交易系统，折算成北京时间为：香港市场：10：00～18：30；伦敦市场：16：00～次日 1：00；纽约市场：21：20～次日 3：40。

资料来源：www.520fx.com。

第五节　国内黄金市场

从五千年的中国历史来看，中国一直是一个黄金贫乏的国家。虽然与世界其他民族一样，黄金在我国历史上也是财富的计量单位和拥有财富的象征，但事实上由于中国黄金总量上的缺乏，使得黄金很难成为财富流通中介的主角。在中国近代历史上承担流通货币功能主角的是白银。中国"贫金"的现实一直延续到 21 世纪的今天。而产生"中国贫金"现象的原因有以下几点：

第一，历史原因。据考古发现，在汉代以前中国社会商品流通领域中并不缺乏黄金，整个社会中黄金流通总量也并不缺乏，这从汉代以前的墓葬考古中发现了大量的黄金饰物中可见一斑，从各种历史文献中也可以看到当时黄金的重要地位。据当时的历史文献记载，皇帝对有功的大臣战将等往往动辄就赏赐几百斤的黄金。

但在汉朝以后中国社会中的黄金总量就突然减少了，对于中国历史上的黄金总量的突然减少直到现在还是一个谜，需要中国考古学界来继续研究以破解这个谜团。其中有一个说法，从汉代以后，中国朝代更替频繁，农民起义层出不穷，各种战争一直绵延不断，而当时的黄金事实上是储备在中国社会的王公贵族和地主阶层手里，这些王公贵族和地主阶层恰恰是各种战争与农民革命的掠夺对象，为了保存这些财富，这些王公贵族和地主阶层必然要藏匿类似黄金这样的高价值财富。在社会动荡各种绵延不断的战争过程中，这些王公贵族和地主阶层中的很大一部分被革命浪潮所消灭，这些被藏匿的黄金财富就成了无主的、消失了的财富。由于从汉朝以来，各种战争和革命频繁爆发延续了几百年时间，大量的诸如黄金这样的高价值财富就被湮埋在华夏大地的各个角落中，"一人藏匿百人难寻"，大量黄金成了中国历史上消失了的财富。也许这真是中国"贫金"的一个历史解释。

第二，近现代的战乱因素。除了上面的历史疑案外，近代中国历史上的诸多事件进一步造成了中国"贫金"的现实。自1840年鸦片战争以来，中国遭受西方列强近100年的鸦片贸易战争和武装抢夺，大量的白银和黄金被当作鸦片货款和战争赔款流出中国，进一步造成了中国黄金与白银等贵金属硬通货的严重匮乏。自此以后中国境内的连年内战和日本侵略中国，更是造成了我国黄金与白银的大量外流，一部分黄金与白银用作购买军械物资，另一部分被大批达官显贵外逃携带出国。至今，中国民间依然有这样的国际黄金疑案未了结。

第三，国民党内战时期的"金圆券"事件。抗日战争胜利后，国共内战时期国民党政府炮制的"金圆券"事件就是一个有代表性的黄金外流事件。国民党政府财政连年出现巨额赤字，为了弥补赤字就大量发行法币，法币猛增，物价随之飞涨。为了挽救经济崩溃，1948年8月19日，国民党政府实行所谓的"币制改革"和"限价政策"。其中国民党政府颁发的《金圆券发行办法》规定金圆券每元含黄金0.22217克，发行额以20亿元为限。按1金圆券折合法币300万元的比率收兑法币。同时规定黄金1两等于金圆券200元，白银1两等于金圆券3元，美元1元等于金圆券4元。

当时国民党政府使用高压和诱骗等手段强制推行这个法令，命令国统区的人民必须在1948年9月30日前将所持黄金和白银全部兑换成金圆券，过期不交者，一律强制没收。不到两个月，就从人民手中榨取金银外币总值达2亿美元。

1948 年 10 月初，由上海开始的抢购风潮波及国民党统治区各大城市，物价更进一步飞涨。11 月 10 日，国民党政府被迫宣布取消限价政策。12 日又公布《修正金圆券发行办法》法令，规定 1 金圆券的含金量减为 0.044434 克。公开宣布金圆券贬价 4/5，撤销金圆券发行 20 亿元的限额。之后金圆券无限量发行，至 1949 年 5 月，金圆券发行额为 670000 多亿元，金圆券也像法币一样成为废纸。

这些用"金圆券"兑换来的黄金、白银，以及国民党政府中央银行历年的黄金、白银储备等，在 1949 年由军舰押送至台湾。1949 年 1 月 10 日，蒋经国拿出一封蒋介石的"手谕"，上面命令俞鸿钧尽快将全部库存的黄金、白银和美元运往台湾。当时，国民党经过所谓的"币制改革"发行金圆券，强行将民间的几乎所有黄金和美元收归国库。关于这笔款的数目，说法不一。国民党的文人陈孝威说是"黄金 50 万两"；也有的说是美元 8000 万元，黄金 92.4 万余两，银元 3000 万元；而李宗仁的秘书梁升俊说南京失守时，"国库尚有黄金 280 万两，美元 5000 余万元，经合署的棉花纱布出售总值不下美元 1500 万元，还有价值巨大的有价证券"。总之，在当时这是一笔相当可观的数字，在蒋介石的直接指挥下，这笔巨额财富用海军军舰全部抢运到台湾。

第四，当代中国仍然"黄金匮乏"。1949 年中华人民共和国成立，就是在这样一个几乎"无金"的中国大陆上开始经济建设和金融体系建设。中国政府只能从新生产黄金中获得增值，而没有历史存留的积累。在 1949 年新中国成立后的很长一段时间，我国在黄金问题上一直是处于严格管制阶段，黄金开采企业必须将所生产出来的黄金交售给中国人民银行，而后由中国人民银行将黄金配售给用金单位。那时新生产出来的黄金主要用于我国紧急国际支付和国家储备。到 1982 年社会大众才重新开始有权拥有黄金，而拥有黄金的渠道还只是通过商场可以购买到黄金首饰而已。

综上所述，中国内地当前"黄金匮乏"的历史原因就非常清楚了，我们可以清楚地看到，在中国这样一个人口和地域大国里，从 1949 年到 1982 年我们国家整个社会存在一个"黄金断层"，这个"黄金断层"持续时间长达 30 年，整整影响了两代人。在这段时间里，人们与黄金无缘，只是很模糊地知道黄金很值钱很贵重，但无法接触到黄金，缺乏对黄金各种知识的了解与认识，对于黄金的重要作用和金融功能了解甚少。这个黄金断层实际上导致了内地民众对黄金的普遍性无知和漠视。

中国内地的社会大众需要对黄金理念与投资意识进行大补课，迫切需要弥补在黄金意识层面的大断层，中国需要一个重新唤醒民众真切认识黄金的过程，这个过程既是挑战也是机遇。

截至 2012 年 2 月 12 日，中国政府最新一次披露黄金储备规模是在 2009 年，称自 2003 年以来已增持黄金 75%，至 1054 吨。

2003 年我国的黄金产量名列世界第三，年产量约 180 吨，而且最近六年来的产量波动不大。产金量较大的省有山东、河南、福建、陕西、辽宁、河北等省，山东仍为我国最大的产金省，2009 年全年产金 64.509 吨，占全国产量的 30.38%。中国国内的黄金探明储量为 4000～5000 吨，约占世界探明储量的 10%，以现有开采速度还可维持 22～28 年。

新中国成立以来，中国政府对黄金产业一直实行严格管制，黄金生产企业须将开采和冶炼的黄金全部售给中国人民银行，再由中国人民银行经过审批环节配售给各用金单位。

1982 年，内地恢复出售黄金饰品，以中国人民银行开始发行熊猫金币为标志，中国内地开放金银市场迈出了第一步。我国内地黄金市场改革起始于 1993 年，这一年国务院 63 号函确立了黄金市场化方向。1999 年 11 月，中国内地放开白银市场，封闭了半个世纪的白银自由交易开禁，上海华通有色金属现货中心批发市场成为我国唯一的白银现货交易市场。白银的放开视为黄金市场开放的"预演"。2001 年 4 月，中国人民银行行长戴相龙宣布取消黄金"统购统配"的计划管理体制，在上海组建黄金交易所。同年 6 月，中央银行启动黄金价格周报价制度，根据国际市场价格变动兑国内金价进行调整。随后足金饰品、金精矿、金块矿和金银产品价格全部放开。2002 年 10 月，上海黄金交易所开业，标志着中国的黄金业开始走向市场化。目前，上海黄金交易所会员单位年产金量约占全国的 75%，用金量约占全国的 80%，冶炼能力约占全国的 90%。此外，个人通过黄金交易所的二级交易平台也可以间接地参与交易，并且可以通过银行进行纸黄金交易和实物黄金交易。这些都体现了黄金市场化趋势的推进。

2002 年 10 月 30 日以上海黄金交易所正式开业为标志，中国内地黄金市场走向全面开放，黄金投资逐步走进社会大众，黄金投资在中国内地迎来了全新开端。

目前，中国内地的黄金总存量为 4000～5000 吨。这包括中央银行的黄金储备和民间大众拥有的黄金制品。中国内地的黄金需求一直是以首饰性消费需求为主，每年中国市场销售的黄金绝大部分都成为黄金饰品，工业、医疗、科研等行业占消费需求的比重较小，而黄金的金融投资需求目前还只是刚刚起步，所占的比重更小。内地民众对黄金的理解和认识更多停留在对首饰品的认识上，对黄金的金融投资功能知之甚少，参与度极低。

综观中国内地现状，国家缺乏长远的黄金储备规划，普通民众对黄金的投资意识、保值增值应对金融危机、通货膨胀的功能远未了解。但目前内地大众投资黄金的意识正在被唤醒，从投资需求来看，中国黄金市场在彻底开放之后将令世界再度吃惊，中国内地民众在黄金金融市场上的投资能力不可低估。

上海黄金交易所是目前内地可以交易现货黄金和其他贵金属的交易所。目前该交易所黄金的交易方式有两种：标准黄金的交易通过交易所的集中竞价方式进行，实行价格优先、时间优先撮合成交；非标准黄金通过询价等方式进行，实行自主报价、协商成交，会员可自行选择通过现场或远程方式进行交易。

目前，我国内地投资者除了直接或间接通过上海黄金交易所进行黄金投资外，还可以通过黄金零售店和银行投资黄金。而最活跃的是各大银行推出的 24 小时连续交易的纸黄金。纸黄金是一种个人凭证式黄金，投资者按银行报价在账面上买卖虚拟黄金，不发生实金提取和交割。如中国银行的"黄金宝"、工商银行的"金行家"、中国建设银行的"龙鼎金"等。一般有黄金（克）/人民币和黄金（盎司）/美元两个交易品种。黄金（克）/人民币的买卖业务以人民币为标价货币，最低交易量为 10 克，其买卖报价根据国际市场金价（美元/盎司）及美元/人民币中间价套算并加减相应点差而确定。黄金（盎司）/美元的买卖业务以美元为标价，最低交易量为 0.1 盎司。

另外，上海期货交易所的黄金期货合约是内地新兴的黄金交易方式，也是本书介绍的主题之一。

除了上海黄金市场，还有香港金市。香港黄金市场已有 90 多年的历史。其形成是以香港金银贸易场的成立为标志。1974 年，香港政府撤销了对黄金进出口的管制，此后香港金市发展极快。由于香港黄金市场在时差上刚好填补了纽约、芝加哥市场收市和伦敦开市前的空当，可以连贯亚、欧、美，形成完整的世界黄金市场。其优越的地理条件引起了欧洲金商的注意，伦敦五大金商、瑞士三大银行等纷纷来香港设立分公司。它们将在伦敦交收的黄金买卖活动带到香港，逐渐形成了一个无形的当地"伦敦金市场"，促使香港成为世界主要的黄金市场之一。

目前，香港黄金市场由三个市场组成：第一个是香港金银贸易市场，以华人资金商占优势，有固定买卖场所，主要交易的黄金规格为5个司马两一条的99标准金条，交易方式是公开喊价，现货交易；第二个是伦敦金市场，以国外资金商为主体，没有固定交易场所；第三个是黄金期货市场，是一个正规的市场，其性质与美国的纽约和芝加哥的商品期货交易所的黄金期货性质是一样的，交投方式正规，制度也比较健全，可弥补金银贸易场的不足。香港交易所2008年10月20日正式推出黄金期货交易，这样中国就有两个黄金期货交易场所。

第三阶
黄金交易的品种

国际上黄金市场的主要投资方式有：金条（块）、金币、黄金企业股票、黄金期货、黄金期权、黄金管理账户等。

投资实物金条时要注意最好购买世界上公认的或当地知名度较高的黄金精炼公司制造的实物金条。这样以后在出售实物金条时会省去不少费用和手续，如果不是知名企业生产的黄金，黄金收购商要收取分析黄金的费用。国际上不少知名黄金商出售的实物金条包装在密封的小袋中，除了内装黄金外，还有可靠的封条证明，这样在不开封的情况下再售出实物金条时就会方便得多。国内比较出名的实物金条是高赛尔金条。

一般实物金条都铸有编号、纯度标记、公司名称和标记等。由于金砖（约400盎司）一般只在政府、银行和大黄金商间交易使用，私人和中小企业交易的为比较小的金条，这需要特大金砖再熔化铸造，因此要支付一定的铸造费用。一般而言，金条越小，铸造费用越高，价格也相应提高。

投资实物金条的优点主要有不需要佣金和相关费用，流通性强，可以立即兑现，可在世界各地转让，还可以在世界各地得到报价；从长期看，金条具有保值功能，对抵御通货膨胀有一定作用。其缺点是占用一部分现金，而且在保证黄金实物安全方面有一定风险。购买实物金条需要注意的是最好购买知名企业的金条，妥善保存有关单据，保证金条外观包括包装材料和金条本身不受损坏，以便将来出手方便。

接着我们来简单介绍金币投资。金币有两种，即纯金币和纪念性金币。纯金币的价值基本与黄金含量一致，价格也随国际金价波动。纯金币主要为满足集币爱好者收藏。有的国家纯金币标有面值，如加拿大曾铸造有 50 元面值的金币，但有的国家纯金币不标面值。由于纯金币与黄金价格基本保持一致，其出售时溢价幅度不高（即所含黄金价值与出售金币间的价格差异小），投资增值功能不大，但其具有美观、鉴赏、流通变现能力强和保值功能，所以仍对一些收藏者有吸引力。纪念性金币由于有较大溢价幅度，具有比较大的增值潜力，其收藏投资价值要远大于纯金币。

纪念性金币的价格主要由三个方面的因素决定：一是数量越少价格越高；二是铸造年代越久远，价值越高；三是目前的品相越完整越值钱。纪念性金币一般都是流通性币，都标有面值，比纯金币流通性更强，不需要按黄金含量换算兑现。由于纪念性金币发行数量比较少，具有鉴赏和历史意义，其职能已经大大超越流通职能，投资者多为投资增值和收藏、鉴赏用，投资意义比较大。比如一枚 50 美元面值的纪念金币，可能含有当时市价 40 美元的黄金，但发行后价格可以大大高于 50 美元的面值。投资纪念金币虽有较大的增值潜力，但投资这类金币有一定的难度，首先要有一定的专业知识，对品相鉴定和发行数量、纪念意义、市场走势都要了解，而且还要选择良好的机构进行交易。初学者可以参考《如意谈金论银——金银币和黄金投资》一书，这样可以更快地入门。但是，真正能够从纪念性金银币中获利，还需要全面深入的学习和实践。

就金饰品而言，其投资意义要比金条和金币小得多，主要是因为金饰品的价值和黄金的价格有一定的差距，市场上常有投资黄金价格和饰金价格，两者价格有一定差距。虽然饰金的金含量也为 0.999 或 0.99，但其加工工艺要比金条、金砖复杂，因此买卖的单位价格往往高于金条和金砖。而且，在单位饰金价格外，还要加一些加工费，这就使饰金价格不断抬高，回收时折扣损失也大。但不是说饰金毫无投资意义，"如果日子实在过不下去，我还可以卖我太太的首饰"这句话表达了金首饰也有较强的变现能力，不过其折价也较高。由于世界上不少地区和国家对于足饰金按当时的饰金单价回收，回收渠道也比较顺畅，如香港金店就可以直接回收金条和饰金，对于收入不高的居民来讲，购买金首饰除了美观外，也可以有应急的作用。当然，如果能在饰金价格比较低的阶段购买，保值和升值的作用才比较明显。不过，对于职业投资者来讲，饰金是不具备投资价值的。

　　所谓"黄金管理账户"，是指经纪人全权处理投资者的黄金账户，这是一种风险较大的投资方式。其关键在于经纪人的专业知识和操作水平以及信誉程度。一般来讲，提供这种理财服务的机构和个人应该具有比较丰富的专业知识，而所收取的费用也不能太高。而且这类投资性企业对客户的要求也比较高，对客户情况比较了解，如客户的财务状况，要求客户的投资额也比较大。投资黄金管理账户的优点是可利用经纪人的专业知识和投资经验，节省自身的大量时间。其缺点是考察经纪人有一定难度，一旦确定经纪人投资黄金管理账户，在约定的范围内，对经纪人的决策无法控制。在实际投资运作中，出现风险和损失，由委托人全权负责，与经纪人无关。

　　所谓"黄金凭证"，是国际上比较流行的一种黄金投资方式。银行和黄金销售商提供的黄金凭证为投资者提供了免于储存黄金的风险。发行机构的黄金凭证上面注明投资者随时提取所购买黄金的权利，投资者还可按当时的黄金价格将凭证兑换成现金，收回投资，也可通过背书在市场上流通。投资黄金凭证要对发行机构支付一定的佣金，一般而言佣金和实金的存储费大致相同。投资黄金凭证的优点是该凭证具有高度的流通性，无储存风险，在世界各地可以得到黄金保价，对于大机构发行的凭证，在世界主要金融贸易地区均可以提取黄金。其缺点是购买黄金凭证占用了投资者不少资金，对于提取数量较大的黄金，要提前预约，有些黄金凭证信誉度不高。为此，投资者要购买获得当地监管当局认可证书的机构凭证。

　　和其他期货买卖一样，黄金期货也是按一定成交价在指定时间交割的合约，合约有一定的标准。期货的特征之一是投资者为能最终购买一定数量的黄金而先存入期货经纪机构一笔保证金，一般为合同金额的 $5\% \sim 10\%$。一般而言，黄金期货购买和销售者都在合同到期日前，出售和购回与先前合同相同数量的合约而平仓，而无须真正交割实金。每笔交易所得利润或亏损，等于两笔相反方向合约买卖差额，这种买卖方式也是香港投资者通常所称的"炒金"。黄金期货合约交易只需 10% 左右交易额的定金作为投资成本，具有较大的杠杆性，即少量资金推动大额交易，所以黄金期货买卖又称"定金交易"。

　　交易黄金期货的主要优点有：①较大的流动性，合约可以在任何交易日变现；②较大的灵活性，交易者可以在任何时间以满意的价位入市，委托指令具有多样性，如即市买卖、限价买卖等；③品质保证，交易者不必为其合约中标的的成色担心，也不要承担鉴定费；④安全方便，交易者不必为保存实金而花费精力和费用；⑤杠杆性，即以少量定金进行交易；⑥价格优势，黄金期货标的是批发价格，优于零售和饰金价格；⑦市场集中公平，期货买卖价格在开放条件下世界主要金融贸易中心和地区是基本一致的；⑧保值作用，即利用买卖同样数量和价格的期货合约来抵补黄金价格波动带来的损失，也被称为"对冲"。

交易黄金期货的主要缺点有：①风险较大，因为需要较强的专业知识和对市场走势的准确判断；②市场投机气氛较浓，交易者往往会由于投机心理而不愿脱身。

黄金期权是买卖双方在未来约定的价位具有购买一定数量黄金的权利，而非义务。如果黄金价格走势对期权买卖者有利，则会行使其权利而获利；如果黄金价格走势对其不利，则放弃购买的权利，损失只有当时购买期权时的费用。买卖期权的费用（或称期权的价格）由市场供求双方力量决定。因为黄金期权买卖涉及内容比较多，所以黄金期权买卖投资战术也比较多且复杂，不易掌握，现在世界上黄金期权市场并不多。黄金期权交易的优点不少，比如具有较强的杠杆性，以少量资金进行大额的投资；如果是标准合约的买卖，交易者则不必为储存和黄金成色担心；具有降低风险的功能等。但这需要有较强的专业知识，受篇幅所限，如读者有兴趣，还可以阅读一些专业性的期权投资的书籍。下面我们就来介绍其中的主要品种。

第一节　黄金交易的分类和比较

表 3—1 是中国内地黄金四大投资品种的一个比较，请大家重点分析一下其中的黄金期货。

表 3—1　中国内地黄金四大交易品种

品种（内地）	黄金期货	AU（T+D）	纸黄金	标准金条
定价机制	撮合成交	撮合成交	商业银行坐市商报价，以上海金价为基准，上下浮动 0.50 元	企业自行定价
价差	最优价成交	最优价成交	1 元/克	较纸黄金大

续表

品种（内地）	黄金期货	AU（T+D）	纸黄金	标准金条
保证金	7%	10%	100%	100%
手续费	2‰	4‰	包含在价差中	包含在价差中
交易时段	上海期货交易所交易时段	上海黄金交易所时段	部分商业银行是全天候交易，部分商业银行是采用上海黄金交易所时段	企业自动
交割	实物交割或者平仓	实物交割或者平仓	不进行实物交割	实物即时交割

接下来我们将世界范围内的黄金投资品种——介绍给大家。

实金买卖包括金条、金币和金饰等交易，以持有黄金作为投资。其投资额较高，实质回报率虽与其他交易品种相同，但涉及的金额一定会较低（因为投资的资金不会发挥杠杆效应），而且只可以在金价上升之时才可以获利。一般的饰金买入价及卖出价的差额较大，用于投机和投资都不适宜，金条及金币由于不涉及其他成本，是实金投资的最佳选择。但是交易者需要注意的是，持有黄金并不会产生利息收益。

金币有两种，即纯金币和纪念性金币。纯金币的价值基本与黄金含量一致，价格也基本随国际金价波动，具有美观、鉴赏、流通变现能力强和保值功能。纪念性金币较多具有纪念意义，对于普通投资者来说较难鉴定其价值，因此对投资者的素质要求较高，主要为满足集币爱好者收藏，投资增值功能不大。

黄金现货市场上实物黄金的主要形式是金条（Gold Bullion）和金块，也有金币、金质奖章和首饰等。金条有低纯度的砂金和高纯度的条金，条金一般重400盎司。市场参与者主要有黄金生产商、提炼商，中央银行，投资者和其他需求方，其中黄金交易商在市场上买卖，经纪人从中搭桥赚佣金和差价，银行为其融资。黄金现货报盘价差一般为每盎司0.5~1美元，盎司（Ounce）为度量单位，注意这里是金衡盎司，而不是普通的常衡盎司。

黄金现货交易主要有两个缺点：一是承担储藏和安全费用；二是持有黄金无利息收入。所以交易者通过买卖黄金期货暂时转让所有权可免去费用和获得收益。

黄金掉期交易是黄金持有者转让金条换取货币，互换协议期满则按约定的远期价格购回金条，据说南非和苏联中央银行偏爱这种交易方式。

纸黄金交易没有实金介入，是一种由银行提供的服务，以贵金属为单位的凭证，交易者不需要实物黄金的买卖及交收，而采用记账方式来把握黄金价格的波动收益。纸黄金由于不涉及实金的交收，所以交易成本可以更低。交易者需要注意的是，虽然它可以基本等同持有黄金，但是账户内的"黄金"一般是不可以换回实物黄金的。这就使得黄金的避险功能受到了极大的制约，这是纸黄金交易者需要注意的一个问题。

黄金保证金交易的品种较多，有些与实物金有联系，有些则没有。黄金保证金与纸黄金交易的区别也是大家需要注意的。纸黄金是中国几家银行推出的一种理财业务，比如中国银行和工商银行在北京、上海、深圳、成都等大城市推出了纸黄金理财产品。只能进行实盘交易，即你有多少钱，才能买多少黄金，它们是按"克"来计算的，最低10克起，不能做"空单"，也就是说只有在黄金价格上升的时候你才能赚钱。

黄金保证金国内的有"上海金"，国际上的一般做"伦敦金"。打个比方，一个10元钱的石头，你只要用1元钱的保证金就能拥有并使用，这样如果你有10元钱，就能拥有10个10元钱的石头，如果每个石头价格上涨1元，变成11元，你把它们卖出去，这样你就纯赚10元钱了。但是如果价格下跌1元钱，那么首先亏掉的就是你的那1元钱，这意味着你被强迫平仓了。保证金交易就是利用这种杠杆原理，把钱用活，潜在利润和风险都成倍上升了。纸黄金交易是通过账面反映买卖状况，通过黄金投资获得交易盈利，与实物黄金交易相比，纸黄金交易不存在仓储费、运输费和鉴定费等额外的交易费用，投资成本较低，同时也不会遇到实物黄金交易通常存在的"买易卖难"的窘境。而保证金交易是一种可以"以小博大"炒黄金的方式，虽然可能盈利快但风险也相当大。这和期货交易相类似，放大交易额意味着更高的风险，有被迫减仓或者被平仓的风险。这种交易模式只适合于一些专业的个人和机构交易者进行。那么对于一般稳重的交易者来说，纸黄金无疑是最佳选择。

内地黄金保证金交易品种主要是 Au（T＋5）和 Au（T＋D）。Au（T＋5）交易是指实行固定交收期的分期付款交易方式，交收期为 5 个工作日（包括交易当日）。买卖双方以一定比例的保证金（合约总金额的 15％）确立买卖合约，合约不能转让，只能开新仓，到期的合约净头寸即相同交收期的买卖合约轧差后的头寸必须进行实物交收。如果买卖双方一方违约，则必须支付另一方合同总金额 7％的违约金；如果双方都违约，则双方都必须支付 7％的违约金给黄金交易所。

Au（T＋D）交易是指以保证金的方式进行的一种现货延期交收业务，买卖双方以一定比例的保证金（合约总金额的 10％）确立买卖合约，与 Au（T＋5）交易方式不同的是该合约可以不必实物交收，买卖双方可以根据市场的变化情况，买入或者卖出以平掉持有的合约，在持仓期间将会发生每天合约总金额 2‰的递延费（其支付方向要根据当日交收申报的情况来定，例如如果客户持有买入合约，而当日交收申报的情况是收货数量多于交货数量，那么客户就会得到递延费，反之则要支付）。如果持仓超过 20 天，则交易所要加收按每个交易日计算的万分之一的超期费（目前是先收后退），如果买卖双方选择实物交收方式平仓，则此合约就转变成全额交易方式。在交收申报成功后，如果买卖双方一方违约，则必须支付另一方合同总金额 7％的违约金；如果双方都违约，则双方都必须支付 7％的违约金给黄金交易所。

在内地除了上海黄金交易所提供的黄金交易品种外，还有上海期货交易所提供的黄金期货。黄金期货的购买、销售者，都在合同到期日前出售和购回与先前合同相同数量的合约，也就是平仓，无须真正交割实金。每笔交易所得利润或亏损，等于两笔相反方向合约买卖差额。黄金期货合约交易只需 10％左右交易额的定金作为投资成本，具有较大的杠杆性，少量资金推动大额交易。所以，黄金期货买卖又称"定金交易"。

世界上大部分黄金期货市场交易内容基本相似，主要包括保证金、合同单位、交割月份、最低波动限、期货交割、佣金、日交易量、委托指令。

交易人在进入黄金期货交易所之前，必须要在经纪人那里开个户头。交易人要与经纪人签订有关合同，承担支付保证金的义务。如果交易失效，经纪人有权立即平仓，交易人要承担有关损失。当交易人参与黄金期货交易时，无须支付合同的全部金额，而只需支付其中的一定数量（即保证金）作为经纪人操作交易的保障，一般将保证金定在黄金交易总额的 10％左右，这与现货黄金的保证金交易类似。保证金是对合约持有者信心的保证，合约的最终结果要么以实物交割，要么在合约到期前做相反买卖平仓。

黄金期权是买卖双方在未来约定的价位，具有购买一定数量标的的权利而非义务。如果价格走势对期权买卖者有利，会行使其权利而获利；如果价格走势对其不利，则放弃购买的权利，损失只有当时购买期权时的费用。由于黄金期权买卖投资战术比较多且复杂，不易掌握，目前世界上黄金期权市场不太多。

所谓黄金股票，就是金矿公司向社会公开发行的上市或不上市的股票，所以又被称为金矿公司股票。由于买卖黄金股票不仅是投资金矿公司，而且还间接投资黄金，因此这种投资行为比单纯的黄金买卖或股票买卖更为复杂。投资者不仅要关注金矿公司的经营状况，还要对黄金市场价格走势进行分析。A股市场上最重要的黄金股票是紫金矿业、山东黄金和中金黄金。

黄金基金是黄金投资共同基金的简称，是由基金发起人组织成立，由投资人出资认购，基金管理公司负责具体的投资操作，专门以黄金或黄金类衍生交易品种作为投资媒体的一种共同基金，由专家组成的投资委员会管理。黄金基金的投资风险较小、收益比较稳定，与我们熟知的证券投资基金有相同的特点。全球较大的黄金基金有 SPDR Gold Shares，New Gold Debentures，Gold Bullion Sec。SPDR Gold Shares 是全球第一大黄金基金，原名"Street Tracks Gold Trust"。它在纽约、新加坡、东京和香港上市。New Gold Debentures 是在南非翰尼斯堡证券交易所上市的一只黄金基金。Gold Bullion Sec 是在欧洲的英国、法国、德国和意大利上市的一只黄金基金。另外，全球最大的白银基金是 iShares Silver Trust。其中，SPDR Gold Shares 和 iShares Silver Trust 的持仓量变化趋势起着贵金属市场风向标的作用，这是大家需要注意的。

对个人投资者来说，目前内地比较常见的交易和投资工具主要有房地产、储蓄、有价证券、期货和黄金。投资者还可以将黄金与其他投资对象进行比较分析，如白银、古玩、珠宝、名表之类，从中可以获得一些启发。可以看出，黄金具有价值稳定、流动性高的优点，是对付通货膨胀的有效手段。如果对期货市场以及黄金价格变化具有一定的基础知识和专业分析能力，还可参与黄金期货投资获利。

一般来说，无论黄金价格如何变化，由于其内在的价值比较高而具有一定的保值和较强的变现能力。从长期来看，具有抵御通货膨胀的作用；房产从长期看，具有很大的实用性，如果购买时机、价格和地区比较合理，也有升值潜力；而储蓄对应对各种即时需求最为方便；股票赢利性与风险性共存。这些交易标的的优势和作用，要根据各种目的、财力和投资知识而定。

黄金投资与股票投资的主要区别是：①黄金投资只需要保证金投入交易，可以以小博大；②黄金投资可以24小时交易，而股票为限时交易；③黄金投资无论价格涨跌均有获利机会，获利比例无限制，亏损额度可控制，而股票一般在价格上涨的时候才有获利机会；④黄金投资受全球经济影响，不会被人为控制，而股票容易被人为控制；⑤股票投资交易需要从很多股票中进行选择，黄金投资交易只需要专门研究分析一个项目，更为节省时间和精力；⑥黄金投资交易不需要缴纳任何税费，而股票需要缴纳印花税。

第二节 实物黄金投资

投资实物黄金适合于什么人群呢？如果日常工作忙碌，没有足够时间经常关注世界黄金的价格波动，不愿意也无精力追求短期价差的利润，但却有充足的闲置资金，最好投资实物黄金。购买黄金金条后，将黄金存入银行保险箱中，做长期投资。

现货黄金主要包括金饰品、金条以及金币。提到黄金投资，可能大多数人的直觉就是购买黄金饰品，认为黄金饰品能够起到保值增值的作用，其实不然。

目前，我国内地黄金投资渠道狭窄，可以方便投资的品种非常少，造成社会民众与学者对黄金知识的了解有限。许多普通老百姓迫切想投资黄金，但却存在不少的认识误区，为此必须先要掌握以下知识。

在中国内地，老百姓平常所能看到的黄金制品主要是黄金饰品，但黄金饰品并不是一个好的投资品种。黄金饰品具有美学价值，购买黄金饰品本身所支付的附加费用非常高，购买价格与黄金原料的内在价值差异较大，从金块到金饰，珠宝商要进行加工，要加上制造商、批发商、零售商的利润，最终到达购买者手中时这一切费用都由购买者承担。而卖出时，这部分费用只有购买者自己承担，所以黄金饰品的实际交易成本费用非常高。此外，金银首饰在日常使用中会受到不同程度的磨损，如果将旧金银饰品变现时，其价格还要在原分量的基础上打折扣。

举例而言，2001 年世界黄金价格处于近 25 年的历史最低位，平均价格为 270 美元/盎司，当时内地的黄金饰品价格为 90 元左右，而 2005 年黄金价格上涨到了 480 美元/盎司时，黄金饰品的市场价格为 125 元。假设当年购买黄金投资，单纯从黄金原料价格的角度看，投资收益率应该为 77.8%。但如果投资者购买的是黄金首饰，2001 年买入价格最低为 85~95 元/克，一般金商收购旧金的回购价格最高也不超过 110 元/克。可见如果投资者投资黄金饰品，即使世界黄金价格上涨了许多，同样也无法享受到黄金上涨的收益，投资首饰性黄金获得的大量投资收益都消耗到各种中间成本中了。

黄金饰品的主要作用是用来观赏的，由于存在加工费用、工艺费用，因此购买价格大大超出黄金原料的价格。而黄金饰品要变现又将面临超过 20% 的折价。如果首饰金店将回收废旧黄金饰品直接向一般的金店进行回售的话，其价格也要远远低于同期上海黄金交易所金含量相同的黄金原料价格。因此，黄金饰品更适合观赏而不是投资。

金条有两种类型，主要分为纪念性特制金条和实物投资金条。纪念性特制金条主要体现为长期的收藏价值，如我国近年发行的贺岁金条、2008 奥运金条等。纪念性特制金条会以高于其金原料价值的价格来发行，其价格固定，而且没有固定回购渠道，难以在理想价位进行变现，因此纪念性金条比较适合于有丰富经验的收藏人群，一般投资者通过投资纪念性金条不易获得可观的收益。实物投资金条与国际金原料价格接轨相对紧密，每天根据国际金价的变化制定当日销售定盘价，销售与回购皆通过中间银行来完成，购买方便、流动性也很好，实物金条是不错的投资品种。国内第一种通过银行的柜台销售和回购的金条是高赛尔金条，这种实物金条在工商银行、农业银行等银行都有代销。

对一般投资者而言，最好的黄金投资品种就是直接购买投资性金条。金条加工费低廉，各种附加支出也不高，标准化金条在全世界范围内都可以方便地买卖，并且大多数国家和地区都对黄金交易不征交易税。而且黄金是全球 24 小时连续报价，在世界各地都可以及时得到黄金的报价。

虽然投资性金条是投资黄金最合适的品种，但并不是指市场中常见的纪念性金条、贺岁金条等，这类金条都属于"饰品金条"，它们的售价远高于国际黄金市场价格，而且回售麻烦，兑现时要打较大折扣。所以投资金条之前要先学会识别"投资性金条"和"饰品性金条"。

投资性金条一般来讲有两个主要特征：一是金条价格与国际黄金市场价格非常接近（因加工费、汇率、成色等原因不可能完全一致）；二是投资者购买回来的金条可以很方便地再次出售兑现。金融投资性金条一般由黄金坐市商提出买入价与卖出价的交易方式。黄金坐市商在同一时间报出的买入价和卖出价越接近，则黄金投资者所投资的金融性投资金条的交易成本就越低。

金融投资性金条是投资黄金现货的最好选择，高赛尔金条是目前内地一种非常好的投资性金条，高赛尔金条的报价与国际黄金市场同步，投资者购买的投资性金条可以按国际市场即时同步价格回售给高赛尔公司，按国际黄金市场价格再兑换成人民币现钞，它是目前内地最好的"投资性金条"品种之一。

购买的金条或金砖，一定要确认是金融投资性金条，而不是"饰品性工艺金条"，一般的工艺性首饰类金条可以少量地购买用做收藏，但绝不适合作为金融投资品。只有金融投资性金条才是投资实物黄金的最好选择。

随着社会富裕人群的不断增加，对金银币有投资收藏兴趣的人也越来越多。金银纪念币具有发行量小、材质贵重、有一定投资价值等特点，从而成为人们对资产进行保值、增值的一种较好的选择。金币也分为两类，纪念性金币和普制金币。纪念性金币一般具备收藏价值，主要包括限量发行的样币、纪念性特制金币。收藏者以高于金币黄金含量价值以上很多的价格来购买金币，而且其价格相对固定。由于这种金币常常出现非常高的溢价，因此一般投资者对其价值很难把握。而普制金币是黄金投资者一般以略高于金币黄金含量价值以上的价格来进行买卖，能够广泛地体现出较好的投资价值。在我国内地，普制金币主要是熊猫金币，但是受我国内地黄金市场开放程度的限制，熊猫金币目前仍存在较大的流通局限性。

金银纪念币是否可以进行投资？在中国内地还有一种金银纪念币，金银币工艺设计水准高、图案精美丰富、发行量较少，因此具有较高的艺术品特征。但最近几年来，内地所有金银纪念币的销价相对金银原材料的溢价水平都很高，呈现出"高溢价、小品种、价格波动大，牛短熊长"的投机市特征，并不适合长线投资。

我国自 1979 年发行现代金银纪念币以来，到目前为止已经发行了十大系列、1500多个品种的金银纪念币，不仅为国内外收藏爱好者提供了大量的金银币收藏精品，而且还充分展现了中国现代金银币的风采和新中国在各领域所取得的成就，而中华民族悠久灿烂的古代文明也在现代金银币上得到了完美的体现。

投资金银币，需要注意以下一些问题：

第一，区分清楚金银币和金银章。因为同样题材、同样规格的币和章，其市场价格是不一样的，通常情况下金银纪念币的市场价格要远高于金银纪念章。金银纪念币和金银纪念章最主要和最明显的区别就是金银纪念币具有面额而金银纪念章没有面额，而有没有面额一方面说明了是否为国家的法定货币，另一方面则说明了纪念币的权威性要远高于纪念章，因为具有面额的法定货币只能由中国人民银行发行，所以金银纪念币的权威性是最高的。

纪念性金币是有明确纪念主题、限量发行、设计制造比较精湛、升水比较多的贵金属币。投资性金币是世界黄金非货币化以后黄金在货币领域存在的一种重要形式，是专门用于黄金投资的法定货币，其主要特点是发行机构在金价的基础上加较低升水溢价发行，以易于投资和收售，每年的图案可以不更换，发行量不限，质量为普制。

第二，注意金银纪念币是否有证书。金银纪念币基本上都附有中国人民银行行长签名的证书，买卖的时候如果缺少证书会比较麻烦。

第三，注意金银纪念币的品相。金银纪念币从投资的角度分析，由于是实物投资，所以金银纪念币的品相非常重要，如果因为保存不当而使得品相变差，也会导致其在出售时被杀价。

第四，看清大势，顺应大势。金银纪念币行情与其他投资市场行情相同的地方是行情的涨跌起伏变化，并且较长时间的行情运行趋势可以分成牛市或者熊市阶段，行情运行大的趋势实际上已经是综合反映了各种对市场有利或者不利的因素。投资市场行情运行趋势一旦形成，通常情况下是不会轻易改变的，所以能够看清行情大的运行趋势并且能够顺大势操作者，其投资成功的概率就高，而其所承受的市场风险却要小得多。

第五，投资和投机相结合。由于币市行情容易受到政策面的变化而变化，所以交易者在具体的币市投资操作中，可以将投资与投机的理念、手法结合起来。因为对普通的交易者而言，单纯的投资操作固然可以减少市场风险，但是投资获利不多，时间成本较大；而纯粹的投机性操作，虽然踏准了牛市的步伐会很快暴富，但是暴涨暴跌的行情毕竟是难以把握的，更何况邮币卡市场行情基本上还是"牛短熊长"呢！理想的操作思路和操作手法应该是投资、投机相结合，以投资为主，以投机为辅，或者熊市之中以投资为主，牛市之中以投机为主。

第六，重点研究精品。随着币市可供投资选择的品种越来越多，交易者在投资或者投机时，始终有一个具体品种的选择问题。不同的投资品种在一段时间以后的投资回报有高有低。在钱币市场上，经常可以看到有些金银纪念币在牛市面市的价格很高，随后却一路往下走。也有些品种在市场行情处于熊市时面市，面市价格也不高，随后其市场价格却能够不断上涨。虽然这些品种短时间里市场价格的高低是受到多种因素的影响，但是长期价格走向却是由这些品种的内在价值决定，而内在价值通常则是由题材、制造、发行量、发行时间长短等综合因素决定。

第七，资金使用安全。任何金融市场皆存在不可避免的系统或者非系统风险，币市行情由于具有暴涨暴跌的特点，其市场风险在某些时间段还相当大。所以金银币交易者首先应该有风险意识，尤其是短线投机性炒作时；其次是应该采取一定的投资组合来规避市场风险，因为除了价格下跌有套牢的风险外，一旦行情启动还有踏空的风险。

前面具体介绍实物黄金品种的特点和买卖要点，那么实物黄金有哪些可靠投资渠道？

金店是人们购买黄金产品的一般渠道。但是一般通过金店渠道买金更偏重的是它的收藏价值而不是投资价值。比如购买黄金饰品是比较传统的投资方式，金饰在很大程度上已经是实用性商品，而且其在买入和卖出时价格相距较大，投资意义不大。

投资者还可以通过银行渠道进行投资，购买实物黄金，包括标准金条、金币等产品形式。比如农业银行的"招金"、中国银行的"奥运金"，还有上海黄金交易所对个人的黄金业务目前主要是通过银行来代理；而我国推出的熊猫金币，就是由中国人民银行发行，也是一种货币形式，即使再贬值也会有相当的价值，因此其投资风险相对要小。

此外，投资者还可以通过黄金延迟交收业务平台投资黄金，这是时下最流行的一种投资渠道。黄金延迟交收指的是投资者按即时价格买卖标准金条后，延迟至第二个工作日后任何工作日进行实物交收的一种现货黄金交易模式。

购买黄金制品如何分清类别？按照黄金和其他金属成分的构成，黄金制品可分成纯金制品、合金（K金）制品和包裹金制品三大类别。现实中不存在100％的纯金，各国对纯金制品下限的规定不尽相同。值得注意的是，在我国"纯金"和"足金"并不是完全相同的概念。国家标准草案规定纯金纯度下限为99.99％，足金纯度下限为99.0％。我国市场上足金首饰成色主要有三种："四九金"，成色为99.99％；"三九金"，成色为99.9％，俗称千足金；"二九金"，成色为99％，俗称九九金。由于纯金硬度较低且颜色较单一，镶嵌宝石时强度不够容易脱落，人们在纯金中加入一些其他金属制成的"金的合金"叫K金。根据加入其他金属的比例不同，K金的成色、色调、硬度、延展性及熔点等性质均不相同，世界各国对K金中金的含量要求也不一样，亚洲人喜爱高K数的K金首饰，如22K和18K，欧美人喜欢14K和10K金首饰。一般来说，作为首饰金最低不能低于8K。

包裹金是在其他金属的基底上，应用工艺附着一层黄金的合金，一般用于美观和防腐，包裹金主要的形式有镀金、包金、鎏金和贴金。镀金是在以铜为胚胎的物品表面，用电镀的方法镀上一层黄金，镀层面一般都很薄。包金是在铜、银、铝、锌、铅或其他合金材料表面，裹上一层金箔，像包装纸一样将内在物质包起来，起到装饰作用，由于包金的厚度比镀金厚，外表与黄金首饰很相似。包金首饰的优劣依赖于包金工艺的成败，美国一般在包金首饰上打有KF的标记。鎏金、贴金都是传统、古老的装饰工艺。

目前，我国国家标准对包金和镀金的制品均有规定，对黄金制品印记和标识牌也有规定，一般要求有生产企业代号、材料名称、含量印记等，无印记为不合格产品。

第三节　纸黄金投资

中国内地的黄金投资标的主要分为实物黄金和纸黄金以及黄金期货。目前，随着黄金价格的升降起伏，黄金投资也逐渐成为个人理财投资的热门。其实，实物黄金只是银行所提供的黄金业务中的一种，除了实物黄金以外，还有一种看不见摸不着的黄金，我们把它称做"纸黄金"。所谓"纸黄金"业务，是指交易者在账面上买进卖出黄金赚取差价获利的投资方式。与实物黄金相比，纸黄金全过程不发生实金提取和交收的二次清算交割行为，从而避免了黄金交易中的成色鉴定、重量检测等手续，省略了黄金实物交割的操作过程，对于有"炒金"意愿的交易者来说，纸黄金的交易更为简单便利。

实物黄金具有比纸黄金更好的保值和变现能力，但其增值空间较纸黄金要小；反之，纸黄金投资收益往往大于实物黄金，从而具有非常显著的投资增值功能。一般而言，实物黄金是比较适合中老年投资者参与，也适合于个人收藏或馈赠亲友之需，而纸黄金是个人职业交易者首选的炒金工具。

据了解，目前内地主要的纸黄金理财产品有三种：中国银行的"黄金宝"、工商银行的"金行家"以及建设银行的"账户金"。由于这三种产品各有差异，专家建议交易者不妨货比三家，在选择纸黄金具体交易标的时，不妨考虑以下因素：

一般来说，银行的交易时间开放得越长越好，这样就可以随时根据金价的变动进行交易。在这方面，中国银行"黄金宝"的交易时间为24小时不间断交易，工商银行"金行家"是从周一8：00到周六凌晨4：00不间断交易，而建设银行"账户金"则相对落后，其交易时间定在每天白天10：00～15：30。

报价一般采用两种方式：按国内金价报价和按国际金价报价。在报价上，中国银行"黄金宝"的报价参考国际金融市场黄金报价，通过即时汇率折算成人民币报价。建设银行"账户金"直接采用了依据黄金交易所的AU99.99和AU99.95的实时报价为基准的报价方式，而工商银行"金行家"则把人民币和美元分开，综合采用了国内金价报价和按国际金价报价。

用金价差减去银行的交易点差就是纸黄金的投资回报，因此，选择低的交易点差可以让自己的收益率更高。在这方面，中国银行"黄金宝"业务单边的交易点差为0.4元/克；建设银行"账户金"的单边交易点差为0.5元/克；工商银行"金行家"的单边点差则分成两种，"人民币账户金"为0.4元/克，"美元账户金"为3美元/盎司。

一般而言，人们投资纸黄金，从时间上可分为短期投资、中期投资和长期投资；从获利要求上可分为保值和增值两种；从操作手法上可分为投资和投机两种。上述因素再结合纸黄金价格的波动和家庭可供使用的资金、个人对纸黄金价格和纸黄金品种的熟悉程度、个人投资的风格等，就可以基本确定自己进行纸黄金投资的目标。

纸黄金是家庭不同投资标的中的一种，不同的投资目标和风险控制要求，不同时间段投资标的侧重的不同，都会使纸黄金在家庭投资组合中的比例不同。对于普通家庭而言，通常情况下纸黄金占整个家庭资产的比例最好不要超过 10%。只有在黄金预期会大涨的前提下，可以适当提高这个比例。

由于影响黄金价格涨跌的因素非常多，并且从全球范围来讲，黄金市场的交易是 24 小时不间断的，因此，投资纸黄金对于信息的要求是比较高的。目前，投资者获取与黄金相关信息的渠道越来越多，除了银行网点外，不少财经类报纸、杂志和网站都有相关的信息。

别看黄金身份尊贵，可它一样会大起大落。纸黄金投资和黄金储藏是两回事，盲目进入一样会深度套牢。因此，交易者在防范市场风险的同时，对交易的完成和自身权益的保护是相当重要的。

第四节　黄金期货交易

世界上大部分黄金期货市场交易内容基本相似，主要包括保证金、合同单位、交割月份、最低波动限、期货交割、佣金、日交易量、委托指令。

交易人在进入黄金期货交易所之前，必须要在经纪人那里开个户头。交易人要与经纪人签订有关合同，承担支付保证金的义务。如果交易失败，经纪人有权立即平仓，交易人要承担有关损失。当交易人参与黄金期货交易时，无须支付合同的全部金额，而只需支付其中的一定数量（即保证金）作为经纪人操作交易的保障，一般将保证金定在黄金交易总额的 10% 左右。保证金是对合约持有者信心的保证，合约的最终结果要么以实物交割，要么在合约到期前作相反买卖平仓。

保证金一般分为三个层次：一是初级保证金（Initial Margin）。这是开期货交易时，经纪人要求客户为每份合同缴纳的最低保证金。二是长期保证金（Maintenance Margin）。这是客户必须始终保有的储备金金额。长期保证金有时需要客户提供追加的保证金。追加的保证金是当市场变化朝交易商头寸相反方向运动时，经纪人要求支付的维持其操作和平衡的保证金。如果市场价格朝交易商头寸有利的方向运动时，超过保证金的部分即权益或收益，交易商也可要求将款项提出，或当作另外黄金期货交易的初始定金。三是应变和盈亏的保证金（Variation Margin）。清算客户按每个交易日结果向交易所的清算机构所支付的保证金，用来抵偿客户在期货交易中因不利的价格走势而造成的损失。

黄金期货和其他期货合约一样，由标准合同单位乘合同数量来完成。纽约交易所的每标准合约单位为 100 盎司金条或 3 块 1 公斤的金条。黄金期货合约要求在一定月份提交规定成色的黄金。最低波幅是指每次价格变动的最小幅度，如每次价格以 10 美分的幅度变化。最高交易限度，如同目前证券市场上的涨停和跌停，纽约交易所规定每天的最高波幅为 75 美分。购入期货合同的交易商，有权在期货合约变现前，在最早交割日以后的任何时间内获得拥有黄金的保证书、运输单或黄金证书。同样，卖出期货合约的交易商在最后交割日之前未做平仓的，必须承担交付黄金的责任。世界各市场的交割日和最后交割日不同，如有的规定最早交割日为合约到期月份的 15 日，最迟交割月份为该月的 25 日。一般期货合约买卖都在交割日前平仓。

黄金期货交易可按当天的价格变化进行相反方向的买卖平仓。当日交易对于黄金期货成功运作来说是必需的，因为它为交易商提供了流动性。而且当日交易无须支付保证金，只有在最后向交易所支付未平仓合约时才支付。

指令是顾客给经纪人买卖黄金的命令，目的是为防止顾客与经纪人之间产生误解。指令包括品种、方向（是买还是卖）、数量、描述（即市场名称、交割日和价格与数量等）、限定（如限价买入、最优价买入）以及客户意愿价格等。

关键性指令有：①市价指令，指按当时交易所的价格进行交易。②限价指令，这是一种有条件指令，只有市场价格达到指令价格时才被执行，一般买价指令只有在市场价格低于一定水平时才执行，而卖价指令只有在市场价格高于一定水平时才执行。如果市场价格没有到达限度价格水平，该指令就不能被执行。③停价指令，该指令也是客户授权经纪人在特定价位买卖期货合约的指令。买的停价指令意味客户想在市场价格一旦高于一定价格时，就立即以市场价格买入期货合约；卖的停价指令意味着客户想在市场价格一旦低于一定价格时，就立即以市场价格卖出期货合约。④停止限价指令，指客户要求经纪人在交易所价格跌至预定限度内的限价卖出，或上涨到预定限度内以限价补进的指令。这一指令综合了停价指令和限价指令的特征，但相对于限价指令来说有一定风险。⑤限时指令，该指令也是一种有条件指令，表明经纪人在多长时间内可以执行该指令。一般情况下，除有说明外，指令均为当日有效，如果一个指令在当日的交易盘中未被执行，那么该指令就失效或过期。⑥套利指令，该指令用来同时建立多头仓位和空头仓位。如对一定数量黄金建立多头仓位和空头仓位，只是期货合约的到期日不同。

经纪人在收到客户发出的交易指令后，该指令就迅速传送到期货交易厅中。当该指令被执行后即买卖成功，有关通知会返回经纪人，经纪人一般先口头通知投资者执行情况，如价格、数量、期限以及仓位情况，然后于第二天书面通知投资者。

表3-2是上海期货交易所黄金期货标准合约文本。

表3-2　上海期货交易所黄金期货标准合约文本

交易品种	黄金
交易单位	300克/手
报价单位	元（人民币）/克
最小变动价位	0.01元/克
每日价格最大波动限制	不超过上一交易日结算价±5%
合约交割月份	1~12月
交易时间	上午9：00~11：30　下午1：30~3：00
最后交易日	合约交割月份的15日（遇法定假日顺延）
交割日期	最后交易日后连续五个工作日
交割品级	符合国标GB/T4134—2003规定，金含量不低于99.95%的金锭
交割地点	交易所指定交割仓库
最低交易保证金	合约价值的7%
交易手续费	不高于成交金额的万分之二（含风险准备金）
交割方式	实物交割
交易代码	AU
上市交易所	上海期货交易所

黄金标准合约的交易单位为每手300克，交割单位为每一仓单3000克，交割必须以每一仓单的整数倍交割。用于本合约实物交割的黄金必须符合国标

GB/T4134—2003，其中金含量不低于 99.95％。交割的黄金应为锭，每块金锭重量为 1000 克或 3000 克。每张仓单的溢短不超过±1％，每块金锭磅差不超过±0.1 克。每一仓单的黄金必须是同一生产企业生产、同一牌号、同一注册商标、同一质量品级、同一块形的商品组成。每一仓单的黄金必须是本所批准的注册品牌，须附有生产者出具的质量证明书。仓单须由本所指定交割仓库按规定验收合格后出具。用于实物交割的黄金必须是交易所注册的品牌。具体的注册品牌和升贴水标准由交易所规定并公告，异地交割仓库升贴水标准由交易所另行规定并公告。

无论是黄金期货还是其他种类的黄金交易，我们都要接触到一些必要的操作环节相关术语，比如建仓和平仓。

所谓的黄金期货建仓，是指交易者新买入或新卖出一定数量的黄金期货合约，它是投资交易的第一个环节，也是决定投资者能否成功的决定性环节，同时也是交易中风险控制的第一步。那么，投资者在建仓阶段应该注意哪些问题呢？

第一，需要注意选择入市时机。入市时机的选择首先要根据基本面的分析，判断黄金期货市场趋势，包括主要趋势、次级趋势和短期趋势，并要分析市场的上升空间和下跌空间有多大，持续时间会有多长。在对市场行情及走势进行判断之后，黄金期货交易者要权衡潜在风险和获利前景，在充分考虑自身风险承受能力的基础上，选择合适的入市时机。

在入市建仓时，黄金期货交易者应使用技术分析方法选择入市时机。一般情况下，应按照中期趋势的交易方向，在上升趋势中伺机做多，在下跌趋势中做空。为了应对行情的短期波动，要注意资金管理，控制仓位并及时止损。此外，在选择入市具体点位时，交易者一定要避免抄底或摸顶的想法。

第二，黄金期货合约月份的选择。黄金期货合约月份的选择应坚持流动性至上的原则，即要选择交易活跃、容易买卖成交的黄金期货合约。但随着黄金期货合约交割月的临近，交易者要及时在月份之间进行移仓。在移仓时机及建仓量的选择中，以下因素应重点考虑：①内地黄金期货合约最低保证金 7％，但自交割月前的第十个交易保证金提高到 10％起，随着合约交割日的临近，黄金期货的保证金比例从 10％到 40％不等，远高于其他内地商品期货合约保证金调整幅度。②黄金期货交割细则中增加了自然人客户持仓不允许进入交割月的规定。交割月前第一月的最后一个交易日收盘前，自然人客户黄金期货合约持仓量应当调整为0手，否则将由交易所予以强制平仓。而进入交割月后，自然人投资者不允许建新仓。

根据我们黄金期货交易的经验来看，在建仓过程中，主要有以下两种基本策略可以借鉴：

第一种策略是"平均买低"和"平均卖高"。如果建仓黄金期货后市场行情与预料的相反，可以采用"平均买低"和"平均卖高"策略。在买入黄金期货合约后，如果合约价格下降则进一步买入合约，以求降低平均买入价，一旦合约价格反弹可在较低价格上卖出止亏盈利，这就是"平均买低"，也被称为"向下摊平"。在卖出黄金期货合约后，如果合约价格上升则进一步卖出合约，以提高平均卖出价格，一旦合约价格回落可以在较高价格上买入止亏盈利，这就是"平均卖高"。

交易者必须注意的是，这个策略的执行必须是以对黄金市场大势的看法不变为前提，即在预计黄金期货价格将上升时，价格可以调整，也就是阶段性下跌，但是最终仍会上升；在预计黄金期货价格即将下跌时，价格可以反弹，也就是阶段性上升，但必须是短期的，最终仍要下跌。如果不掌握好调整买入、反弹卖出的前提，这种做法只会增加损失。

第二种策略是"金字塔式操作"。如果建仓黄金期货后市场行情与预料相同并已经使交易者获利，可以增加黄金期货持仓，此时可以采用金字塔式操作策略。也就是在现有持仓已经盈利的情况下增加持仓，但持仓的增加份额应该渐次递减。"金字塔式买入"黄金期货合约时，持仓的平均价虽然有所回落，但升幅远小于合约市场价格的升幅，黄金期货市场价格回落时，持仓不至于受到严重威胁，交易者可以有充足的时间卖出合约并取得相当的利润。而"金字塔式卖出"操作得到的平均价虽有所回落，但跌幅远小于黄金期货合约市场价格的跌幅，市场价格升高时，持仓也不会受到严重威胁，交易者也可以及时买进黄金期货合约平仓并获取利润。

所谓的黄金期货平仓，是指交易者买入或卖出与其所持黄金期货合约的品种、数量及交割月份相同，但交易方向相反的黄金期货合约，了结黄金期货交易的行为。平仓是黄金期货交易者止盈或止损的操作环节，决定了交易者的实际盈亏水平。交易者在建仓之后，应该密切关注黄金期货市场行情的变动，及时恰当地平仓。

黄金期货交易新手平仓需要注意以下四个要点：

第一个要点是明确黄金期货平仓交易方向。黄金期货交易最大的特点是可以进行双向交易。也就是说，既可以买入黄金期货开仓，也可以在没有持仓的情况下卖出黄金期货合约开仓，前者称为持有黄金期货多头，后者则称为持有黄金期货空头；相应地，黄金期货平仓操作也有两个方向，一个是卖出平仓了结多头头寸，一个是买入平仓了结空头头寸。因此，交易者在下达黄金期货交易指令时，一定要明确平仓的交易方向，避免因误操作而产生不必要的损失。

第二个要点是黄金期货日内也可平仓。黄金期货市场实行 T＋0 交易制度，交易者不但能在一天内进行多轮的买卖开仓和平仓，增加资金的周转率，而且在行情发生较大波动时可以快速改变头寸方向，避免风险从中获利。内地黄金期货交易者需要注意的是，上海期货交易所对客户平当日持仓需用"平今仓"指令，若客户需平历史持仓，则用"平仓"指令。

第三个要点是自然人不得进行黄金实物交割。黄金期货个人交易者需要特别注意的是，黄金期货在不同时期规定了较严格的限仓比例和持仓限额规定，同时自然人客户不得进行黄金实物交割。也就是说，如果自然人客户持有某一黄金期货合约，应当在交割月前第一月的最后一个交易日收盘之前全部平仓。否则交易所将在交割月第一个交易日，对自然人客户的交割月份持仓执行强行平仓。

第四个要点是严格遵守交易计划，"计划你的交易，并交易你的计划"是成功的黄金期货交易者的共同特征，进行任何一笔黄金期货交易前都应事先计划，精心思考，永远不要凭借一时的冲动鲁莽交易。黄金期货交易计划的内容应该简明扼要，包括的要素是：建仓的理由、建仓的点位、加仓或平仓的时机、止损止盈点等。黄金期货交易者有合理的交易计划在先，从而做到胸中有丘壑，那么平仓的时机选择自然就有了指引。事实上，预先制定合理的黄金期货交易计划并严格执行，那么此轮的交易也就已经成功了一半。

接下来，介绍一下黄金期货与其他交易品种之间的区别。黄金期货合约与远期合约是有区别的：一是黄金期货是标准合约的买卖，对买卖双方来讲必须遵守；而远期合约一般是买卖双方根据需要约定而签订的合约，各远期合约的内容在黄金成色等级、交割规则等方面都不相同。二是期货合约转让比较方便，可根据市场价格进行买进卖出；而远期合约转让就比较困难，除非有第三方愿意接受该合约，否则无法转让。三是期货合约大都在到期前平仓，有一定的投机和投资价值，价格也在波动；而远期合约一般到期后交割实物。四是黄金期货买卖是在固定的交易所内进行；而远期交易一般在场外进行。

就商业银行来讲，做期货与现货的黄金是有差别的。首先是交割时间期限不一样，期货黄金是有交割时间、期限限制的标准合约，而现货黄金是没有交割时间的限制。其次是价格形成机制不同，期货黄金的价格是通过交易所里所有交易者系统集合竞价产生，而现货黄金价格表现为坐市商的标价。最后是交易对象不同，期货黄金交易者是在交易所进行交易时参与，而现货是机构银行进行参与。

表3-3是股票买卖和黄金期货买卖的区别。

表 3-3　股票买卖和黄金期货买卖的区别

相关内容	股票买卖	黄金期货买卖
交易标的	上市公司股票	黄金期货合约
交易目的	筹资、投资和投机	避险、套利和投机
到期限制	理论上无到期限制（除非摘牌）	合约最后交割日
所需资金	现金交易 100%	仅需合约价值的 10%左右
财务杠杆	目前国内无财务杠杆效应	杠杆倍数 10～20 倍
操作灵活性	有当日冲销限制	可当日对冲，做多和做空皆灵活
结算方式	无须每日结算	每日结算，客户账户保证金净额必须高于维持保证金
交易成本	交易成本较高	低于股票交易，具体手续费可由客户与经纪公司协商确定
交割	T＋1 日，无最后交割日	T＋0 日，有最后交割日，以实物黄金交割
投资风险	（1）无须每日结算，没有短期资金周转压力 （2）投资者不会发生追加保证金的情况，不会被强行平仓 （3）无到期限制，可长期持有 （4）必须承担整体股市的系统风险和个别股票的投机风险	（1）必须每日结算，有短期资金周转的压力 （2）杠杆倍数大，投资者有超额损失的可能 （3）到期时必须交割，无法长期持有单一合约，可换月持有
收益率的计算	（涨跌差价/买卖股票的资金）×100%	（合约涨跌差价/合约保证金）×100%

第五节　其他黄金交易方式

其他黄金交易方式主要是集中于黄金衍生品投资，我们主要介绍与黄金期货类似的远期交易、可延期交易以及黄金期权。通常而言，生产企业往往采用这些黄金投资方式进行风险对冲和收益锁定，它们往往在国际金价高涨时做套期保值，锁定黄金价格，规避国际金价下跌的风险。假如黄金行情继续看涨，生产企业往往又会减少黄金远期销售和解除黄金借贷。在本节中，我们主要介绍下面几种不常见的黄金交易方式：远期交易（Forward）、可延期交易（Deferred Gold）、黄金期权（Option）和黄金借贷（Gold Loan）。在本节的写作中，我们参考了周里昂先生的相关著述，在此表示感谢。

一、黄金远期交易

黄金远期交易类似于黄金期货交易，不过后者是标准化的合约，而且是在场内交易。而黄金远期交易则是黄金生产企业与商业银行（或者其他买主）事前订立以固定价格在将来某一规定时间销售黄金的合同。黄金远期交易合约与黄金期货合约的差别之一是在场外进行（OTC），没有任何有组织的交易市场，此类黄金交易方式的全球中心在英国伦敦和瑞士苏黎世。

黄金远期交易合同中有关黄金的规格和交割条件等条款由企业和黄金银行自行商定，这就使黄金期货具有非标准化合约的特点。黄金远期交易的期限最长通常不超过10年。商业银行为规避风险，通常要求企业提供现金保证或抵押金，保证金额度等于黄金远期价格与现货价格的差值，并且随现货价格的波动在合同期间不停地调整，如果现货价格下降，黄金生产企业必须马上追加保证金或抵押，否则商业银行有权终止远期交易合同并要求企业偿还已有的损失。

黄金远期交易的主要方式有：①黄金远期定期销售。黄金生产企业承诺在此后某一具体日期交售黄金。②黄金现货递延销售。黄金生产企业签订合同后，只需提前一定时间告知就可以在任何时间交割，黄金生产企业没有在特定到期日立即交割的法定义务。商业银行允许交售递延的期限取决于矿床的有效开采期和黄金生产企业的营运进度，但在递延期内要按黄金远期交易合同到期当日的黄金租借利率继续计息。这种非标准合同对黄金生产企业来说，交割承诺比较灵活，特别是黄金矿山投产的最初几个月对黄金产出没有把握时，黄金生产企业比较偏向于签订此种非标准化的递延销售合同。③远期平价销售。这种方式要求黄金生产企业按固定的价格于将来分批向商业银行交售黄金。

黄金远期价格表示为现货价格加远期溢价。黄金生产企业和商业银行达成远期黄金销售合同的同时，商业银行向中央银行租借合同规定数量的黄金或用库存黄金在现货市场上售出，并且将获得的现金投放到资金市场。到了黄金远期交易到期日，黄金生产企业交售黄金，商业银行从资金市场收回本息，支付黄金生产企业的黄金交割现款，归还从中央银行租借的黄金并支付利息。可见，黄金远期交易同其他的大宗商品远期交易有着十分明显的差异。

参与其他大宗商品远期交易的主要目的是为了锁定未来的成交价格，商品销售者通过远期交易规避未来价格下跌的风险，而商品购买者则通过远期交易合同规避该商品价格上涨的风险。到期交割时，除非远期价格等于交割当日的市场实际价格，否则参加远期交易者中总有一方没有达到预期的规避价格风险的目标。

黄金生产企业参与远期合约交易的目的与一般商品远期交易者的目的一样，都是为了规避未来标的价格下跌的风险，但当交割当日的市场金价高于远期价格时，也有不能以高于远期价格的市场价销售的机会成本。参与黄金远期交易的另一方（商业银行）在交割当日市场金价低于远期价格时，不会因黄金生产企业履行合同发生实际交割，不能以市场价购买黄金的机会成本损失。因为商业银行从资本市场收回的本息足以支付黄金交割现款和央行利息。从另外一个方面来讲，商业银行参与黄金的远期交易不是为了以既定的价格水平在未来购买黄金，而是为了获得现金流量，通过资本市场的运作获得可能超过黄金远期升水和利息的额外收益，同时还可获得黄金生产企业为远期交易支付的交易费。

黄金远期交易面临的风险主要有三种：第一种是黄金远期合约交易对象风险，比如交易对象停止交易或不履行合同的风险，这种风险只能通过与信用可靠的商业银行进行交易控制。第二种是黄金交割风险。黄金生产企业在到期日因某种原因无法按合同规定的交易数量向商业银行交售黄金，商业银行将不得不在现货市场购买黄金归还中央银行的黄金贷款,所以商业银行通常只对企业年产量六成以内的黄金做远期交易。第三种是市场金价上涨风险。假如金价上涨的幅度超过了远期交易溢价,黄金生产企业将会产生不能以较高的市场价销售的机会成本。

二、黄金可延期交易

黄金可延期交易主要是为了克服远期交易的缺点,黄金生产企业和商业银行在中央银行支持下,通过金融工具创新,在 20 世纪 90 年代初创造了一种新型黄金价格风险管理工具,即黄金生产企业与商业银行签订的一种较为特殊的黄金远期交易合同。

这种合同的主要特点是当远期交易到期时,假如黄金市场价低于黄金远期交易价,则黄金生产企业选择履行该合同;假如黄金市场价高于黄金远期交易价,则黄金生产企业选择不履行合同,而直接在现货市场上销售,未履行的远期交易合同经双方修订后延期履行。修订的合同中规定的黄金交易价格在原合同价格基础上确定。新修订的合同到期时再按前面的程序操作。这种可不断修订、滚动的远期销售方式被称作“黄金可延期交易”。不过,这种特殊类型的黄金远期交易合同不可能无限期地滚动下去。

商业银行和黄金生产企业签订黄金可延期交易合同时,要考虑到该企业的黄金资源、可开采年限和信誉等规定而滚动合同的最长期限,一般为 10 年左右。在黄金可延期交易期限内的最后到期日,合同价无论是高于还是低于现货市场价,黄金生产企业都必须履行合同实际交割黄金。

黄金可延期交易的运作程序与黄金远期交易基本相同。具体而言,就是黄金生产企业与商业银行达成黄金可延期交易合同当日,黄金生产企业向商业银行支付议定的交易费。商业银行以与黄金生产企业达成的黄金可延期交易合同并以自己的资产做抵押向中央银行贷款同等数量的黄金,在黄金现货市场售出,所获得的现金在资本市场贷出。第一个到期日,如果市场上的黄金价格低于合同价格,则黄金生产企业不进行实际的交割,重新修订合同,并支付商业银行交易费。

新修订合同中的黄金价格为原合同价加到期当日的市场黄金远期交易升水。商业银行在支付中央银行黄金贷款利息的同时,与央行达成续借原数量的黄金合同，同时将从资本市场收回的本息继续在资本市场贷出。需要注意的是，此时商业银行与中央银行达成的续借黄金合同，续借黄金的利率按续借当日的租借利率计，但计息的本金并非续借当日续借黄金的现货市价款，而是按商业银行从资本市场收回的本息扣除已支付中央银行的利息后作为续借黄金的计息本金。

其实，商业银行与中央银行达成的协议也是一种可延期归还黄金贷款的合同。只要黄金生产企业还没有进行黄金的实际交割，则商业银行只归还中央银行黄金贷款利息，不必偿还本金。在滚动合同期内，修订合同的到期日，如果协议黄金价格仍低于市场金价，则继续按这一程序操作，直到黄金的市场价低于合同金价或滚动合同的最后到期日，黄金生产企业履行合同实际交割黄金。商业银行从资本市场收回贷款本息，支付黄金交割现款，归还中央银行的黄金贷款本息。

在黄金的可延期交易中，黄金生产企业必须定期支付商业银行一定的手续费，以弥补商业银行签订合同发生的费用及持有黄金的相应风险。黄金生产企业以极少的成本规避了黄金价格下跌的风险，同时在黄金价格上涨时也不会失去金价上涨的收益。而商业银行则获得了黄金生产企业定期支付的手续费，还可能在资本市场运作时获得额外的溢价收益。作为第三方，中央银行获得了稳定的黄金租借利息。

不过，黄金生产企业从事黄金可延期交易也可能在最后一个到期日不得不以低于市场价进行交割。不过这种可能性的概率较小，毕竟黄金现货市场价格不可能持续多年攀升而不下降。

三、黄金期权

黄金期权交易是在 1982 年 10 月由纽约商业交易所最先推出。一手黄金期权交易合同额为 100 盎司。黄金期权根据交易方式分为交易所黄金期权和场外交易黄金期权。交易所黄金期权是标准的期权交易合同，在交易所内交易。场外交易黄金期权是黄金期权买方和发行银行之间的私人交易合同，不可转让。根据黄金期权对有效期性质规定的不同，黄金期权和其他类型的期权一样，也分为欧式黄金期权和美式黄金期权。

黄金期权交易行情由相应的交易所提供。黄金期权的影子其实早已存在于日常生活点滴之中，比如为不动产、汽车和自己的健康买保险等。在黄金交易领域，黄金期权的功能之一就是为黄金投资组合上"保险"。黄金期权的用途非常多样化，按照黄金投资策略的需要，它们可以是保守的，也可以是投机的，同时黄金期权具有风险确定和收益可能"无限化"的特性。

黄金期权对交易者的价值可以概括为以下几个方面：①交易者能在市场价格下跌时保护所持有的黄金头寸。②交易者能从黄金价格上涨中得到好处而不用花全部的钱购买黄金。交易者能把自己放在准备迎接黄金价格大变动的位置上，虽然交易者还不清楚黄金市场价格是要涨还是要跌。③交易者可以通过黄金期权组合做高风险收益的黄金投机。买入看涨黄金期权是黄金期权交易里最基础的交易策略之一．一手黄金看涨期权给期权所有者以权利而不是义务，在一段特定的时间内，按一个特定的价格买进黄金。看涨黄金期权买方的风险局限于看涨黄金期权的权利金（黄金期权的价钱）加上佣金。当黄金价格上涨到高于该黄金期权折平价格（约定价加上黄金期权权利金加上交易成本），赢利的可能性是无限的。否则，交易者可以放弃行使该黄金期权，最大损失仅为黄金期权费。虽然内地的黄金期权都是仅在到期日才能行使的欧式期权，但在到期日前，黄金期权价格也会随着黄金价格的变动而波动，交易者可随时将黄金期权卖出对冲。

交易者已持有黄金头寸，但为了规避黄金价格下跌带来的风险，所以愿意支出一定的成本买个"保险"。交易者想要买入黄金，但担心黄金价格会下跌，犹豫不决，则可以通过保护性看跌黄金期权锁定风险，以免错失黄金价格上涨的机会。虽然保护性看跌黄金期权可能并不是对所有交易者都合适，但由于它担保了在黄金期权有效期内黄金价格下跌时风险的有限性，以及黄金价格上涨时赢利可能的无限性，特别适合在趋势看好但短期内市场震荡的情况下使用，这就非常符合"截短亏损，让利润奔腾"的交易哲学。

黄金生产企业为了对冲黄金价格下跌造成的损失，会运用黄金期权作为风险对冲工具。具体而言，这些企业一般会选择购买"黄金卖出期权"或"黄金异价对敲组合期权"策略。黄金生产企业买入"黄金卖出期权"，获得以确定的数量、价格、时间销售黄金的权利，但不是义务。黄金生产企业通过买入"黄金卖出期权"，可有效地对黄金价格下跌进行保护，而同时又不会失去金价上升时获利的机会。不过，购买黄金期权需支付期权费，对于给定到期日的买入期权，施权价越低，黄金期权价格越高；而卖出黄金期权则恰好相反。给定施权价，到期日越晚，黄金买入期权和黄金卖出期权的价格越高。黄金生产企业运用黄金期权作为保价措施，在黄金价格下跌时寻求的保护越多，在黄金价格上升时获得的利益也就越少。因为给定到期日的黄金卖出期权施权价越高，付出的期权费也越高。

黄金生产企业的"黄金异价对敲期权组合"策略通常是买入"黄金卖出期权"的同时，卖出相同数量和到期日但施权价不同的"黄金买入期权"。通常情况下黄金生产企业确定一个可接受的最低价格作为施权价购买"黄金卖出期权"，以保护黄金生产企业免受价格下跌带来损失的同时，以黄金生产企业预期的年度平均金价作为施权价卖出"黄金买入期权"，为支付买入"黄金卖出期权"的期权费提供资金。

四、黄金借贷

黄金借贷又被俗称为"借金还金"，最初这一借贷手段主要用于珠宝和黄金加工企业，是20世纪80年代出现的金矿开发的一种融资方式。它是以黄金作为贷款标的，且用黄金偿还的一种贷款方式。这是在黄金具有货币和商品双重功能的基础上产生的黄金生产企业融资方式，由于黄金借贷的利率水平远远低于货币的贷款利率，因而受到黄金生产企业的重视。各国中央银行的黄金储备为黄金借贷提供了实物保证。但是，黄金储备作为外汇储备使得各国中央银行不可能直接将黄金储备贷给黄金生产企业，并承担实际开发项目的风险，所以需要专门的商业银行作为中介机构。黄金生产企业为开发黄金项目向专门的商业银行申请专项贷款，商业银行对黄金生产企业新开发项目进行充分评估，如果项目在经济上可行且风险在预期的控制范围内，商业银行以自己所有的资产作抵押，向中央银行申请专门贷款。商业银行从中央银行获得相应的专门贷款后，通常按照黄金借贷企业的相关要求将黄金在现货市场上出售，获得的资金转为借款人所需的项目开发资金。借款的黄金生产企业以项目未来生产出的黄金作为归还黄金贷款的本息。

黄金远期交易和黄金借贷离我们普通黄金交易者的实际需要较远，对于黄金期权我们可以作进一步的了解，建议大家阅读《麦克米伦谈期权》这本书，以便深入了解期权在黄金交易中的运用和意义所在。

贵金属在古代和近代都是上等的币材，白银和黄金是代表。通常而言，白银的走势会体现出黄金此后的走向，也就是说白银走势是黄金走势的风向标，白银受到投机者的青睐，而黄金则受到投资者的青睐，交易者总是市场趋势的发动者，而投机者则是市场先机的抢占者。白银是黄金走势的预测指标，而黄金则是大宗商品走势的预测指标。所以，掌握白银的基础知识和投资技巧是值得每个黄金投资者去做的事情，在本阶的第一节我们将向读者介绍这些知识。

除了黄金和白银之外，这里还存在着其他的贵金属投资品，我们重点介绍铂金和钯金，这两个品种的交易没有黄金那么方便，但是也有不少贵金属市场提供它们的交易。更为重要的是，这两个品种与我们百姓的首饰需要密不可分，所以了解这两种贵金属的价格走势特点，可以获得实质性的好处，同时也能厘清它们与黄金的区别，成为一个合格的贵金属交易者。在本阶的第二节和第三节，我们将介绍铂金和钯金的基础知识和交易投资技巧。

第一节　白银的基础知识和交易技巧

白银，即银，其色白，它与"黄金"相对，多用其做货币及装饰品。古代做通货时称白银。在介绍白银交易的品种之前，我们首先介绍白银投资的历史，以下为白银在过去 40 多年交易中的重要时刻：

1963 年 6 月，美国用联邦储备系统发行的纸钞取代面额 1 美元的银币券，推动银价升至每盎司 1.29 美元。

1968 年 6 月，白银同美国货币体系的关系终结，持有者最后一次将银币券兑换为白银。

1968～1971 年，美国经济衰退导致银价下跌，但维持在每盎司 1～2.55 美元的区间。

1972～1978 年，美元贬值，以及石油输出国组织（OPEC）的石油出口禁运推动银价上扬，银价波动区间为 4.35～5.87 美元。

1980 年 1 月，白银创出每盎司 53.50 美元的纪录高点，当时美国得州的亨特兄弟公司试图囤积白银操纵价格。

1980 年 9 月，两伊战争爆发后，银价从 10 美元猛涨至 25 美元。

1980 年 12 月，银价稳定在 16 美元，奥地利、法国和西德成为最后一批取消白银硬币的国家，减少对白银的需求。

更长时间内的白银价格波动和重要驱动事件可以从图 4-1 中查阅。

图 4-1　白银长期的真实价格和重大驱动事件

国内外主要的白银交易品种如表 4-1 所示。

表 4—1　国内外部分白银投资品种一览

类型	推出机构	名称	特点
纸白银	金交所	Ag99.9	最小交易单位为1手，1手为15千克，交易手续费为万分之三
	金交所	Ag（T+D）	延期D天交收交易品种，1手为1千克，交易手续费为万分之三
	银行	待定	投资者可密切关注各银行将推出与银价挂钩或直接根据金交所提供的银价设计的品种
	美国证交所	白银ETF	iShares白银信托股份在美国证交所上市交易，相当于价值1/10盎司的白银资产，内地投资者尚不能参与
实白银	中国人民银行	普制银币	种类包括熊猫、麒麟等银币，重量从1盎司到10公斤，具有权威性、升水率低的特点
	央行及有关机构	收藏银币	各类纪念银币以及解放前的银币，不仅要关注其本身的重量，更要关注其附加值
白银股票	上市公司	豫光金铅	银价的飙升不但能为其带来实质的收益增长，而且也提供了炒高股价的良好题材

目前内地可以操作的白银投资方式有以下三种：

第一种方式是投资银币。目前每年中国人民银行都要发行各种金银币，而银币的发行量比金币的发行种类多、数量大、价格低，受到投资者欢迎。纪念银币属于收藏品范围，普通银币则是和国际银价挂钩，两者都受到国际银价上涨的影响，近来价格都跟着水涨船高，这些年来走势偏淡的银币板块呈现出少有的强势上扬态势，特别是在2008年到2011年上半年这段时间当中，国际银价快速飙升。如生肖普通银币中的"丙戌狗年"1公斤银币上涨到5500元，2006版"熊猫"1盎司银币重新回升到107元，"戊狗年"1盎司银币创出600元的新高，1盎司"龙年"和"羊年"普通银币相继上冲到800元和930元，而发行价230元的神五银币更是在一年内就翻了两番，越过了千元大关。

投资者要投资银币，就需要对银币市场有所了解，其中纪念银币的升值幅度大、速度快，而普通银币价格低、操作简单。投资者可以根据自己的情况选择不同品种进行。

第二种方式是买卖白银。上海华通铂银交易市场于2003年7月开通，现在开通了"中国白银网"，实行网上交易，不过只有获得"华通铂银"交易商资格的企业才能参与网上交易，不接受个人交易，所以个人交易者可以通过有交易商资格的企业进行投资。买方交易商可以采用分期付款方式，按成交数量以 200 元/千克的标准支付交易首付款，即可进行买入交易；卖方交易商未提交仓单前，提供有货担保，即可进行卖出交易。最小交易数量 1 批 30 千克，交易手续费 0.5 元/千克。

第三种方式是买卖白银股票。目前深沪两市中与白银有关的股票中最主要的是豫光金铅，该公司是我国最大的白银生产基地，近来有色金属板块起伏较大，但如果国际市场银价持续上涨，则还有机会。

目前国际市场各种商品特别是有色金属和贵金属市场方兴未艾，由于美国的双赤字造成美元疲软的问题得不到彻底解决，而且 2011 年美国主权评级也面临降级的风险，交易者都寻求保值，而贵金属成为最好的避险交易标的。一旦白银 ETFs 基金得到批准上市，银价很可能再创新高。

最近几年，在国际政治和经济动荡的背景下，白银基金成功发行的可能性很大，预计银价还会继续上涨，但一旦出现下跌，可能跌速也会比较快，因为白银相对黄金而言盘子更小，属于小盘股，容易被操控。白银交易者需要有充分的风险意识，特别是在做白银保证金交易时要严格遵守交易纪律，注意及时止损。在交易白银的时候，我们也同时需要关注黄金以及两者的价格比率，如图 4-2 所示。

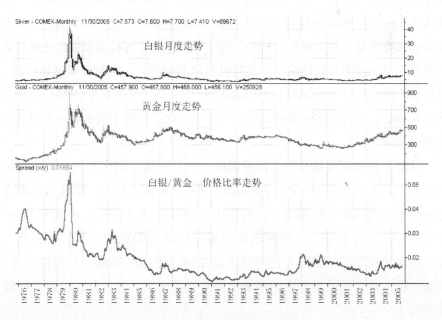

图 4-2　白银和黄金的比率走势

第二节 铂金的基础知识和交易技巧

铂族元素包括铂、钯、铑、钌、铱和锇这 6 种金属元素。在自然界中，它们经常一起产出，与金、银一起通称为贵金属元素。

在矿物分类中，铂族元素矿物属自然铂亚族，包括铱、铑、钯和铂的自然元素矿物。铂族元素矿物均为等轴晶系，单晶体极少见，偶尔呈立方体或八面体的细小晶粒产出；一般呈不规则粒状、树枝状、葡萄状或块状集合体形态；颜色和条痕均为银白色至钢灰色；金属光泽，不透明；无解理，锯齿状断口，具延展性，为电和热的良导体。

铂族金属色泽艳丽，延展性强，耐熔、耐摩擦、耐腐蚀，在高温下化学性能稳定。因此，它们有着广泛的用途。在铂族金属中，人们最熟悉、用得最多的是铂金。它比贵金属中的黄金、白银等更加稀少和贵重。

自然元素铂是地壳中一种稀有的贵重金属元素，其元素符号为 Pt。天然铂金的矿物学名为自然铂。自然铂比重为 15.5～21.5，折光率为 56.5～60.0，硬度为 4～4.5，相对密度为 21.45，纯净的铂金呈银白色，具金属光泽。铂金的颜色和光泽是自然天成的，历久不变；延展性强，可拉成很细的铂丝，轧成极薄的铂箔；强度和韧性也都比其他贵金属高得多，1 克铂金即使是拉成 1.6 公里长的细丝，也不会断裂；熔点高达 1173.5℃，导热导电性能好；化学性质极其稳定，不溶于强酸强碱，在空气中不氧化；铂金不吸水银，并具有独特的催化作用。

目前，对铂金饰品有两大消费误区：一是把铂金误认为白金，二者混淆不清。二是不懂得利用"Pt"标志来识别铂金饰品。其实，铂金与白金完全是两码事。铂金的名称来源于西班牙语"Platina del Pinto"，译意为 Pinto 河中类似银的白色金属。它是由铂族元素矿物熔炼而成的金属，有钯金、铱金、铂金、铑金等。通常，铂金是由自然铂、粗铂矿等铂矿石熔炼而成的。它是一种主要含铂或全部由铂组成的稀有贵重金属，与黄金、白银等同属贵重金属。

根据含铂量不同，铂金一般可分为纯铂金、铱铂金和 K 白金（白色 K 金）

三种。

纯铂金是指含铂量或成色最高的铂金。其白色光泽自然天成，不会褪色，可与任何类型的皮肤相配。其强度是黄金的两倍，韧性更胜于一般的贵金属。纯铂金常用于制作订婚戒指，以表示爱情的纯贞和天长地久。在国外，许多人认为用黄金镶嵌钻石可能导致钻石泛黄，从而大大降低钻石的价格。而用铂金镶嵌钻石，可以保持钻石的纯白颜色，特别是做订婚戒指，用铂金镶嵌钻石，既洁白又晶莹，象征纯洁的爱情永恒长久。

铱铂金是指由铱与铂组成的合金。其颜色亦呈银白色，具有强金属光泽；硬度较高，相对密度较大，化学性质稳定。它是最好的铂合金首饰材料。根据铱和铂的含量不同，一般可分为以下三种：其成分、相对密度、熔点为10%铱—铂合金，21.54，1788℃；15%铱—铂合金，21.59，1821℃；5%铱—铂合金，21.50，1779℃。

由于铂金的硬度偏大，因而制作首饰时，为了适当降低硬度，需要掺入其他金属制成合金。为了降低铂金饰品的成本，也往往掺入其他金属制成合金。因此，在首饰市场上出现了K白金。严格地说，K白金并不是纯度较低的铂金；也就是说，K白金根本不含铂金。认为"K白金是不同份数的铂金与其他金属的合金"的说法，完全是一种望文生义的误解。

由于铂金产出稀少，价格昂贵，加上熔点高，因而一般国家很少用铂金来生产真正的K白金，通常选用黄金和钯金或镍、银、铜、锌等金属熔炼成一种白色合金，而将它称为"K白金"。它的主要成分仍然是黄金，其中，黄金含量最多为75%。所以更加确切地说，K白金应称为白色K金。在纯度、稀有度、耐久性以及天然的颜色和光泽上，白色K金都无法与铂金相提并论，并且，它不能打上"Pt"标志，只能按黄金含量打上"18K"、"14K"等印记。

K白金成色的计算与K黄金一样，仍然按黄金含量计算。例如，市场上最常见的14K白金（在港澳市场上称为"四成K白金"或"226金"），由58.5%的黄金、22.4%的银、14.1%的铜和5%的镍熔炼而成。18K白金（在港澳市场上称为"六成K白金"或"334金"），由75%的黄金、10%的银、4%~10%的锌和5%的镍熔炼而成。

铂矿是指以铂为主的铂族金属矿产的总称。它具有多种矿床类型，在中国，铂族金属主要产于硫化铜—镍矿床，其中，主要产于金川硫化铜—镍矿床。在中国云南铂矿中，已发现 20 多种铂族金属矿物。其中，主要有砷铂矿、碲铂矿、铋碲铂矿、铋碲钯矿、黄铋碲钯矿、铁铂矿、硫铂矿等。具有工业价值的云南铂矿的主体，属于岩浆晚期熔液热液成因的贫硫化铜—镍型铂钯矿床类型。金宝山铂钯矿于 1971 年发现，是中国迄今为止探明的最大铂族元素矿床，也是具有工业价值的铂矿产地之一。

世界上最著名的铂族金属矿床是南非的布什维尔德层状杂岩体铜—镍硫化物含铂矿床，铂族金属矿化集中于其中的梅林斯基层中。南非是世界上三个主要产铂国家之一。据不完全统计，世界铂族元素矿产资源总储量约为 3.1 万吨。其中，铂金总储量约为 1.4 万吨。虽然有 60 多个国家发现并开采铂矿，但其储量却高度集中在南非和苏联。其中，南非（阿扎尼亚）的铂金储量约为 1.2 万吨，以德兰士瓦铂矿床最著名，是世界上最大的铂矿床。苏联的铂金储量为 1866 吨，曾在乌拉尔砂铂矿中发现过重达 8～9 公斤的自然铂，在原生矿中也获得过重 427.5 克的自然铂。两者的总储量占世界总储量的 98%。

世界铂金的年产量仅 85 吨，远比黄金少。世界上仅有少数几个国家出产铂金。南非的铂金产量占全球总产量的 80% 以上，其余大部分是俄罗斯出产。全世界铂金的年产量，只有黄金年产量的 5%。

铂金及其饰品的识别有以下几种方法：①铂金呈银白色或灰白色，介于白银与镍的颜色之间。白银光泽洁白，容易被氧化带黑点或呈黑色，质地细腻光滑，硬度比铂金低一些。②铂金比重大，为 15 到 19 或 21.4，白银的比重为 10.49，用手掂量同等大小的铂金和白银饰品就会发现它们的差别。③火烧。纯铂金加热或火烧冷却以后，其颜色不变。白银火烧以后，其表面会呈现润红色或黑红色调。④折弯。纯净的铂金容易折弯和掰直还原；成色较低的，性硬且脆，弯折费力。⑤听音。敲击时，若发出"托托"的声音而无韵者，则是较纯的铂金；若发出"叮叮"的尖声，有声有韵者，则是成色较低的铂金。⑥水银抹试。利用铂金不吸水银的性质，在试金石磨道上涂水银。若吸水银，则是用黄金、白银和铂配制的 K 白金。⑦硝酸加盐试验。将待鉴定的铂金饰品在试金石上磨道，在磨道上盖一层食盐，不必盖严，然后在食盐上滴上硝酸，湿透为止；再在食盐上加一些热纸烟灰，起催化作用。在 20 分钟以后，用清水冲洗食盐和硝酸。干后，正看、侧看若均无变化，则其成色在99％左右；若微有酸痕，则其成色在95％左右；若硝酸痕迹较大，则其成色在80％～90％；若磨道被腐蚀掉一层，痕迹变为灰色，则其成色在70％左右；若残迹全部消失，则是假铂金。⑧煤气灯自燃鉴定。将待鉴定的铂金饰品放在煤气灯口上。若是真铂金，则过一两分钟，饰品就会发红，并且煤气灯会自动点燃；若不是铂金，则无此反应。⑨双氧水反应法。铂金是很好的催化剂，具有独特的催化作用，利用这一特性，可快速鉴定铂金。常用双氧水反应法：取少许待测物粉末，置于盛双氧水（H_2O_2）的塑料瓶中，若系铂金则双氧水立即白浪翻滚起泡，分解出大量氧气，反应后的铂金仍原封不动，还可回收（它只起加速分解作用）；若是假铂金或其他白色金属，如铅、银、铝等，则无此反应。

在交易铂金的时候，我们也同时需要关注黄金以及两者的价格比率，如图4－3所示。

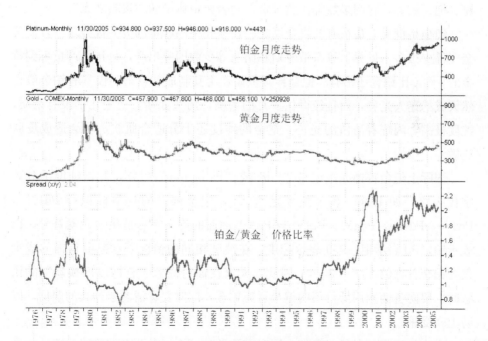

图4－3　铂金和黄金的价格比率走势

第三节　钯金的基础知识和交易技巧

钯（Palladium）的元素符号为 Pd，是铂族元素之一。1803 年由英国化学家沃拉斯顿在分离铂金时发现。钯金，铂族中的一员，元素符号 Pd，它的外观与铂金相似，呈银白色金属光泽，色泽鲜明，具有绝佳的特性，常态下在空气中不会氧化和失去光泽，是一种异常珍惜的贵金属资源。比重 12，轻于铂金，延展性强，熔点为 1555℃，硬度 4～4.5，比铂金稍硬。

钯金具有极佳的物理与化学性能、耐高温、耐腐蚀、耐磨损和具有极强的伸展性，在纯度、稀有度及耐久度上都可与铂金互相替代，无论单独制作首饰还是镶嵌宝石，堪称最理想的材质。钯金是铂系金属之一。铂系金属包括钌、铑、钯、铂等。它们多数都比黄金贵，是金属中典型的"贵族之家"。

钯金是世界上最稀有的贵金属之一，地壳中的含量约为一亿分之一，比黄金要稀少很多。世界上只有俄罗斯和南非等少数国家出产，每年总产量不到黄金的 5‰，比铂金还稀有。钯金异常坚韧，用其制成的首饰不仅具有铂金般自然天成的迷人光彩，而且经得住岁月的磨砺，历久如新。钯金几乎没有杂质，纯度极高，闪耀着洁白的光芒。钯金的纯度还十分适合肌肤，不会造成皮肤过敏。

国际上钯金首饰品戳记是"Pd"或"Palladium"字样，并以纯度千分数字代表之，如 Pd900 表示纯度是 900‰，钯金饰品的规格标识有 Pd1000、Pd950、Pd900、Pd850。Pt950 与 Pd950 前面的英文字母是化学元素符号，Pt 表示铂，Pd 表示钯，950 表示纯度。在纯度相同的情况下，钯金首饰的成本仅为铂金首饰的 25%～30%。因此，大家在面对商家"首饰以旧换新"的诱惑时，要防备商家用低价值的钯金冒充铂金，同时要看清商家开具的票据，以防上当受骗。

在交易钯金的时候，我们也同时需要关注黄金以及两者的价格比率，如图 4—4 所示。

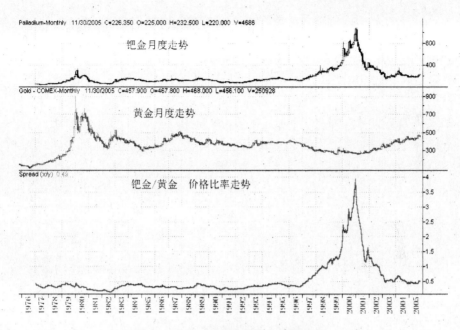

图4—4 钯金和黄金的价格比率走势

中阶课程

黄金交易的策略和技巧

任何事情都有三种以上的解决之道！

神经语言程式学的假设

第五阶
影响黄金价格变动的因素

　　金价波动的四个原则：一是黄金货币属性的强弱是影响金价涨跌的根本性因素；二是最好的避险工具与金融对冲工具，汇率、利率、经济及金融波动等与金价波动相关的投资属性显现时，将阶段性地影响金价走势（中期），但不改大局；三是黄金的商品属性影响力甚微，唯在金价短期快速涨跌后才会产生逆反的牵引作用；四是从严格意义上说，汇率变动、原油及相关商品涨跌对金价只产生参照物价值，非其决定理由。

　　目前，世界上黄金价格主要有三种类型：市场价格、生产价格和准官方价格，其他各类黄金价格均由此派生。市场价格包括现货价格和期货价格，这两种价格既有联系，又有区别。这两种价格都受供需等各种因素的制约和干扰，变化大，而且价格确定机制十分复杂。一般来说，现货价格和期货价格所受的影响因素类似，因此两者的变化方向和幅度基本上是一致的。但由于市场走势的收敛性，黄金的基差（即黄金的现货价格与期货价格之差）会随期货交割期的临近而不断减小，到了交割期，期货价格和交易的现货价格大致相等。

　　黄金价格的变动，绝大部分原因是受到黄金本身供求关系的影响。因此，作为一个具有自己投资原则的投资者，就应该尽可能地了解任何影响黄金供给的因素和场内其他投资者的动态，对黄金价格的走势进行预测，以达到合理进行投资的目的。其主要的影响因素包括：战乱及政局震荡、世界金融危机、通货膨胀、石油价格、美元走势、利率、经济状况、黄金供需关系。

第一节　黄金的供求对黄金价格的影响

20世纪70年代以前，黄金价格基本由各国政府或中央银行决定，国际上黄金价格比较稳定。70年代初期，黄金价格不再与美元直接挂钩，黄金价格逐渐市场化，影响黄金价格变动的因素日益增多，从供求方面来分析可以具体分为以下几个方面（如表5-1所示）。

表5-1　黄金供求的构成

供求	具体构成	特点	对价格的影响	例子
供给	金矿开采	(1) 全世界近几年每年金矿开采量约2500吨，每年产量变动平稳。 (2) 全球已探明未开采的黄金储量约7万吨，只可供开采25年。 (3) 南非、美国等主要产金国产量下降，勘探大型金矿可能性小。 (4) 开采一大型金矿正常程序一般需要7～10年时间。 (5) 在1980年后的长期跌势中，开采投入支出不断减少。	金矿开采受本身行业特性限制，对价格的敏感度低，价格的大幅上涨需要较长时间才能反映到产量增加上。	1979～1980年金价暴涨，最高至850美元，但金矿开采量直到1981年都无重大改变，1983年才有较大幅度的增长。
	央行售金	(1) 央行持有黄金比例约为19%，欧洲央行一直抛售黄金。 (2)《华盛顿协议》规定2004年9月起，5年内每年售金限500吨。 (3) 中国、日本等央行黄金储备比例仅约1%。 (4) 银行向央行拆借黄金，金商套期对冲。	央行售金对金价的影响最大最直接，是导致1980年以后金价大熊市的一大原因。	在苏联解体前的十多年中，作为世界第二大黄金出产国的"苏联卖金"传闻，对下降的金价发挥了巨大的作用，而苏联也经常在农业收成不佳的年份抛售黄金换取外汇。

续表

供求	具体构成	特点	对价格的影响	例子
供给	再生金	(1) 变动平稳，有平抑金价波动的作用。 (2) 2005 年仅增加 1.5%，为 861 吨。 (3) 投资者对金价涨跌的预期对再生金的影响较大。	金价涨跌呈正相关关系	1980 年金价升至历史高位 850 美元/盎司，当年再生金量也为 1980 年前的历史最高纪录 482 吨，而当年全球的总产量仅为 1340 吨。 韩国政府在 1997～1998 年的东南亚金融危机中，鼓励国民以黄金换取国债，吸纳了 300 吨的黄金用以维持该国货币的稳定。
需求	工业需求	(1) 主要表现为电子工业需求与牙医需求，占黄金总需求的 10% 左右。 (2) 受工业行业限制，变动平稳，对金价影响小。 (3) 2005 年同比平稳增长 2%，为 419 吨。	与经济景气度相关，受行业本身限制。	2001～2006 年，世界经济快速平稳增长，电子工业及航天等高端产业发展迅速，工业对黄金的需求也保持稳定增长。
	饰金需求	(1) 占黄金需求比例为 75% 左右，份额最大。 (2) 2005 年增长 5%，为 2736 吨。 (3) 传统饰金消费大国为印度、沙特、阿联酋、中国、土耳其等。	对价格的影响巨大，呈季节性与周期性，通常第一季度和第四季度饰金需求增长明显。	每年印度的婚庆及宗教节日，中国的农历新年，西方的圣诞节和情人节，对饰金的需求都较其他时间增多。
	投资需求	(1) 投资需求分为零售投资和 EFTs（黄金交易基金）。 (2) EFTs 为近年投资黄金的最新途径，2005 年以吨数计增长 53%。 (3) 亚洲和中东地区国家有投资黄金的传统。	投资需求的价格弹性较其他需求因素大，对价格影响也最大。	EFTs 自 2003 年面市以来，已吸引上千亿元的资金流入黄金市场，成为近几年金价大幅上涨最直接的动力。

图 5—1 展示了黄金供求因素之间的相互关系。

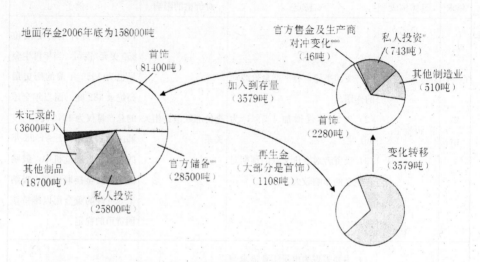

图 5—1　黄金供求因素之间的相互关系

注：＊ 包括金条囤积，推断净投资和金币；＊＊ 不包括借入借出黄金；＊＊＊ 因为四舍五入的关系，总数可能不等于分量之和。

资料来源：上海期货交易所、上海黄金交易所。

　　从人类社会发展的全局来看，19 世纪是一个十分重要的世纪。在 19 世纪之前数千年的历史中，人类总共生产的黄金不到 1 万吨，如 18 世纪的 100 年仅生产 200 吨黄金。到 19 世纪黄金生产跃上了新台阶，100 年间生产的黄金达到了 1.15 万吨，是 18 世纪的 57.5 倍，其中 1850～1900 年间就生产了 1 万吨。

　　19 世纪形成的世界黄金生产力分布的基本格局延续至今，19 世纪形成的产金大国目前仍然是当今世界上最重要的黄金产出国。自 1980 年以来，南非的产金量呈稳步下降趋势，尤其是 20 世纪 90 年代以后下降速度加快，但其产金量仍居世界各国第一位；美国的产金量一直处于不断增长状态，特别是自 20 世纪 80 年代后期起已跃居世界第二位；而澳大利亚的产金量自 20 世纪 80 年代末至 90 年代初，产金量趋于稳定，变化不大。目前全球主要产金国有南非、美国、澳大利亚、俄罗斯、加拿大、中国。不过，一百年来世界黄金生产格局也有一些变化，特别是近年来在美国、非洲黄金产量下降的同时，南美的秘鲁、阿根廷以及东南亚的黄金产量在显著增加，其中拉丁美洲黄金产量已占到全球的 14%。

进入 20 世纪后，世界上黄金的生产总体呈上升趋势，分别出现过几次产量大增的现象。在 1900 年世界黄金产量每年 300 吨，在 20 世纪早期最高年份产量达到每年 700 吨，30 年代最高年份产量达到每年 1300 吨，60 年代最高年份产量接近 1500 吨，80 年代世界黄金年产量突破 2000 吨，20 世纪 90 年代后世界黄金产量比较稳定，21 世纪以来世界黄金产量平均稳定在 2600 吨左右，从 20 世纪 90 年代至今产量总体还在增长。

据科学家推断，地壳中的黄金资源大约有 60 万亿吨，人均 1 万多吨。但是到目前为止，世界现查明的黄金资源量仅为 8.9 万吨，储量基础为 7.7 万吨，储量为 4.8 万吨。截至 2005 年，人类采掘出的黄金不过 12.5 万吨，约占总储量的六亿分之一，人均只有 20 克。

地球上的黄金分布很不均匀，虽然目前世界上有 80 多个国家生产黄金，但是各国产金量差异很大，各地产量颇为不平均，其中 2004 年世界前 10 名产金国依次为：南非、美国、澳大利亚、中国、俄罗斯、秘鲁、加拿大、印度尼西亚、乌兹别克斯坦、巴布亚新几内亚，其中中国黄金产量近年来一直处于世界排名第四的位置。在 2004 年，南非、美国及澳大利亚产量分别占到世界总产金量的 13.9%、10.6%、10.2%，而我国的产金量也达到 8.6%。目前世界每年矿产黄金 2600 吨左右，这个产量是经过了人类几千年不断探索和努力的结果。表 5—2 显示了全球黄金产能和产量。

表 5—2　全球黄金产能和产量　　　　　　　　单位：吨

地区	2006 年		2007 年		2008 年		2009 年		2010 年	
	产能	产量	产能	产量	产能	产量	产能	产量	产能	产量
非洲	494	486	470	464	540	535	619	614	667	659
拉丁美洲	470	470	444	444	500	500	559	559	586	585
北美	370	367	351	351	393	393	423	423	434	434
亚洲	580	579	636	631	588	583	706	701	730	725
东欧	173	172	113	111	196	194	219	218	225	224
西欧	28	28	27	27	38	38	51	51	59	59
澳洲	326	322	322	319	370	369	432	431	452	456

续表

地区	2006 年		2007 年		2008 年		2009 年		2010 年	
	产能	产量	产能	产量	产能	产量	产能	产量	产能	产量
其他地区	0	0	0	0	0	0	0	0	0	0
合计	2440	2423	2363	2348	2625	2612	3010	2997	3153	3142

资料来源：世界黄金协会。

目前，虽然一些国家的黄金产量有所提高，如澳大利亚、秘鲁、印度尼西亚的黄金产量都在增加，但是南非、美国等黄金生产大国的黄金产量却在下降，特别是南非，其 2005 年的产量下降了 15%，仅为 300 吨左右，这使得全球的黄金产量难有提高。另外，金矿产业投资周期长、开采成本高，如果在一个地方勘探出黄金，按照正常的程序需要 7～10 年才能生产出黄金来，因为光地质探矿就需要 2～3 年，然后再做工程，开采矿石，再冶炼，最快也要 4～5年。从历史数据看，全球矿产金数量不可能快速增长，未来几年世界黄金产量变化不会很大。全球矿产金与黄金价格的关系如图 5—2 所示。

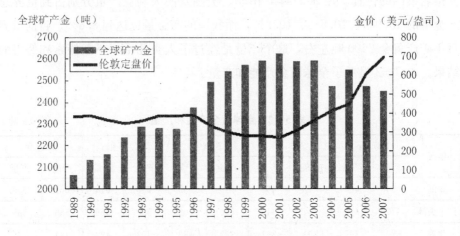

图 5—2　全球矿产金与黄金价格的关系

资料来源：上海期货交易所、上海黄金交易所。

各国中央银行在市场上抛售黄金是黄金的供给来源之一。"央行售金协定"是 1999 年 9 月 27 日欧洲 11 个国家央行加上欧盟央行联合签署的一个协定。

当时由于金价处于历史低谷，而各个欧洲央行为了解决财政赤字纷纷抛售库存的黄金，为了避免无节制地抛售将金价彻底打垮，这个协议规定在此后的 5 年中，签约国每年只允许抛售 400 吨黄金。

5 年后的 2004 年 9 月 27 日，央行售金协定第二期被续签，又有两个欧洲国家加入协议，而且考虑到当时金价复苏，因此每年限售数量被提高为 500 吨。从协议签署后各国央行售金的实际情况来看，这些央行基本上完成并略微超过售金限额。但 2006 年却大为不同，欧洲央行在 2006 年售金量仅为 393 吨，远低于 500 吨的限额。究其原因，是自 2005 年第四季度以来金价大幅飙升，黄金储备的价值日渐受到央行的关注。官方售金和黄金价格的关系如图 5－3 所示。

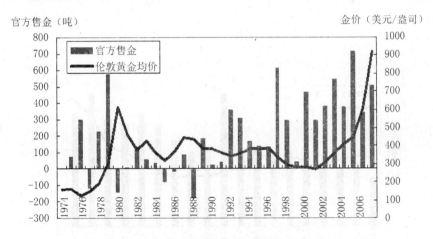

图 5－3 官方售金和黄金价格的关系

资料来源：上海期货交易所、上海黄金交易所。

国内最具影响力的黄金研判专家刘涛先生认为黄金储备对金价不构成明显的影响。从世界官方黄金储备与金价的历史关系来看，两者之间不存在明显的相关关系。20 世纪 70 年代以后，由于各主要中央银行和国际组织的减持，世界官方黄金储备处于逐步下降的过程中。2000 年以来，官方黄金储备的减持速度有所加快，根据世界黄金协会的统计，2002 年初至 2005 年底，世界主要中央银行和国际组织共减持了 1898 吨黄金，几乎占同期世界黄金产量的 20%，但同期黄金价格却大幅上涨，官方储备的抛售对黄金价格不会构成明显影响。

再生金，即黄金的还原重用，相比新产天然黄金增长的有限性和央行售金的政策性，它的供应更具有弹性。通常人们认为，金价对再生金的供应量起着决定性的作用，当金价显著波动时，其供应量会大起大落。

金价确实是影响再生金供应量的重要因素，但是单纯的价格因素并不足以引发再生金的变化，因为再生金主要来自旧首饰、报废的电脑零件与电子设备、假牙以及其他各式各样的黄金制品，没有紧急需要人们不必将这些有实用价值的黄金变现。再生金的供应量往往受金价和其他因素共同影响，其中对金价变动的预期影响重大，当人们预期金价仍会继续上涨时，即使金价已经处于相当高的位置，人们也不会立刻抛售再生金，而是希望在更好的价位抛售。如果人们预期金价将会下跌，则会选择立即抛售。图5－4显示了再生金和黄金价格的关系。

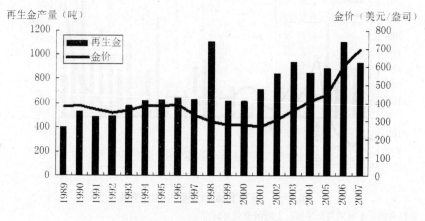

图5－4　再生金和黄金价格的关系

资料来源：上海期货交易所、上海黄金交易所。

另一个影响因素是经济周期。在经济衰退的时候，再生金市场供求增加。这时最先受到经济衰退影响，现金流出现问题的个人和机构会套现存有的、不能作为直接支付手段的黄金，形成再生金的供给。与此同时，对未来经济前景不确定的理性预期，使人们不会继续在股票等风险较大的证券上投入资金，而是投资风险较小的产品。然而政府为了刺激经济会调低利率，这时将资金存入银行或购买债券的低风险投资策略只是为了保值，如果遇到通货膨胀，实际价值还会下降。相比之下，持有黄金是最可靠的保值手段，它不像纸币本身不具有价值，受发行该纸币政府的信用和偿付能力的影响，这使有剩余资金的人更愿意持有黄金。而在经济增长阶段，一方面人们不需要急着将手中的再生金套现，另一方面黄金和其他投资工具相比，既不会生息也不会分红，人们对黄金投资的热情就会降低，这就使再生金的供给减少。图5－5显示了20世纪80年代美国经济和黄金价格的关系。

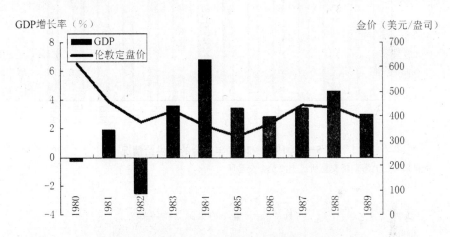

图5－5　20世纪80年代美国经济和黄金价格的关系
资料来源：上海期货交易所、上海黄金交易所。

　　不过，国内不少黄金分析专家都认为经济增长对金价影响有限。刘涛在《解读金价》一书中反复强调了经济增长对金价影响有限这一观点。不过以经济因素解释黄金需求、诠释黄金价格走势是黄金投资研究常用的方法之一，在有些时段，经济因素如经济增长发展的趋势确实对黄金价格有重要影响，比如1993～2000年美国经济增长演化的趋势就与期间的黄金价格高度相关。

　　1996～2000年美国GDP增长率在一定程度上表现出与黄金价格负相关关系，美国3.5％以上的GDP增长率对应了同期的黄金价格下调。但是，2000年以后美国经济的稳定增长并没有产生相应的黄金价格负相关趋势。相反，2000年后随着美国新经济泡沫破裂和"9·11"事件后美国全球反恐战略的实施，黄金价格不但摆脱了1980年后持续20年的熊市，还逐步显现了20世纪

70 年代黄金价格走势的某些特征。因此，对目前黄金价格飙升的现象，经济
因素的解释能力就非常有限。

图 5—6 和图 5—7 显示了黄金的总供给情况和供应结构变化。

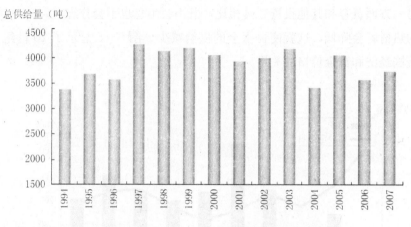

图 5—6　1994～2007 年黄金的总供给情况

资料来源：上海期货交易所、上海黄金交易所。

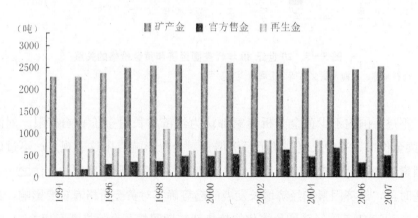

图 5—7　1994～2007 年黄金供应结构变化

资料来源：上海期货交易所、上海黄金交易所。

接下来我们来分析黄金的需求因素。作为五金之王，黄金是少有的化学、
物理、电子性能优异的金属，应用领域非常广泛，在电子、通信、航空航天、
化工、医疗等部门及与人们日常生活相关的各类生活日用品当中也有广泛的应

用空间。日本黄金年消费量在 160 吨左右，其中工业用金就达 100 吨，我国目前每年工业用金却不足 10 吨。

现代电子行业飞速发展，对可靠性的要求越来越高，而黄金具有其他金属无法替代的高稳定性。同时，电子产品日益微型化，单位用金量会很小，对产品成本不构成威胁。因此，越来越多的电子元件可以使用黄金做原材料。

黄金由于耐高温、耐腐蚀等特性，在航空航天领域也被大量应用，随着大量航空航天技术应用于民用，黄金在这些方面的市场前景非常被看好。例如一种镀金玻璃，在航空航天中用于防紫外线，现在可应用于建筑，能起到很好的防太阳辐射和隔热作用。

黄金还可用于日用品，如镀金钟表、皮带扣、打火机、钢笔等。钟表王国瑞士国度不大，但其饰品业每年用金量达 40 吨左右，其中 95％都用在制表业上。日本仅一家手表厂一年消耗金盐就达 1 吨，相当于消耗黄金 680 公斤。随着我国人民生活水平的提高，电镀用金前景也会十分广阔。从图 5－8 中可以看到首饰用金在全球整个工业用金中占主体地位，而金饰品的最大消费国是印度。

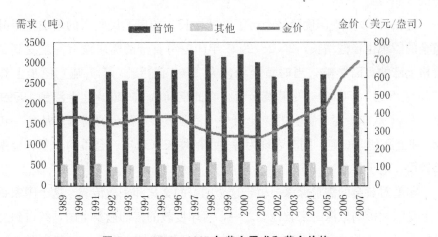

图 5－8　1989～2007 年黄金需求和黄金价格

资料来源：上海期货交易所、上海黄金交易所。

印度是全球黄金最大的消费国，被称为拜金之城，购买黄金在印度是一种固有的传统，甚至印度的穷人手里一旦有了积蓄便会购置金银用于保值。黄金在印度社会中扮演了至关重要的角色，除了它的基本用途之外，还具有特别的宗教意义。印度黄金的历史可以说和人类的发展历史并驾齐驱，早在出现丝绸和香料交易的古罗马时代就已有史料记载印度黄金的存在。

第一枚金币是由威尼斯铸币厂制造的，经过地中海的"累范特"地区进入印度。17世纪，荷兰和英国在东印度公司开始以黄金和白银为贸易的支付手段互通有无。随后在美国内战时期，美国以黄金大量换取印度的棉花以补足内需，因此大约有13000吨黄金留在了印度国内，而这个数量大约是当时全球金矿产量合计的9%。

在2005年，印度的珠宝需求占全球黄金珠宝总需求的22%，占总零售净投资（金币和金条）的35%。自从1990年"黄金控制法案"开始重新实施，印度黄金需求的年平均增长率达到了10%，该法案禁止以金条的形式持有黄金。尽管情况有所变化，目前印度仍然持有接近15000吨的黄金，这占了全球整个地表黄金总量的10%。在过去的10年间印度平均每年出售黄金676吨，这个数量比美国所持有黄金数量的1.5倍还要多，而美国是全球第二大消费市场，同时是世界其他主要黄金消费国——中国、土耳其、沙特阿拉伯以及阿联酋的3~8倍。

过去的10年中印度经济经历了高速增长，印度国民收入的增加使得其对黄金的需求也稳健增长，2002~2005年印度对黄金的需求没有完全受到黄金价格上涨的负面影响，当时黄金需求从2760亿卢比（571吨）稳步上涨到4730亿卢比（750吨），尽管黄金价格在此期间从15026卢比上涨到19599卢比。在2005年，尽管黄金的卢比价格上涨了6%，黄金的消费却从前一年的639吨上涨到750吨，同时表现为各方面的增长（珠宝、金币和金条、金牌以及铸币、电子工业）。

印度对黄金的需求深深根植于这个国家的文化和宗教传统。这个国家是世界上受宗教影响最深的宗教社会之一，对印度教的信仰遍及全国，约占到总人口的80%。黄金在印度宗教的信仰中是财富与繁荣的象征。被尊为财富、丰饶以及繁荣之神的拉萨米（Lakshmi）神传说是由驮着装满清水的黄金器皿沐浴的。她被描绘成一个美丽的被黄金装饰的女子，穿着黄金镶边的红色衣服，从她的手中不断流出黄金。自从传说信奉她的人会得到财富，印度人就认为黄金是能带来吉运的金属，并且他们喜欢在宗教节日期间将黄金作为礼品或者装饰。其中最重要的节日是Diwaii，这个节日被视作印度新年的开始并且通常在

10 月或 11 月到来。

通常在 4 月或 5 月到来的 Akshaya Thrithiya 节被认为是印度人购买黄金的重要节日。在这一天购买黄金被认为会带来吉运（这一天是印度历中的第三个吉日）。人们将黄金和"吉运"联系起来被认为是近年来推动黄金购买的原因。在过去的 5 年中，Akshaya Thrithiya 节已经成为南部印度购买黄金的主要时节，特别是在 Tami Nadu 州，该地区的黄金销售已经达到了空前的高度。从 2005 年开始关于黄金和"吉运"有关的思想在印度的北部和西部广泛传播，这也使得黄金的销售在这些地区大幅增加。

黄金在婚礼仪式上同样扮演着非常重要的角色。在婚礼上，新娘通常从头到脚都戴着黄金饰品。这些饰品中的大部分都来自新娘的父母并作为她的嫁妆，根据印度传统的规定，家庭的财产通常只会让儿子来继承。新娘收到的黄金（以及其他礼物）意味着新娘的父母能够保证她有经济保障并且能够至少享受和她童年相同的生活水平。由于每年印度结婚的人数估计达到 1000 万，和婚礼相关的需求就成了一个"大蛋糕"。这其中的大部分需求都发生在结婚季节，通常的结婚季节是在 10 月到第二年的 1 月，4 月到 5 月，但是仍然有大部分的购买是在结婚季节来到之前就开始了。我们统计 1975～2005 年黄金月度波幅可以看出，9 月和 10 月往往是金价表现最好的时候，一个重要的原因就是印度人为他们的宗教及婚庆季节的到来提前做准备而集中购买黄金。

此外，印度人以热衷于储蓄著称，国内金融储蓄的比例很高，占 GDP 的 90% 还要多。这种储蓄的习惯被继承了下来，深深根植于印度人的思想中，对于黄金也同样适用。一直以来，黄金在印度被当作储备和投资的主要工具，它的受欢迎程度以及普及程度仅次于银行存款。在拥有全国人口 70% 的农村，黄金同样被视为一种保障并且很容易作为一个储藏的媒介，被认为是用来对抗通货膨胀的良好资产。随着近些年印度国内针对黄金市场一些改革措施的逐步实施，印度目前已经形成了以透明规范为标准的自由运作的黄金交易市场。

随着 1976 年国际货币基金组织黄金非货币化协议公布，黄金的社会意义和职能开始由货币的载体向美化生活的黄金饰品和工业用途转化。当今黄金现货需求中的约 80% 被用于黄金饰品的制造，余下的部分被用于航天、电子、金币、医疗及其他用途。2001 年后黄金价格上升而世界饰品用金没有出现显著增长，相反，统计数据表明在黄金价格本轮上升行情开始的 4 年间，黄金饰品用金相比黄金价格疲软的 1997～2000 年出现了显著下降。

接下来我们看看黄金的投资需求。ETF 是 Exchange Traded Funds 的英文缩写，它是一种交易型开放式指数基金，是跟踪"标的指数"变化，既可以在交易所上市交易又可以通过一级市场用一篮子证券进行创设和置换的基金品种。美国证券交易委员对 ETF 的定义是"投资目标是获得与标的指数回报率类同的一类投资公司"。为了满足这样的投资要求，ETF 选择投资某一指数中的所有证券，或者选择某一具有代表性的样本组合。ETF 基金份额可以像封闭式基金一样在交易所二级市场方便地进行交易。

2004 年 11 月，道富环球投资推出了第一只以实体黄金为投资对象的 ETF—GLD（streetTRACKS Gold Shares）。由于其允许投资者持有金条却无须承担储存成本，投资者通过股票账户就可以直接买卖黄金，交易门槛和成本低，方便快捷，与金价完全联动的特点使其成为投资黄金市场的绝佳方式，实际为投资大众提供了其他投资工具无法提供的途径，大大增强了人们参与黄金市场的积极性。图 5—9 显示了黄金投资和黄金价格之间的关系。

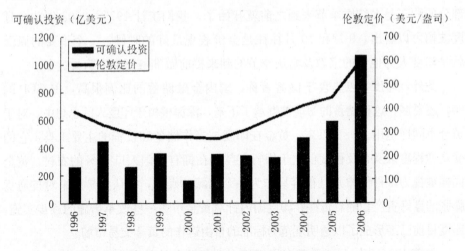

图 5—9　黄金投资和黄金价格之间的关系

资料来源：上海期货交易所、上海黄金交易所。

对于这一新兴的黄金方式，除了一些在海外有资产的投资者可以参与，大多数国内的投资者还不能参与。但黄金 ETF 这一方式具有门槛低，交易便捷，

交易成本较小的特点，对个人投资者而言，该方式更为适合，必将取代传统的
实物黄金的投资方式，成为黄金投资的主要方式之一。图 5-10 是主要黄金投
资基金持有的黄金仓量变化。

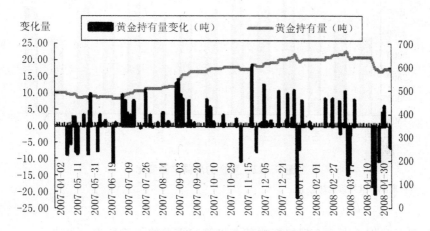

图 5-10 主要黄金投资基金持有的黄金仓量变化

资料来源：上海期货交易所、上海黄金交易所。

图 5-11 则显示了基金黄金净持仓对黄金价格的影响。

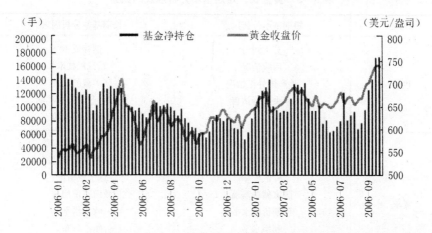

图 5-11 基金黄金净持仓对黄金价格的影响

资料来源：上海期货交易所、上海黄金交易所。

图5－12显示了黄金的总需求量变化。

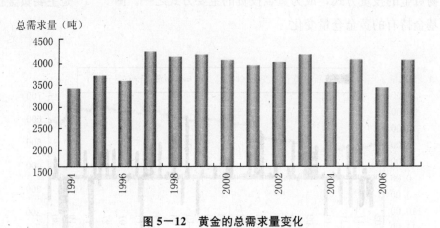

图5－12　黄金的总需求量变化

资料来源：世界黄金协会。

最后我们给出一个间接影响黄金供给和需求的因素列表（见表5－3），这个表格的分析思路是传统的黄金走势分析思路，我们建议大家采用第六阶第七节的分析方法。

表5－3　黄金长、短期基本分析涉及的因素

供求	短期基本分析因素	长期基本分析因素
供给	劳工纠纷 回收情况 生产国外汇情况 中央银行沽售	储存成本 新开采技术 新矿藏的发现 预期生产成本和利润 政府扶持政策
需求	代用金属的价格 政治事件和局势 外汇汇率 国家储备需求 预期价格水平 利率水平	工业用金消费趋势 电子及化工业情况 珠宝业情况 政府铸币用金 收入水平 年龄分布 社会习惯 通货膨胀率走势

资料来源：世界黄金协会。

第二节　汇率变动与黄金价格走势

美元虽然没有黄金那么稳定，但是它比黄金的流动性要好得多。因此，美元被认为是第一类的钱，黄金是第二类的钱。当国际政局紧张不明朗时，人们都会因预期金价上涨而购入黄金，但是大多数人保留在自己手中的货币其实是美元。假如国家在战乱时期需要从他国购买武器或者其他用品，也会沽空手中的黄金来换取美元。因此，在政局不稳定时期，美元未必会升，而是要看美元的走势。简单地说，美元强黄金就弱；黄金强则美元就弱。

通常投资人士储蓄保本时，取黄金就会舍美元，取美元就会舍黄金。黄金虽然本身不是法定货币，但始终有价值，不会贬值成废铁。若美元走势强劲，投资美元升值机会大，人们自然会追逐美元。相反，当美元在外汇市场上走弱时，黄金价格就会走强。

20 世纪八九十年代以来，美国经济迅猛发展，大量海外资金流入美国，这段时期由于其他市场的投资回报率远远大于投资黄金，因为投资者大规模地撤出黄金市场导致黄金价格经历了连续 20 年的下挫。而进入 2001 年后，全球经济陷入衰退，美国连续 11 次调低联邦基金利率导致美元兑其他主要国家货币汇率迅速下跌，投资者为了规避通货膨胀和货币贬值，开始重新回到黄金市场，使黄金的走势出现了关键性的转折点。2002 年以来，美国经济虽然逐步走出衰退的阴霾，但受到伊拉克战争等负面影响仍使得经济复苏面临诸多挑战。2003 年海外投资者开始密切关注美国的双赤字问题，尽管美联储试图采用货币贬值的方法来削减贸易赤字，但这种方法似乎并不奏效，美元对海外投资者的吸引力越来越小，大量资金外流到欧洲和其他市场，黄金投资的规模也出现创纪录的高点。从 2004 年开始，美联储为抑制通货膨胀并吸引海外资金冲销赤字缺口，调整了其宽松的货币政策，试图逐步将利率调高至中性水平，即 3.5%～4%，但在 2004 年，贸易赤字仍再创新高，消费者信心进一步被摧毁，同时油价的高企加深了市场对通货膨胀的忧虑，而黄金借此机会在 2004年底这段时间上冲到 456 美元/盎司的高位。这段时期内（2001～2004 年），通过对美元指数和黄金收盘价格进行相关分析，相关系数为－94.70%，属于高度负相关关系。

　　长期以来，欧元区的经济都处于低迷状态，这显然与强劲的欧元格格不入。特别是美国为了削减其贸易上的庞大赤字而采取对美元贬值的政策，抬高了欧元汇率，使欧元区经济发展显得十分被动。欧元这个唯一可与美元在世界贸易、投资和外汇储备等领域中抗衡的货币一时间危机四伏，而市场投资者出于对其稳定性的担忧，也及时调整手中的投资组合，这样一来便使很大一部分资金流入具有保值避险功能的黄金市场，尤其体现在对于实金的需求上。而美元在此段时期经济发展平稳，金价与美元的负相关关系明显松动，一直以来相反的关联模式被打破。经过 2005 年 5～6 月对美元指数与黄金收盘价格的相关分析，得出的相关系数为 44.8％，呈现正相关关系。美元对黄金市场的影响主要有两个方面：一是美元是国际黄金市场上的标价货币，因而与金价呈现负相关，假设金价本身价值未有变动，美元下跌，那金价在价格上就表现为上涨；二是黄金能作为美元资产的替代投资工具，实际上在 2005 年之前的几年，金价不断上涨的一个主要因素就是美元连续三年的大幅下跌。

　　从近 30 年的历史数据统计来看，美元与黄金保持大概 80％的负相关关系，而从近 10 年的数据中，美元与黄金的关系越来越趋近于－1％。因此，我们在分析金价走势时，美元汇率的变动是一重要的参考。

　　通常我们分析美元走势的工具是美元指数，美元指数是综合反映美元在国际外汇市场汇率情况的指标，用来衡量美元对一篮子货币的汇率变化程度。美元指数 USDX 是参照 1973 年 3 月六种货币对美元汇率变化的几何平均加权值来计算的。以 100.00 美元为基准来衡量其价值。105.50 美元的报价是指从 1973 年 3 月以来，其价值上升了 5.50％。

　　1973 年 3 月被选作参照点是因为当时是外汇市场转折的历史性时刻。从那时起主要的贸易国容许本国货币自由地与另一国货币进行浮动报价。该协定是在华盛顿的史密斯索尼安学院达成的，象征着自由贸易理论家的胜利。史密斯索尼安协议代替了大约 25 年前在新汉普郡布雷顿森林达成的并不成功的固定汇率体制。

　　当前的 USDX 水准反映了美元相对于 1973 年基准点的平均值。到目前为止，美元指数曾高涨到过 165 个点，也曾探低至 80 点以下。该变化特性被广泛地在数量和变化率上同期货股票指数作比较。

它通过计算美元和对选定的一篮子货币的综合的变化率来衡量美元的强弱程度，从而间接反映美国的出口竞争能力和进口成本的变动情况。如果美元指数下跌，说明美元对其他的主要货币贬值。美元指数期货的计算原则是以全球各主要国家与美国之间的贸易结算量为基础，以加权的方式计算出美元的整体强弱程度，以 100 为强弱分界线。在 1999 年 1 月 1 日欧元推出后，这个期货合约的标的物进行了调整，从 10 个国家减少为 6 个国家，欧元也一跃成为最重要的、权重最大的货币，其所占权重达到了 57.6％，因此，欧元的波动对于美元指数的强弱影响最大。

虽然从表现来看，美元指数和黄金价格走势的负相关关系不是自始至终的，但基于商品与货币的根本属性，二者负相关关系才是基础。同升同跌的局面最终将被反向关联所取代，而黄金基于其强劲需求对价格的支撑，出现大幅度下跌的可能性很小，因此，反向关系的恢复更可能依靠美元的回调来实现。图 5-13 是美元指数和期货黄金价格走势关系。

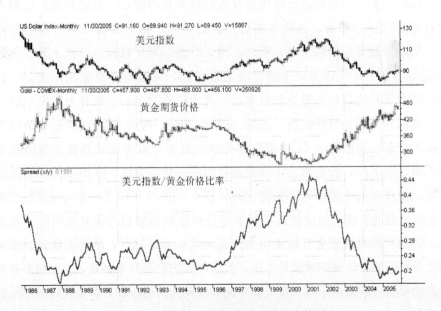

图 5-13 美元指数和期货黄金价格走势对比

资料来源：sharelynx。

美元指数与黄金长期负相关的原因主要有以下两点：

首先，美元的升值或贬值将直接影响到国际黄金供求关系的变化，从而导致黄金价格的变化。从黄金的需求方面来看，由于黄金是用美元计价，如果美元贬值，使用其他货币如欧元的投资者就会发现他们使用欧元购买黄金时，等量资金可以买到更多的黄金，从而刺激需求，导致黄金的需求量增加，进而推动金价走高。相反的，如果美元升值，对于使用其他货币的投资者来说，金价变贵了，这样就抑制了他们的消费，需求减少导致金价下跌。从黄金生产来看，多数黄金矿山都在美国以外，美元的升值或贬值对黄金生产商的利益都会产生一定的影响。因为金矿的生产成本以本国货币计算，而金价以美元计算，所以当美元贬值时，相当于美国以外的生产商的生产成本提高了，而出口换回的本国货币减少使利润减少，打击了生产商的积极性。例如南非的金矿在2003年就是由于本币对美元升值（相当于美元贬值）幅度大于黄金价格的上涨幅度，导致黄金矿山非但没有盈利反而陷入亏损的艰难局面，这样最终导致黄金产量下降，供给减少必然抬升金价。

其次，美元的升值或贬值代表着人们对美元的信心。美元升值，说明人们对美元的信心增强，从而增加对美元的持有，相对而言减少对黄金的持有，从而导致黄金价格下跌；反之，美元贬值，则导致黄金价格上升。例如20世纪八九十年代以来，美国经济迅猛发展，大量海外资金流入美国，这段时期由于其他市场的投资回报率远远高于投资黄金，投资者大规模地撤出黄金市场导致黄金价格经历了连续20年的下挫。而进入2001年后，全球经济陷入衰退，美国连续11次调低联邦基金利率导致美元兑其他主要国家货币汇率迅速下跌，投资者为了规避通货膨胀和货币贬值，开始重新回到黄金市场，使黄金的走势出现了关键性的转折点。2002年以来，美国经济虽然逐步走出衰退的阴霾，但受伊拉克战争等负面影响仍使得经济复苏面临诸多挑战。2003年海外投资者开始密切关注美国的双赤字问题，尽管美联储试图采用货币贬值的方法来削减贸易赤字，但这种方法似乎并不奏效，美元对海外投资者的吸引力越来越小，大量资金外流到欧洲和其他市场，黄金投资的规模也出现创纪录的高点。

值得注意的是，我们所说的美元与黄金的负相关性是从长期的趋势来看的，从短期情况来看，也不排除例外情况。如2005年便出现了美元与黄金同步上涨的局面，之所以会出现这种情况，最主要的原因是欧洲出现了政治和经济动荡：一体化进程由于法国公投的失败而面临崩溃的危机，欧洲经济一直徘徊不前，英国经济发展出现停滞和倒退，原本应该通过降息来刺激经济的欧洲央行受到美元升息拉大美元与欧元的利率差的羁绊而左右为难，只能勉强维持现行利息水平，英国央行为了刺激经济而调低利率，欧元和英镑因此遭到市场抛售，投资者短期内只能重新回到美元和黄金市场寻求避险，推动了美元和黄金的同步走高。

除了美元汇率与金价，我们再看看其他主要货币与黄金的关系。图5－14～图5－21展示了截至2008年7月2日各主要货币金价的周线图（每盎司黄金的报价），最新的黄金各主要货币报价可以从 www.kitco.cn 网站查询到。

Gold Price, $ per ounce (London pm fix)

图5－14 黄金的美元价格走势

资料来源：世界黄金协会、《全球投资者》。

图5—15 黄金的欧元价格走势

资料来源：世界黄金协会、《全球投资者》。

图5—16 黄金的日元价格走势

资料来源：世界黄金协会、《全球投资者》。

Gold Price. £ per ounce (London pm fix)

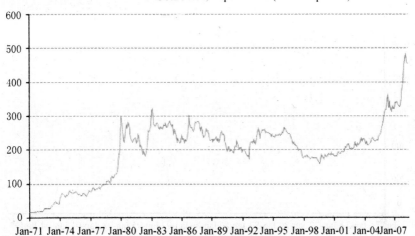

图 5—17 黄金的瑞士法郎价格走势

资料来源：世界黄金协会、《全球投资者》。

Gold Price. Rand per ounce (London px fix)

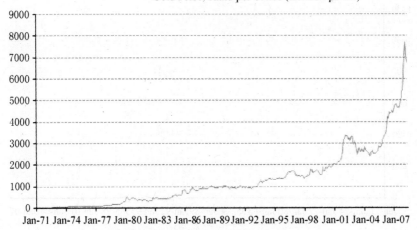

图 5—18 黄金的南非兰特价格走势

资料来源：世界黄金协会、《全球投资者》。

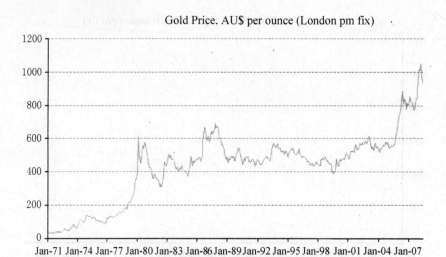

图 5—19　黄金的澳元价格走势

资料来源：世界黄金协会、《全球投资者》。

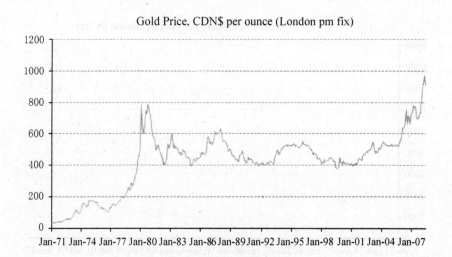

图 5—20　黄金的加元价格走势

资料来源：世界黄金协会、《全球投资者》。

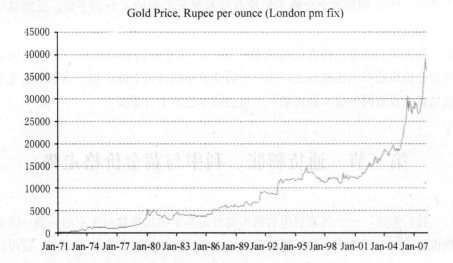

Gold Price, Rupee per ounce (London pm fix)

图 5—21 黄金的印度卢比价格走势

资料来源：世界黄金协会、《全球投资者》。

不过，我们需要注意的是金融因素对金价影响的弱化。在黄金价格分析和黄金投资市场中，金融形势是研究者和交易者广为关注的因素。黄金市场作为一个全球性的市场，汇率波动形成不同币种黄金价格的差异，而利率的变化又会形成黄金投资财务成本的变化和短期资本机会成本的变化。因此，金融因素历来都是黄金交易市场极为重视的因素，汇率的波动和利率变化常常是黄金市场交易者决定投资方向的重要参照指标。

但是在黄金价格形成机制中，金融因素对价格的影响需要特定的条件。超越了特定的条件，常规金融因素对黄金价格的影响就会发生弱化，对其影响的程度降低甚至与黄金价格演化形势无关。下面仅以汇率与黄金价格的关系做一简要说明。

1977～1981 年，美元指数与黄金年平均价格之间存在负相关关系。但是1973～1975 年美元指数上升，而同期黄金价格并没有出现下降趋势，相反黄金价格还出现了上升的趋势，并且 1973 年和 1974 年黄金价格上升的幅度均是同期美元指数上升的数十倍。

同样的情况也出现在 2005 年。2005 年由于欧盟宪法问题、德国大选问题和法国骚乱问题等带动全球主要货币汇率对美元贬值，美元贸易加权指数大幅上升 15.2%，同期黄金价格不但没有随着美元汇率的上升而下调，反而其年上升幅度还超过了 20%。

与汇率和黄金价格之间的关系一样，2004 年美国启动的新一轮升息周期对黄金价格的影响也被弱化，相对于黄金价格的持续上涨，似乎由利率变化形成的黄金投资财务成本和短期资本机会成本已不十分重要。

第三节　通货膨胀、利率与黄金价格走势

我们知道，一个国家货币的购买能力是基于物价指数而决定的。当一国的物价稳定时，其货币的购买能力就稳定；相反，如果通货膨胀率越高，货币的购买力就越弱，这种货币就越缺乏吸引力。如果美国和世界主要地区的物价指数保持平稳，持有现金也不会贬值，又有利息收入，则必然成为投资者的首选。相反，如果通货膨胀剧烈，持有现金根本没有保障，收取利息也赶不上物价的暴涨，则人们就会采购黄金，因为此时黄金的理论价格会随通货膨胀而上升。西方主要国家的通货膨胀越高，以黄金作保值的要求也就越大，世界金价也会越高。其中，美国的通货膨胀率最容易左右黄金的变动。而一些较小国家，如智力、乌拉圭等，每年的通货膨胀最高能达到 400 倍，却对金价毫无影响。

作为这个世界上唯一的非信用货币，黄金与纸币等货币形式不同，其自身具有非常高的价值，不像其他货币只是价值的代表，而其本身的价值微乎其微。在极端情况下，货币会等同于纸，但黄金在任何时候都不会失去其作为贵金属的价值。因此，从某种程度上说黄金可以作为价值永恒的代表。这一意义最明显的体现是黄金在通货膨胀时代的投资价值，毕竟纸币等会因通货膨胀而贬值，而黄金却不会。以英国著名的裁缝街的西装为例，数百年来的价格都是五六盎司黄金的水准，这是黄金购买力历久不变的明证。而数百年前几十英镑可以买套西装，但现在只能买只袖子了。因此，在货币流动性泛滥、通货膨胀横行的年代，黄金会因其对抗通货膨胀的特性而备受投资者青睐。

对金价有重要影响的是扣除通货膨胀后的实际利率水平，扣除通货膨胀后的实际利率是持有黄金的机会成本，实际利率为负的时期，人们更愿意持有黄

金。在整个 20 世纪 70 年代，实际利率绝大部分时间低于 1%，同期金价走出了一个大爆发的牛市。而在 20 世纪 80 年代和 90 年代，大部分时间实际利率在 1% 以上，这期间金价则在连续 20 年的大熊市中艰难行进。另外在 2001～2003 年间，实际利率又低于 1%，而这几年恰是金价大牛市的开端。图 5－22 显示了美国联邦基金利率（相当于基准利率）与国际金价走势之间的关系。

图 5－22 美国联邦基金利率与国际金价走势之间的关系
资料来源：上海期货交易所、上海黄金交易所。

投资黄金不会获得利息，其投资的获利全凭价格上升。在利率偏低时，衡量之下，投资黄金会有一定的益处；但是在利率升高时，收取利息会更加吸引人，无利息黄金的投资价值就会下降，既然黄金投资的机会成本较大，那就不如放在银行收取利息更加稳定可靠。特别是当美国的利息升高时，美元会被大量地吸纳，金价势必受挫。

利率与黄金有着密切的联系，如果本国利息较高，就要考虑一下丧失利息收入去买黄金是否值得。货币的超额供应是通货膨胀的最基本形式，并直接与全国盛行的信用泡沫挂钩。美国的货币供应以惊人的速度增加，2004～2010 年增加了 80%。图 5－23 显示了美国货币供应量 M1、M2 和 M3 从 2003 年到 2011 年 8 月 14 日的变动情况，其中 M3 的最近几年数据是由影子政府统计网站自行计算得出的。

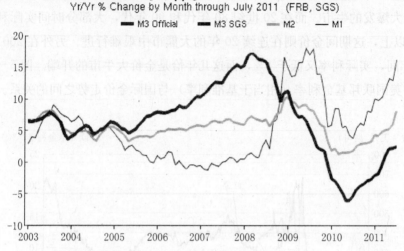

图5-23　美国货币供应量M1、M2和M3 2003～2011年的变化

资料来源：www.shadowstats.com。

　　只要出现经济问题，美联储似乎总是想到要无限制地增加市场现金的供应，而不管长期的代价有多大。自20世纪70年代尼克松政府取消金本位制以来，美国的货币供应从未增加这么快，实际上美国央行是在国家历史上第一次如此任意地印制美元。这种松动的货币政策造成了巨大的通货膨胀、异常的利率和暴涨的金价。令人惊异的是，迄今为止在我们的主流媒体中还没有多少人谈到这点。

　　当美国等西方大国的金融体系出现了不稳定的现象时，世界资金便会投向黄金，黄金需求增加，金价即会上涨。黄金在这时就发挥了资金避难所的功能。唯有在金融体系稳定的情况下，投资人士对黄金的信心才会大打折扣，将黄金沽出造成金价下跌。

第四节　有色金属与贵金属价格走势

　　黄金与白银都是贵金属，而且都是货币的良好材料，两者之间的走势具有高度的相关性。有专家认为白银往往充当了贵金属行情的先锋，因为白银好比小盘股，而黄金好比大盘股，同样的资金流入使得白银比黄金的走势更为显著，不少交易者都认同这一说法。图5－24是白银和黄金在21世纪初这几年走势的对比图，可以看到白银和黄金的走势基本上是亦步亦趋，具有高度相关性。

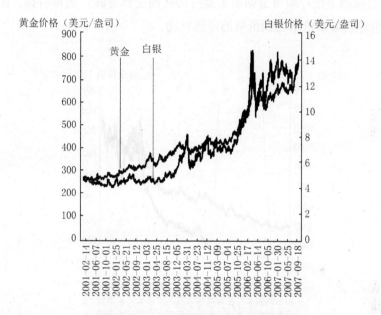

图5－24　21世纪初黄金和白银的走势
资料来源：上海期货交易所、上海黄金交易所。

　　黄金不仅与白银具有高度的相关性，与其他商品期货的走势也密切相关，之所以这样，主要原因有两点：一是当物价水平普遍上涨时，假如经济处于稳定状态，地缘政治也趋于平衡，则此时商品期货和黄金上涨主要是由于资金规避合理通货膨胀的交易行为；二是如果商品期货价格大幅度上涨，通货膨胀恶化，经济失衡，金融危机来临，则此时黄金价格上涨主要是为了规避经济和政治的风险，主要是黄金的货币属性显现。

　　由于铜是经济的先行指标，被誉为是最好的"经济学家"，所以铜价的变化反映了经济的整体趋势，如果铜价不断上涨，温和的通货膨胀也会使得资金规避贬值的压力增加，此时黄金和其他大众商品自然成了保值的首选，所以黄金价格会上涨。当经济因为大众商品价格上涨而处于滞胀状态，面临经济危机时，这时黄金价格的上涨主要是由避险需求导致，黄金成了避险的首选。所以，在温和通货膨胀时，铜价和黄金一起上升，但是黄金的上升幅度小于铜的上升幅度，甚至可能出现黄金走势停滞的现象，因为经济向好使得股票市场比黄金市场更具回报。在恶性通货膨胀阶段，经济发展处于下滑甚至崩溃的边缘，铜价会猛烈下挫，而黄金则由于避险功能而受到青睐，先抑后扬。图5—25是21世纪初黄金价格与铜价格的走势对比。

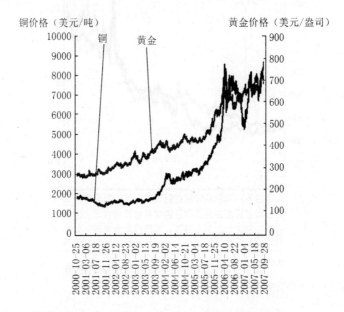

图5—25　21世纪初黄金价格与铜价格的走势对比

资料来源：上海期货交易所。

第五节　原油与黄金价格走势

自西方工业革命后，"黑金"（石油）一直充当现代工业社会运行血液的重要战略物资，它在国际政治、经济、金融领域具有举足轻重的地位，"石油美元"的出现足以说明石油在当今世界经济中的重要性。图5—26是原油的美元价格，显示了从1998年到2011年8月的原油年度均价变化情况。

图 5—26 原油年度均价走势

资料来源：欧佩克官方网站。

图 5—27 和图 5—28 显示了原油储量和产量的分布状况。

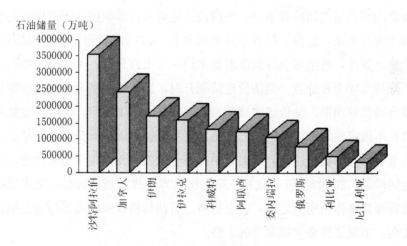

图 5—27 原油储量分布

资料来源：上海期货交易所。

黄金与石油之间存在着正相关的关系，也就是说黄金价格和石油价格是同向变动的。石油价格的上升预示着黄金价格也要上升，石油价格下跌预示着黄金价格也要下跌。

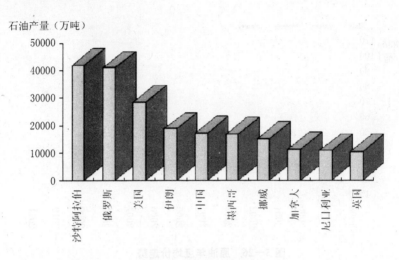

图 5—28 原油产量分布

资料来源：上海期货交易所。

首先，油价波动将直接影响世界经济尤其是美国经济的发展，因为美国经济总量和原油消费量均列世界第一，美国经济走势直接影响美国资产质量的变化从而引起美元升跌，进而引起黄金价格的涨跌。据国际货币基金组织估算，油价每上涨 5 美元，将削减全球经济增长率约 0.3 个百分点，美国经济增长率则可能下降约 0.4 个百分点。当油价连续飙升时，国际货币基金组织也随即调低未来经济增长的预期。油价已经成为全球经济的"晴雨表"，高油价也意味着经济增长不确定性增加以及通货膨胀预期逐步升温，继而推升黄金价格。

在黄金、黑金、美金这三者的关系中，黄金价格主要是用美金来计价，黑金石油也同样是。20 世纪 70 年代初，第二次世界大战后创建的金汇兑本位制度——布雷顿森林体系崩溃之后，黄金价格与石油价格双双脱离了与美金的固定兑换比例，出现了价格大幅飙升的走势。

特别是 20 世纪七八十年代，石油危机爆发后，"三金"之间的关系变得更加微妙，既有紧密联系又相互有所制衡，在彼此波动之中隐藏着相对的稳定，在表面稳定之中又存在着绝对的变动。从中长期来看，黄金与原油波动趋势是基本一致的，只是大小幅度有所区别。从图 5—29 和图 5—30 中可以看出最近 30 年来石油与黄金的价格走势基本一致（数据截至 2011 年 8 月 1 日）。从黄金价格与石油价格的长期趋势来看，二者走势存在着比较强的相关性，虽然大

国际原油价格（美元 桶）

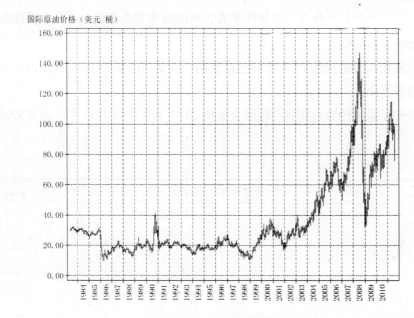

图 5—29　国际原油价格走势

资料来源：Moore Research Center，Inc.。

美国黄金期货价格（美元 盎司）

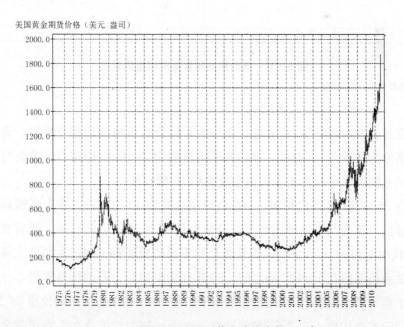

图 5—30　国际黄金价格走势

资料来源：Moore Research Center，Inc.。

同小异，但是趋势基本吻合。从整体来看，可以分为五个阶段：一是布雷顿森林体系崩溃以前的稳定期；二是 20 世纪 70 年代中期的上涨期；三是 1979 年开始的上涨期；四是长达 20 年的低迷盘整期；五是目前正处于 21 世纪初爆发的上涨过程当中。

图 5-31 是纽约原油期货与国际金价从 2010 年 3 月到 2011 年 7 月走势的对比图。

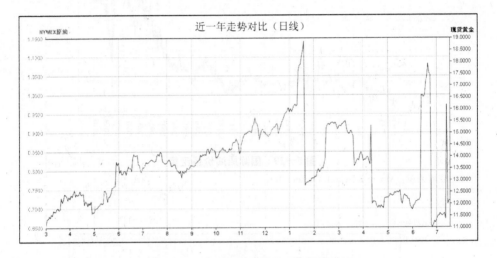

图 5-31 纽约原油和黄金价格走势对比

资料来源：汇通网。

在过去 30 多年里，黄金与石油按美元计价的价格波动相对平稳，黄金平均价格约为 300 美元/盎司，石油的平均价格为 20 美元/桶左右。黄金与黑金石油的兑换关系平均为 1 盎司黄金兑换约 16 桶石油。

在 20 世纪 70 年代初期，1 盎司黄金兑换约 10 桶石油，在布雷顿森林体系解体后，黄金与石油曾达到 1 盎司黄金兑换 30 桶以上的石油，随后在整个 70 年代中期到 80 年代中期，尽管黄金与石油的价格都出现过大幅的上涨，但二者关系仍保持在 10~20 倍之间。80 年代中期以后，石油价格骤跌，一度又达到 1 盎司黄金兑换约 30 桶石油的水平。按 2005 年的石油平均价格 56 美元/桶和国际黄金均价 445 美元/盎司计算，这个比例大约维持在 1 盎司黄金兑换 8 桶石油的水平。

　　第二次世界大战以后到 20 世纪 70 年代，油价和金价之间的比率几乎保持不变，基本上维持 1 : 6 的稳定关系，即大约 1 盎司黄金兑换 6 桶石油。当时官方规定的黄金兑换价格为每盎司 35 美元，石油为每桶 5～7 美元。黄金价格与美元挂钩，不受供需变化影响，维持固定价格，缺乏波动调整效应。而石油价格也处于较低的水平，属于廉价石油时代。

　　图 5—32 显示了 1976 年 1 月～2006 年 1 月黄金与石油的兑换关系。

图 5—32　原油与黄金的兑换关系

资料来源：sharelynx。

　　布雷顿森林体系的崩溃使得整个世界的经济格局发生了突变，随之而来的美元贬值以及石油危机更使得金价和油价的稳定关系消失殆尽。首先发生变动的自然是金价，布雷顿森林体系崩溃之后，美元对黄金贬值，金价一路上行，顺利突破 100 美元关口，最高达到每盎司 120 美元。而第四次阿以战争后，石油输出国组织也分别两次提高基准油价，飙升 300％，达到每桶 11.65 美元，赶上了先前金价上涨的势头，形成了第一次世界石油危机，廉价石油时代至此结束。

　　1979 年，为解决第一次石油危机所引发的经济问题，美国主动开始了第二轮美元贬值，加上当时政局动荡不安，国际市场对黄金的巨大需求使得金价再度暴涨。1980年1月18日，伦敦黄金市场每盎司黄金高达835.5美元，纽约的黄金期货价格则为每盎司1000美元，这是黄金有史以来最高价。

美元贬值也极大地损害了各石油输出国的利益，使石油输出国组织的财富大大缩水，第二次世界石油危机爆发。1979年伊朗爆发伊斯兰革命和1980年的两伊战争，都使得石油日产量锐减，直接导致了国际石油市场价格骤升，每桶石油的价格从14美元涨到了35美元以上。

1981年，金价和油价开始双双下跌。至1982年，金价下跌超过了50％。1986年，油价也出现了大幅下跌。漫长的盘整期开始了。在长达20年的价格波动中，黄金和石油价格比率基本上在1：15.5附近波动。这期间虽出现过短期背离，但很快又恢复到该比率附近。

2003年，伊拉克战争使得金价开始大幅度上升，国际油价也开始从每桶25美元的价位逐步攀升。受基金的多头推动、加息政策、炼厂事故频发、自然灾害的影响，油价持续走高，开始了强劲的上涨过程。比起石油的大幅涨价，金价的表现稳重许多，与2001年的价格相比，油价已经翻了5倍，而金价只上涨了1倍多。

尽管黄金价格和石油价格之间无法推演出一种确切的数字比例关系，但是我们却无法漠视它们之间这种模糊的正向联动关系。在国际大宗商品市场上，原油是最为重要的大宗商品之一。原油对于黄金的意义在于，油价的上涨将推动通货膨胀，从而彰显黄金对抗通货膨胀的价值。从历史数据上看，近30年1盎司黄金平均可兑换15桶原油，油价与金价呈80％左右的正相关关系（见图5-33）。

美国经济长期依赖石油和美元两大支柱，其依赖美元的铸币权和美元在国际结算市场上的垄断地位，掌握了美元定价权；又通过超强的军事力量，将全球近70％的石油资源及主要石油运输通道置于其直接影响和控制之下，从而控制了全球石油供应，掌握了石油的价格。从长期来说，当美元贬值时，石油价格上涨；而当美元趋硬时，石油价格呈下降趋势。尽管近期美国经济一改前几年增长乏力的状况，但双赤字仍严重，美元反弹程度有限。这种状况如果长久持续，则容易动摇世界各国持有美元的信心，因此美国借另一"硬通货"石油来支撑弱势美元，以保证美国经济的持续发展。

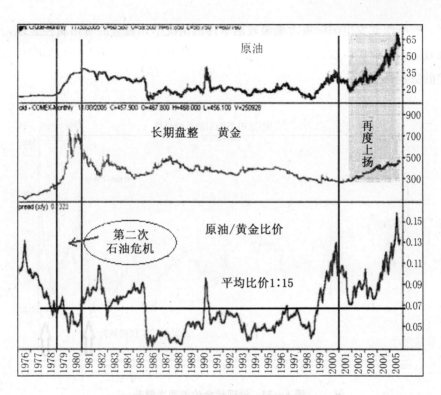

图 5－33　石油和黄金的走势及比价关系

资料来源：互联网博客，原作者不详。

总的来说，美元与石油价格是异向的变动关系，即美元贬值就会引起油价上涨，美元升值则会引起油价下跌。

第六节　地缘政治与黄金价格走势

在战争和政局震荡时期，经济的发展会受到很大的限制。任何当地的货币都可能会由于通货膨胀而贬值，这时，黄金的重要性就淋漓尽致地发挥出来了。由于黄金作为国际公认的交易媒介，在这种时刻，人们都会把目标投向黄金，对黄金的抢购也必然会造成金价的上升。自 20 世纪 30 年代各国货币制度由金本位转化为金汇兑本位和信用本位制度以后，世界黄金价格分别经历了1970～1980 年和 2001～2006 年间的两次大幅上涨（见图 5－34），考察其原因，在酝酿或发生国际重大地缘政治事件的情况下，黄金的货币属性显现，地缘政治因素取代供求、汇率、宏观经济等其他影响因素成为黄金价格形成机制中的决定性因素。

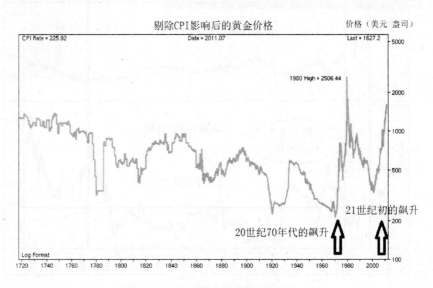

图 5-34　近现代金价的两次飙升

但是黄金价格也受其他因素的制约。比如，1989～1992 年世界上出现了许多的政治动荡和零星战乱，但金价却没有因此而上升，原因就是当时人人持有美元，舍弃黄金。因此，交易者不能够机械地套用地缘政治因素来预测金价，还要考虑美元等其他因素。

黄金历史上就是避险的最佳手段，所谓"大炮一响，黄金万两"就是对黄金避险价值的完美诠释。任何一次的战争或政治局势的动荡往往都会促涨金价，而突发性的事件往往会让金价短期内大幅飙升。比如，1973～1974 年的第四次中东战争期间，金价大幅上涨并随着事态的平息而大幅回落。1979～1980 年，随着伊朗伊斯兰革命、苏联入侵阿富汗和两伊战争的爆发等国际重大地缘政治事件的密集发生，黄金价格也于 1980 年初创下了 870 美元/盎司的历史高点。

1980 年 1 月 21 日金价达到历史高点，每盎司 850 美元。其中一个重要因素是当时世界局势动乱：1979 年 11 月发生了伊朗挟持美国人质事件，12 月苏联入侵阿富汗，从而使得金价每日以 30～50 美元/盎司速度飙升。

在 1990 年 2 月初，世界金价曾经冲破 420 美元/盎司的大关，但在随后的半年内几乎是一路暴跌，并在 1990 年 6 月跌到 345.85 美元/盎司，创下 1986 年以来的历史新低。这一期间金价下跌的主要原因是苏联经济状况恶化，人们猜测苏联政府可能会抛售黄金储备以偿还外债，结果导致市场出现崩溃性下挫。从这个实例可以看出，主要黄金储备国央行的售金动向会极大地影响黄金走势。

从 1990 年 7 月末 8 月初金价开始回升，特别是在 1990 年 8 月 2 日伊拉克入侵科威特的当天，伦敦金价从 370.65 美元/盎司跃升到 380.70 美元/盎司，而后又爬上 413.80 美元/盎司的水平。直到 1991 年 1 月 7 日美英出兵之前一直在 370～400 美元/盎司之间波动。在这期间，金价主要随着全世界为和平解决科威特问题的努力和政治斡旋而变化，人们对战争与和平的忧虑一直是金价的重要支撑力。

在联合国安理会通过 678 号决议之后，对伊拉克提出了最后通牒，金价又开始向上振荡。在安理会规定伊拉克必须撤军的最后期限 1991 年 1 月 16 日，在战争恐慌的推动下金价再次突破 400 美元/盎司。但在 1 月 17 日"沙漠风暴"行动开始后，战争走向已经明朗，所谓的"战争溢价"迅速消失，伦敦金价在两个交易日内便下降到 380 美元/盎司。1 月 24 日联军开始实施代号为"沙漠军刀"的地面攻势，2 月 26 日伊拉克宣布无条件接受安理会 678 号决议，从科威特撤出其军队。在海湾紧张局势基本得到解决的情况下，金价很快回归到 360 美元/盎司左右的正常水平，这就是所谓的"预期兑现，尘埃落定"效应。

2001 年以后，金价于美国"9·11"事件之前半年见底。此后，黄金价格在美元连续大幅贬值和伊拉克战争等事件的作用下持续上涨。进入 2005 年，伊朗核问题逐渐成为金价的主导因素。2005 年中期以后，黄金价格独立于欧元兑美元汇率开始大幅上涨，从黄金价格上涨的节奏和脉络中可以看出，伊朗核问题发展激化的进程完全主导了金价的上涨过程。

在未来一段时间内，伊朗核问题的进展态势仍将是金价的潜在主导因素之一。由于伊朗与以美国为首的西方国家在核问题上严重对立，事态有进一步激化的趋势。可以预见，随着事态进程的发展，金价仍将再创新高。2011 年爆发了叙利亚、埃及以及利比亚多国的反政府运动，金价也受此影响，但是对金价影响最大的还是美国信用评价被下调，以及欧洲债务危机的逐步展开。

从以上的实例我们可以总结出战争对金价影响的特点：在既成事实之前，预期主宰价格的波动：第二次世界大战以后的战争都是局部性的战争，对世界的影响都局限在一定范围内，因此"战争溢价"往往持续的时间不长。我们做两项分类：一是突发性的战争爆发，因为普遍在人们的预期之外，所以对金价的影响也是爆发性的，金价往往走出快速上涨后快速下跌的走势，如伊拉克突然入侵科威特，金价就表现为短时间内大幅飙升。二是在人们预期内的战争爆发，则在战争真正爆发前，金价已经在跟随预期走了，战争溢价已在价格上涨中体现出来，如海湾战争的例子，美伊开战的结局非常明朗，因此实际上战争的爆发就已宣告了其对金价促涨作用的结束。表5-4是一个更为全面扼要的总结。

表5-4　战争对金价影响的特点

序号	战争对金价影响的特点
1	战争规模与持续时间对金价波动产生主要作用
2	在战争或区域冲突爆发前金价趋于上涨的概率较大
3	战争过程中，战局发展可预测性的强弱对金价产生支持与抑制作用
4	战争结束或进入尾声阶段金价下跌的概率增加

图5-35至图5-38是一些重要的地缘政治事件发生前后对金价的影响。

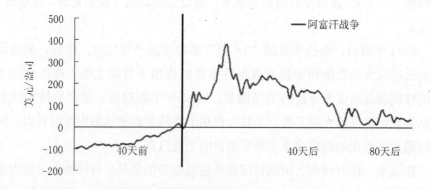

图5-35　苏联入侵阿富汗对金价的影响

资料来源：上海期货交易所、上海黄金交易所。

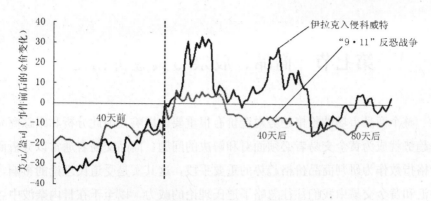

图5—36　伊拉克入侵科威特、"9·11"反恐战争对金价的影响

资料来源：上海期货交易所、上海黄金交易所。

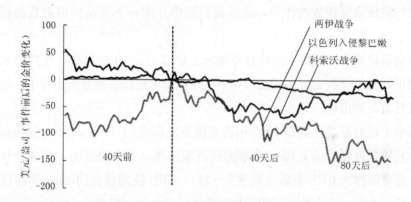

图5—37　两伊战争、以色列入侵黎巴嫩、科索沃战争对金价的影响

资料来源：上海期货交易所、上海黄金交易所。

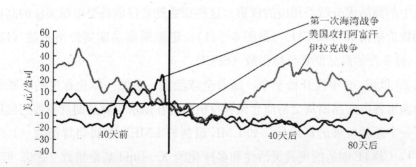

图5—38　第一次海湾战争、美国攻打阿富汗、伊拉克战争对金价的影响

资料来源：上海期货交易所、上海黄金交易所。

第七节　商品、股票与黄金价格走势

整个商品市场的价格趋势对金价有很重要的影响，因此分析和跟踪商品价格趋势就成为黄金交易者必须面对和解决的问题。商品交易者通常以分析商品价格指数作为研判商品价格趋势的重要手段，这其实是受道氏理论的影响，在外汇和黄金交易中我们往往忽略了道氏理论的威力，以至于在日内杂波中寻找趋势，这是南辕北辙的做法（对这方面想要进行深入了解的读者可以参考《顺势而为：外汇交易中的道氏理论》这本专业书籍）。要克服这种危害广泛的做法，我们应该重视指数的作用，这里我们简单介绍一下商品价格指数的相关知识。

以商品价格为基础的商品指数在国际上已有近 50 年的历史，在这近半个世纪当中，商品指数无论在商品市场中还是在对宏观经济的分析指导中，都扮演了极其重要的角色。

最早出现的商品指数是 1957 年由美国商品研究局（Commodity Research Bureau）依据世界市场上 22 种基本的经济敏感商品价格编制的一种期货价格指数，通常简称为 CRB 指数（见图 5－39）。CRB 的期货合约 1986 年在纽约商品交易所上市，该合约对应的指数也受到广泛关注（见图 5－40）。

到了 20 世纪 80 年代至 90 年代初期，高盛公司、道琼斯公司和标准普尔公司等也纷纷推出了自己的商品期货价格指数，并且引入了加权编制的方法，对指数中的商品成分赋予相应的权重。这些指数就是目前备受市场关注的高盛商品期货价格指数（GSCI）（见图 5－41）、道琼斯商品期货价格指数（DJ-AIG）、标准普尔商品期货价格指数（SPCI）。

从 20 世纪 90 年代开始至今，随着全球经济、金融一体化程度的不断提高，为满足各类商品期货交易商套保和投机的潜在需求，商品期货指数的发展进入了一个蓬勃发展的新阶段，如 LME 编制的 LMEX 金属期货指数（1999 年 1 月），CBOT 创造的更具灵活性和多样化的 X－fund 基金指数（2002 年 2 月）等。

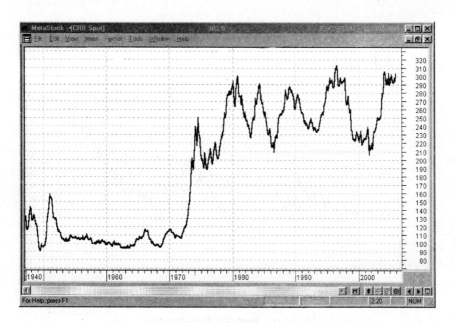

图 5—39　CRB 指数

资料来源：metastock。

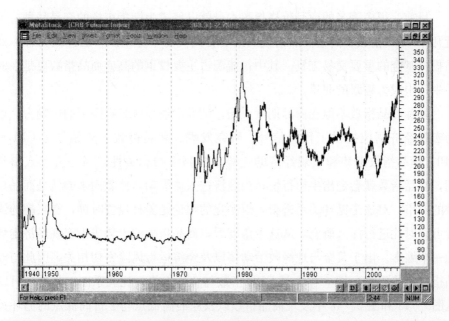

图 5—40　CRB 期货指数

资料来源：metastock。

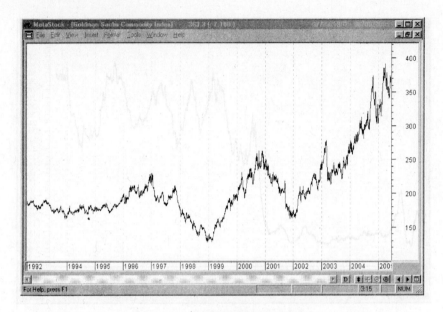

图5—41 高盛商品期货价格指数

资料来源：metastock。

目前，很多著名的商品价格指数本身就已经成为期货市场的交易品种。最近几年 CRB 指数、高盛商品指数的期货合约交易十分活跃，已经成为各类商品投资基金的重要交易工具。其中，能源占主要权重的高盛商品指数更是在商品牛市中成为耀眼的明星。

国际商品指数不但在商品期货市场、证券市场领域具有强大的影响力，也为宏观经济调控提供了预警信号。研究发现，商品指数大多领先于 CPI 和 PPI，商品指数走势和宏观经济的走势具有高度的相关性。当经济进入增长期，商品指数就会走出牛市行情；当经济进入萎缩期，伴随而来的就是商品指数的熊市。对这个循环关系进行了模型化的理论是美林投资时钟，有兴趣的读者可以对此进行深入研究。从这个角度看，商品指数的走势成为宏观经济走势的一个缩影。由于黄金与地缘政治动荡以及经济运行风险密切相关，因此与商品指数走势密切，图5—42 是 CRB 指数与金价走势对比关系图。另外，可以从图5—43 和图5—44 中发现商品指数以及原油高低点与金价高低点的循环关系。这些图提醒我们在进行黄金走势分析的时候，应该注重 CRB 和原油走势的分析，并经由本节提及的关系来辅助黄金走势的研判。

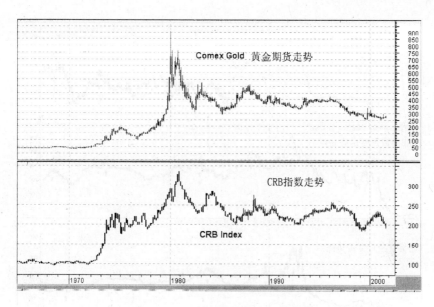

图 5－42 CRB 指数与金价走势关系

资料来源：metastock。

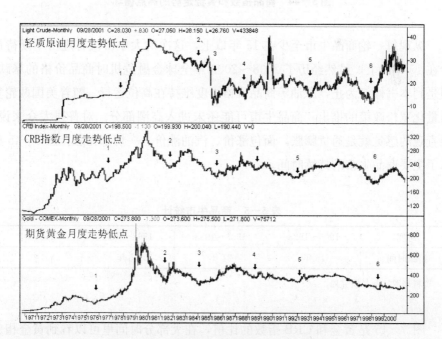

图 5－43 商品指数和黄金走势的低点循环

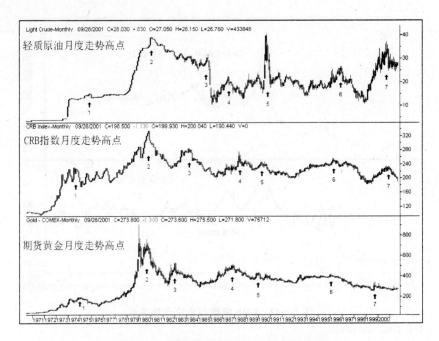

图 5—44　商品指数和黄金走势的高点循环

　　纵观每一轮商品牛市至少在 15 年以上，这次的大牛市没有理由不期待最少在 15 年以上，虽然经历了 2008～2009 年全球金融危机时商品价格的暴跌，但是到本书修订为止，原油等商品价格再度维持在高位运行。随着美国两轮货币量化宽松政策的推出，商品牛市可能还未进入高潮部分。对普通大众来说，最直观的感觉就是通货膨胀，面包涨价、汽油涨价、一切都在涨！图 5—45 显示了主要商品牛市的持续时间。

表 5—5　商品牛市统计

跨度	1906～1923	1933～1953	1968～1982	1999～？
持续时间	16 年	21 年	15 年	？

资料来源：商品研究局。

　　图 5—45 是黄金和 CRB 指数的比值，在大部分时间里可以看到黄金相对于其他商品表现一般，并没有突出的表现，但在 1929～1934 年、1970～1980 年可以看出黄金的表现远远超过其他商品的表现，当遇到危机（1929～1934

年美国大萧条，1970～1980 年美国陷入滞胀），黄金的表现绝佳！另外，我们也可以查看 CRB 指数和黄金价格的比率走势（见图 5－46），可以发现 1979 年以后 CRB 指数/金价的比率一直在 0.8 之下的区间运行。

图 5－45　金价和 CRB 指数的比率走势

资料来源：商品研究局。

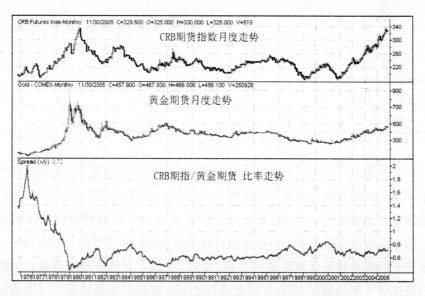

图 5－46　CRB 期货指数与期货黄金价格的比率走势

前面讲的是商品整体价格走势与金价走势的关系，接下来我们介绍股票市场走势与金价走势的关系。1970～1980 年黄金年回报 31％，在商品中（包括股票债券）表现最棒，而在此期间股票的表现最差 6％（还比不上 CPI）。表 5－6 是 1999～2007 年各种投资品种的投资收益。

表 5－6　21 世纪初主要投资品种的回报率

品种	1999～2007 年的累积投资回报率	年均投资回报率
原油	696.5	25.9
镍	542.9	23
铅	409.5	19.8
铜	358.6	18.4
铂金	317.9	17.2
天然气	284.7	16.2
小麦	220.4	13.8
银	193.8	12.7
黄金	189.3	12.5
锌	150	10.7
玉米	113.4	8.8
钼	90.8	7.4
煤	88.1	7.3
道琼斯指数	44.5	4.2
纳斯达克指数	21	2.1
标准普尔 500 指数	19.5	2
钯金	10.2	1.1

作为股票的替代投资手段，黄金价格与美国股市也曾表现为较高的负相关关系，当美国的股票市场处于历史性大牛市时，金价正走在长达 20 年的漫漫熊途之上。20 世纪 80 年代以后，以美国为首的西方国家的金融创新层出不穷，衍生品市场快速发展，信用泡沫被吸纳在虚拟经济范畴的金融市场中，形成了美元的强势和黄金商品属性显现。2000 年后，新经济泡沫破裂，美国股市已经连续 6 年徘徊在 2000 年历史高点之下，虚拟经济领域吸纳信用泡沫的能力下降，黄金价格形成机制再次向货币属性还原。以美国股市为代表的金融

投资市场对信用泡沫的吸纳能力、带来的相对获利机会大小是影响金价的重要因素。1980 年以来，美国股指的走势与金价基本上呈现明显的反向关系。图 5—47 是 200 年来道琼斯指数与黄金价格的比率走势，截至 2011 年 8 月，该比值为 5.84。图 5—48 则显示了这个比值的规律，美联储设立后这个比率的波动加剧，可能显示出信用本位制加剧了经济和金融的不稳定性。

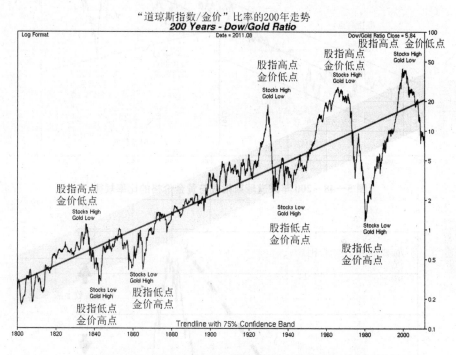

图 5—47 200 年来道琼斯指数与黄金价格的比率走势

美股与黄金负相关，美股牛市，黄金低谷，美股熊市，黄金高企！在黄金的顶峰时，两者的比率曾达到过 1 甚至 2，分别在 20 世纪 30 年代大萧条和 70 年代滞胀时期。现在美股似乎已经开始走熊，两者比值在 14 左右，由此也可以看出黄金目前的位置。在此轮商品大牛市中，我们也可以期待往后的 5～10 年两者比率降低到 1～2，如果美国就此陷入滞胀，道琼斯在 10000～15000 之间徘徊，那么黄金 5000～10000 美元/盎司是非常现实的。

在观察美股与金价的关系时，我们也参考标普 500 指数与金价的比率（见图 5—49），可以发现目前这个比率并未处于历史低点，离 0.1566 还有较远的

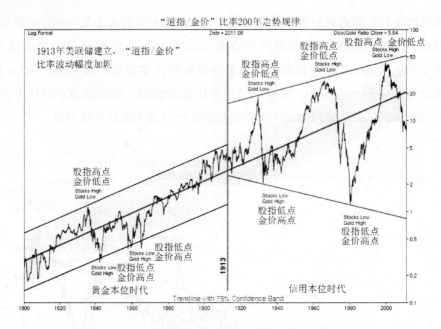

图 5—48 200 年来道琼斯指数与黄金价格的比率规律

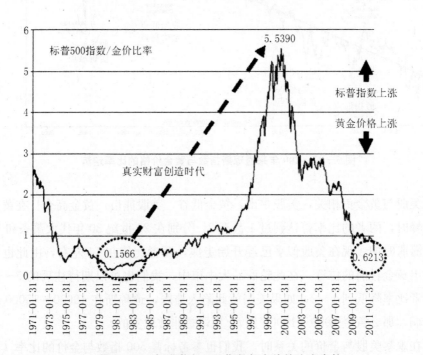

图 5—49 标准普尔 500 指数与金价的比率走势

距离，如果要达到历史低点，要么股指继续下跌，要么金价继续上涨。如果股指维持不变，则金价需要上涨到 7000 美元/盎司左右。

最后，股市和商品价格本身也存在密切关系，美国股市与商品价格已多次演绎"跷跷板"的关系，20 世纪已经发生了三个商品大牛市（1906～1923 年、1933～1953 年、1968～1982 年），平均每个牛市持续 17 年多一点。在这三个商品大牛市期间，对应的情况是美国股市的长期熊市和通货膨胀的长期上升。

第六阶
黄金期货交易的分析方法

　　本书主要围绕贵金属短线交易中适合的黄金期货展开。而黄金期货的交易肯定是以技术分析和资金分配为主，基本面分析适合那些实际杠杆更低的期货投资交易者，比如吉姆·罗杰斯。在本阶我们将以技术分析为主，深入介绍黄金期货短线交易所需要的技巧。

　　第一节我们将介绍黄金期货交易中较有效的蜡烛图形态。虽然蜡烛图形态有很多，但是真正有用的却并不多，所以，我们需要根据交易的具体实践加以变通。在美国黄金期货市场和上海黄金期货市场上有着不少共同的有效蜡烛图特征，我们将对此加以归纳总结，力图得出对实际交易有着无比指导价值的蜡烛图模式。

　　第二节我们将介绍如何识别趋势。"顺势而为"是黄金期货短线买卖的唯一法则，具体而言就是"截短亏损，让利润奔腾！"趋势是所有交易的前提，但是趋势在交易之前并不能被完全确定，这就表明趋势的识别需要借助于偏重概率的方法。

　　第三节我们将介绍黄金波动的年内周期。在该节中我们还会介绍黄金走势的季节性特点，使我们在黄金相关品种的交易中把握好市场的节奏，进而能够选择较好的进场和出场位置。

　　第四节我们将介绍黄金在波动幅度上的特点，这里主要运用统计的方法来确定平均波幅或者波幅的众数，通过掌握黄金在波幅上的规律，我们可以更好地制定止损和利润兑现目标。

任何交易都是从趋势着眼，然后从位置入手，所谓的进场位置都与支撑阻力相关。支撑线和阻力线就是我们观察市场趋势运动的温度计，唯有通过这些市场温度的具体"刻度"我们才能更好地把握具体进出场时机和位置。关于支撑阻力的知识，我们将在第五节进行深入讲解。

在第二节我们介绍了趋势或者说方向，在第五节我们介绍了位置，但是任何交易都是二元的，一方面要顺应趋势，另一方面要确认位置。只有找到了市场最可能的方向，然后在相对恰当的位置介入才能确保高胜算的交易。许多金融交易类书籍都以判断市场方向为核心目标，往往忽略了具体的进场位置确认。任何一笔成功的交易都是以方向和位置两大要素为核心的，在第六节我们将谈到黄金交易的二元系统哲学。

黄金现货和期货的走势受多种因素的影响，但不是每种因素都以同样的方式发挥同等程度的影响，所以我们要以系统论的方法来考虑影响黄金走势的基本面因素。在第七节我们引入神经语言程式学的逻辑层次方法来解决这个问题。

在第八节我们将介绍影响黄金期货走势的重要数据，这些数据基本上都与美国有关，毕竟美国经济和政治的影响是全球性的，国际黄金以美元标价，美国控制着全球原油命脉，美国是最重要的黄金期货市场。

除了技术分析和基本面分析之外，还有心理层面分析。任何价格走势都是基本面通过心理层面发生作用的结果，忽略心理层面的影响而单单来看基本面对技术面的影响，很多时候会让我们看不明白。黄金期货持仓的变化，震荡指标典型状况的出现，都是心理层面发生变化的体现。

第一节　黄金期货交易中的蜡烛图技巧

蜡烛图是技术分析的一种最基础工具，它的主要作用在于确认某一关键位置是否有效，如果一个看跌蜡烛图形态恰好出现在某一阻力位置附近，则这一阻力的有效性就得到了初步的确认；相反，如果一个看涨蜡烛图形态恰好出现在某一支撑位置附近，则这一支撑的有效性就得到了初步的确认。

最基本面的蜡烛图形态类型是两种：收敛和扩散，收敛对应着小实体蜡烛线，而扩散则对应着大实体蜡烛线。从表6—1中大家可以领悟到最精简和实用的蜡烛图技巧。

表6-1　敛散形态的二元特征

敛散性	蜡烛线	价格密集度	走向特征	市场情绪	市场状态
收敛	小实体蜡烛线	成交密集区	区间震荡市场	犹豫	均衡
发散	大实体蜡烛线	成交稀疏区	趋势单边市场	坚决	失衡

资料来源：帝娜私人基金行为交易研究室。

　　表6-1是近似哲学层面的东西，我们还需要具体的蜡烛图操作指南。下面我们就介绍一些黄金期货市场较为有效的蜡烛图形态，主要以反转形态为主。

　　第一组形态是看涨吞没和看跌吞没。所谓的看涨吞没就是此前股价一直处于下跌走势，在下跌走势之后出现了一根阴线，但是接着就出现了一根阳线，而且这根阳线实体部分将阴线实体覆盖住，这就是一个看涨吞没形态，后市上涨的概率大于小跌的概率，不过仍旧需要结合其他分析手段进行判断，不能单单依靠这一形态断定市场未来的走向。图6-1和图6-2显示了美国黄金期货走势中出现的看涨吞没形态。

图6-1　美国黄金期货走势中的看涨吞没形态（1）

资料来源：帝娜私人基金行为交易研究室。

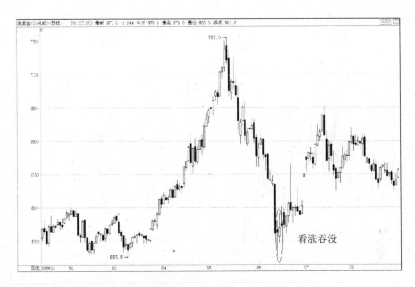

图6-2　美国黄金期货走势中的看涨吞没形态（2）

资料来源：帝娜私人基金行为交易研究室。

　　所谓的看跌吞没就是此前价格一直处于上升走势，随后出现了一根阳线，紧接着出现一根阴线，该阴线的实体部分远远大于阳线的实体部分。此后，走势转为下跌的可能性很大，不过仍旧需要结合其他指标进行分析。图6-3展示了美国纽约黄金期货走势中三个典型的看跌吞没形态。这个形态与看涨吞没形态恰好相反，这两个蜡烛图形态在黄金期货走势中具有很高的判断价值。

　　第二组形态是早晨之星和黄昏之星。所谓的早晨之星就是此前价格一直处于下跌走势，随后出现了一根实体中等以上的阴线，接着在阴线的底部位置出现了实体较小的一根到三根的蜡烛线，此后马上出现了实体中等以上的阳线，这种形态表明了空方在与多方达成力量均衡之后，马上多方就占据了优势，后市看涨概率较大，好比黎明，所以被形象地称为"早晨之星"。图6-4至图6-7展示了黄金期货走势中的早晨之星形态，注意看每个早晨之星的独特之处。虽然早晨之星具有不少共性，但是只有在具体走势中才能够识别出它们的实际价值。

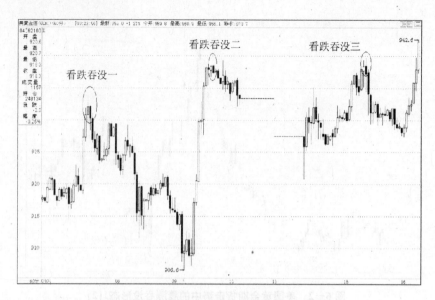

图6—3　美国黄金期货走势中的看跌吞没形态

资料来源：帝娜私人基金行为交易研究室。

图6—4　美国黄金期货走势中的早晨之星形态（1）

资料来源：帝娜私人基金行为交易研究室。

图6—5 美国黄金期货走势中的早晨之星形态（2）

资料来源：帝娜私人基金行为交易研究室。

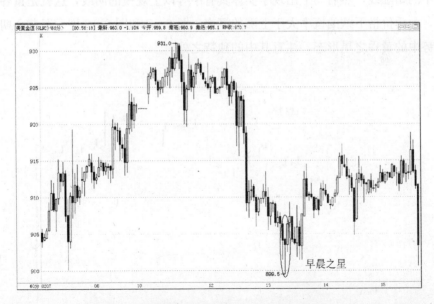

图6—6 美国黄金期货走势中的早晨之星形态（3）

资料来源：帝娜私人基金行为交易研究室。

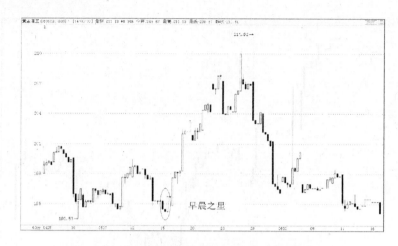

图6-7　美国黄金期货走势中的早晨之星形态（4）
资料来源：帝娜私人基金行为交易研究室。

　　所谓的黄昏之星就是与早晨之星恰好相反，在一段上升趋势之后出现了一根阳线，实体具有中等以上的规模，在该阳线顶部位置出现了一根到三根实体较小的蜡烛线，然后马上出现了实体具有中等以上规模的阴线，这就是黄昏之星，此后价格下跌的概率大于上涨的概率。图6-8和图6-9展示了黄金期货走势中的黄昏之星形态，注意其中的独特之处。

图6-8　美国黄金期货走势中的黄昏之星形态（1）
资料来源：帝娜私人基金行为交易研究室。

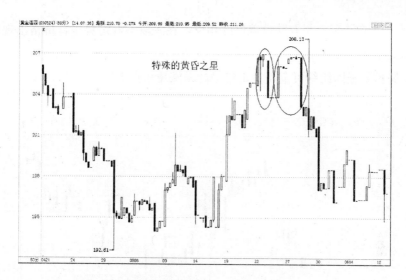

图6—9　美国黄金期货走势中的黄昏之星形态（2）
资料来源：帝娜私人基金行为交易研究室。

　　第三组形态是持续形态，那就是看跌覆盖和看涨覆盖。所谓的看跌覆盖就是在下跌中价格出现反弹，但是马上就被此后的价格大幅度下跌所拉平，通常表现为较小的阳线实体后出现实体较大的阴线实体，如图6—10所示。

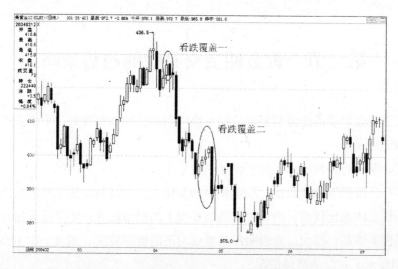

图6—10　美国黄金期货走势中的看跌覆盖形态
资料来源：帝娜私人基金行为交易研究室。

所谓的看涨覆盖与看跌覆盖恰好相反，在一段上升走势中，价格出现调整但是立即就被上涨所抵消，表现在价格形态上就是小阴线之后出现大阳线，图6-11展示了美国纽约黄金期货走势中的看涨覆盖形态。

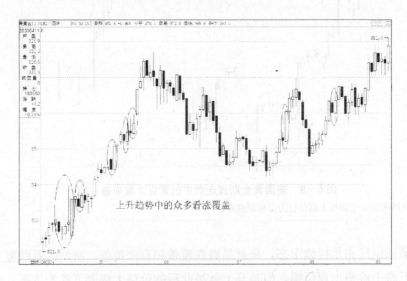

图6-11　美国黄金期货走势中的看涨覆盖形态
资料来源：帝娜私人基金行为交易研究室。

第二节　黄金期货交易中的趋势策略

关于黄金期货的趋势判断有三种主要规则和三种次要规则，下面我们结合实际例子来说明。

黄金期货趋势判断的三种主要规则分别是：

第一，按照蜡烛线此前一段走势中的实体大小来判断。如果此前出现的蜡烛线阳线实体都比较大，则表明市场继续向上的概率较大；如果此前出现的蜡烛线阴线实体都比较大，则表明市场继续向下的概率较大。图6-12和图6-13分别显示了对应的两种情况。

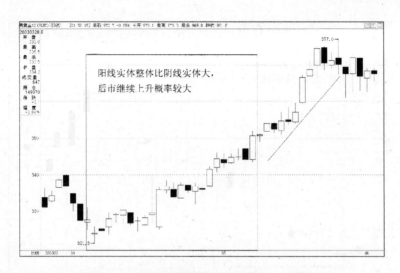

图6-12 黄金期货趋势判断主要规则一示范(1)
资料来源:帝娜私人基金行为交易研究室。

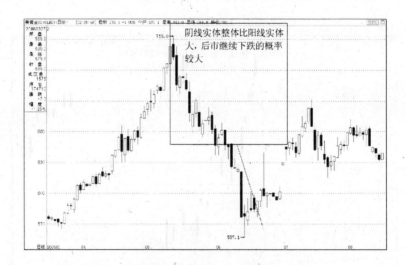

图6-13 黄金期货趋势判断主要规则一示范(2)
资料来源:帝娜私人基金行为交易研究室。

第二,按照蜡烛线此前一段走势中两种类型的数量比例来判断。如果此前一段走势中出现的阳线数量明显多于阴线的数量,则表明市场继续向上的概率较大;如果此前一段走势中出现的阴线数量明显多于阳线的数量,则表明市场继续向下的概率较大。图6-14和图6-15分别显示了对应的两种情况。

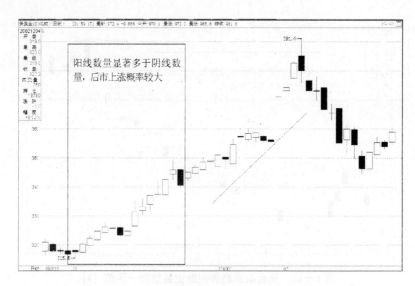

图 6—14 黄金期货趋势判断主要规则二示范（1）

资料来源：帝娜私人基金行为交易研究室。

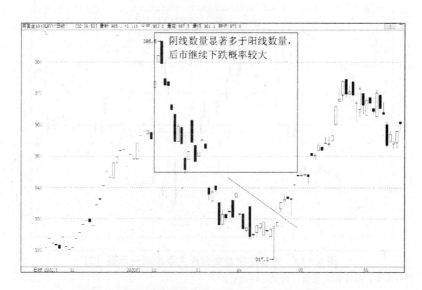

图 6—15 黄金期货趋势判断主要规则二示范（2）

资料来源：帝娜私人基金行为交易研究室。

第三，按照价格走势的高低渐次原则来判断。所谓高低渐次是指，如果高点越来越高，而低点也越来越高，则表明趋势向上；如果高点越来越低，而低点也越来越低，则表明趋势向下。将高低渐次原则简化一下就是 N 字原理，也就是说价格突破前高则表明趋势向上，价格跌破前低就表明趋势向下。图 6－16 和图 6－17 分别显示了对应的两种情况。

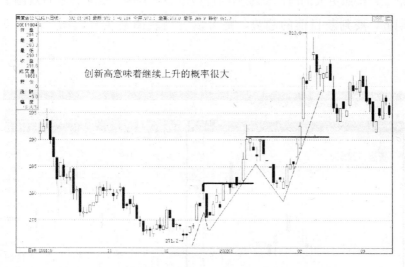

图 6－16　黄金期货趋势判断主要规则三示范（1）
资料来源：帝娜私人基金行为交易研究室。

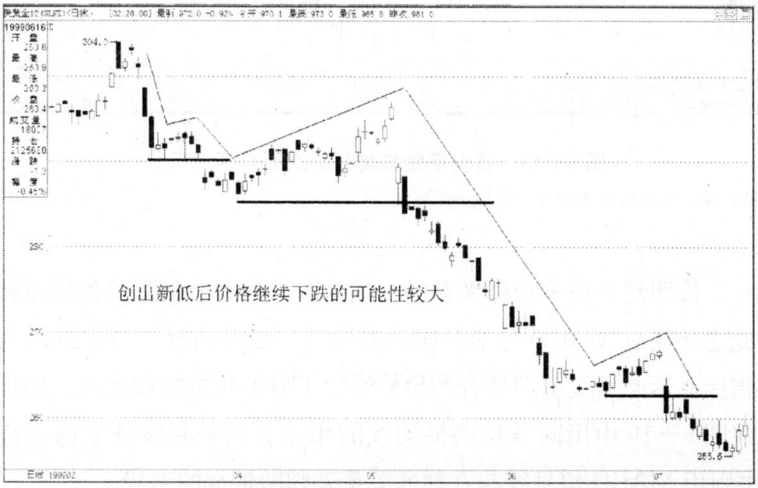

图 6－17　黄金期货趋势判断主要规则三示范（2）
资料来源：帝娜私人基金行为交易研究室。

黄金期货趋势判断的三种次要规则分别是：

第一，按照波段的升降时间来判断。如果向上的波段持续时间较久，而且幅度很大，则表明市场继续向上的概率比较大；反之，亦然。

第二，按照更大的时间框架上的价格走势来判断。如果你在日线图上操作黄金期货，要判断目前的趋势，则可以看周线图甚至月线图，如图 6-18 所示。

图 6-18　黄金期货趋势判断次要规则二示范
资料来源：帝娜私人基金行为交易研究室。

第三，按照趋势技术指标来判断。最为有效和常有的趋势指标是移动平均线，除此之外还有 MACD 等基于移动平均线的趋势指标。当你据以判断趋势的技术指标显示此后黄金期货合约价格继续上升的可能性较大时，则应该继续持有。在图 6-19 中用两条移动平均线的相互关系来判断黄金的走势；在图 6-20 中则用 MACD 信号线与 0 轴的关系来判断黄金的走势。

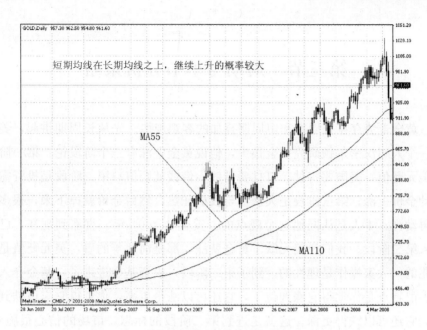

图6-19 黄金期货趋势判断次要规则三示范（1）

资料来源：帝娜私人基金行为交易研究室。

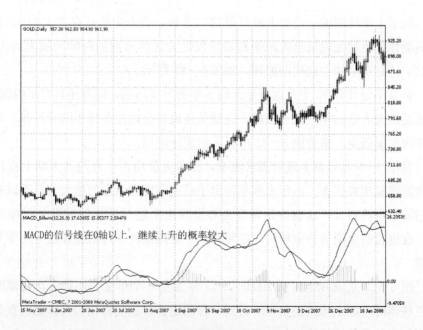

图6-20 黄金期货趋势判断次要规则三示范（2）

资料来源：帝娜私人基金行为交易研究室。

第三节　周期与季节分析策略

　　黄金走势存在长周期和短周期叠加的客观规律。先从长周期讲起，美国有一个人叫汉密尔顿研究黄金很牛，他说黄金上涨有三个阶段论：第一阶段是美元贬值，美国要打仗，打仗要借钱，借钱就贬值；第二阶段是投资需求推动金价上涨；第三阶段是大众参与投机狂热，然后金价就掉下来，很多年不再动弹，本人是认同他这个观点的。黄金从 2001 年一直涨到现在，已经进入第二阶段。我们说美元跌了黄金就涨，那是前几年的事，美元贬值是有前兆的，大家操作是理性的。到了第二阶段，投资基金进来了，基金介入的最大的特点是你觉得它涨到位了，它还可以涨得更高，你觉得它应该跌到位了，它还可以跌得更深。这就是进到第二阶段的标志，市场的信心很脆弱，有一点儿风吹草动就涨、就跌，这两年黄金价格波动非常剧烈，市场风险在加大。

　　除了上面所谓的"黄金上涨三段论"之外，黄金走势还存在大约 95 个月的周期性，也就是说黄金的两个相邻阶段性大底部出现的时间间隔大约为 95 个月，这是黄金的中期周期循环，如图 6—21 所示。

　　黄金不仅具有 95 个月也就是大约 8 年的年度周期，同时还具有年内周期，这就是广为人知的年中低点规律，也就是还说黄金往往在每年的 6 月和 7 月出现年内的最低点。请看图 6—22 中显示的统计规律。

　　每年 3～8 月是黄金现货需求淡季，而黄金价格在 3 月前的大幅上涨已对现货需求量构成损害。而年末和年初由于适逢印度和西方的重大节日所以对黄金的需求量特别大，这也许是黄金走势呈现出上述月度规律的最关键原因之一。在进行黄金期货的分析时，必须时刻注意到这种非常明显和稳定的季节性因素。

　　图 6—23 是国际金价从 2001～2007 年为止 7 个年度的走势图，每幅图中黑色柱体对应的走势就是每年 6 月到 7 月的走势，这使得我们可以更为直观地看到年内的季节性规律。

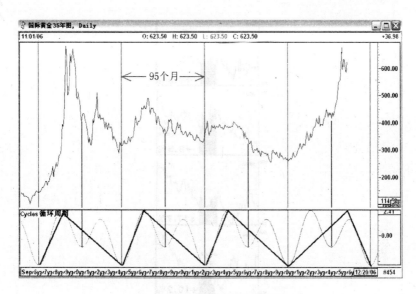

图 6—21　黄金的 95 个月周期

资料来源：上海黄金交易所。

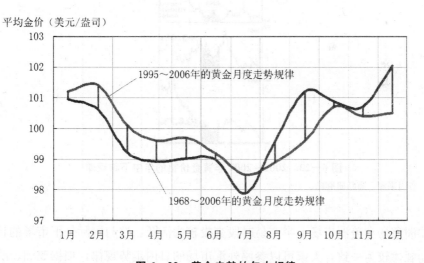

图 6—22　黄金走势的年内规律

资料来源：上海黄金交易所。

在年度上黄金存在大约 8 年的周期，而在月度上黄金经常会在 6 月和 7 月出现阶段性底部，那么在日内黄金是否存在什么规律呢？日内的交易波动和走势特点主要受到市场轮换的影响，黄金的走势通常在亚洲市场时段最为冷清，

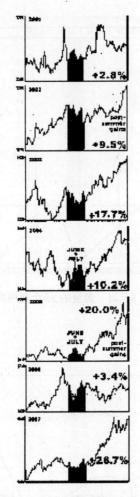

图 6—23　2001～2007 年黄金价格的年中下跌规律

资料来源：商品研究局。

在欧洲市场和美洲市场上半交易时段交投较为活跃，这与国际外汇市场的日内波动规律较为一致，大家可以参照外汇市场的日内走势规律，根据亚洲、欧洲和美洲三大板块时段来分析黄金日内波动特点，图 6—24 详细地列出了全球黄金市场日内走势每个时段所对应的运营时间。金拓公司（www.kitco.com）提供了三日分时走势图，这是一个比较有价值的工具，从中可以看到黄金日内波动的规律，这点在《黄金高胜算交易》一书中已经做过介绍。

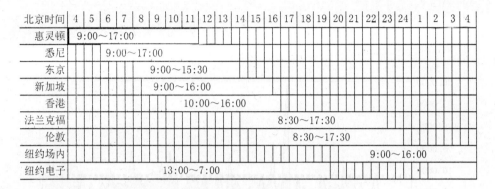

图6—24　全球主要黄金市场的运营时间

资料来源：帝娜私人基金行为交易研究室。

第四节　波幅分析和目标设定

"波幅分析"指的是统计价格波动的平均幅度和幅度的众数值等，其价值在于可以据此制定合理的止损目标和盈利兑现目标。比如，如果你进行以日为单位的中线交易，那么你就要避免日内价格"噪声"，也就是非趋势行为使得你停损出场，为此你就必须知道日内价格波动的通常幅度是多少。如果市场的波动标准差不大，而你又知道市场的平均波动幅度，那么你就可以将停损放在比这个波动幅度稍大的价位，这样就能保证你顺着趋势前进，同时避免被噪声波动所击中。

上面讲的是波幅分析对于止损目标设定的实际价值，那么波幅分析对于盈利兑现的意义又是什么呢？假如我们从事黄金日内交易，同时知道黄金日内的绝大多数波动幅度在1.5%左右，而市场现在已经达到并且超过了这个幅度，那么我们就应该及时兑现盈利，因为市场反转的概率非常大。

总而言之，我们设置停损时要利用同等或者低一个时间级别的波幅分析，设置利润目标时要利用同等或者高一个时间级别的波幅分析。图6—25至图6—30是根据历史数据统计得到的国际黄金现货和上海黄金现货的月、周、日波幅分析。

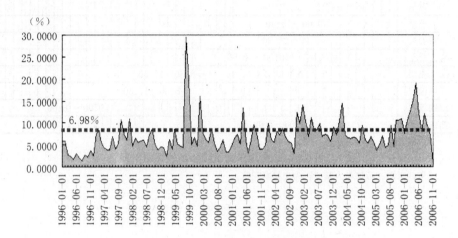

图 6—25　国际现货黄金月波动幅度

资料来源：上海黄金交易所。

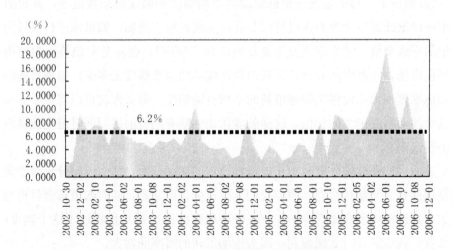

图 6—26　上海 9995 黄金月波动幅度

资料来源：上海黄金交易所。

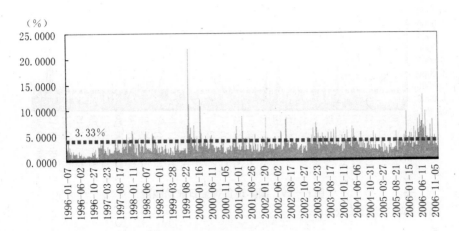

图6－27　国际现货黄金周波动幅度

资料来源：上海黄金交易所。

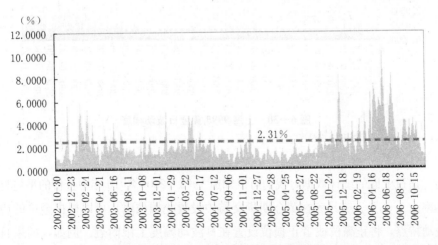

图6－28　上海9995黄金周波动幅度

资料来源：上海黄金交易所。

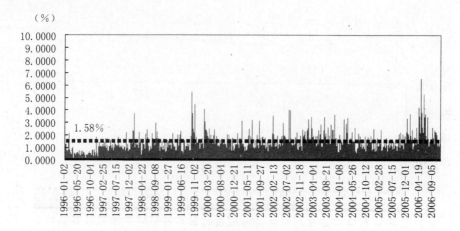

图6－29　国际现货黄金日波动幅度

资料来源：上海黄金交易所。

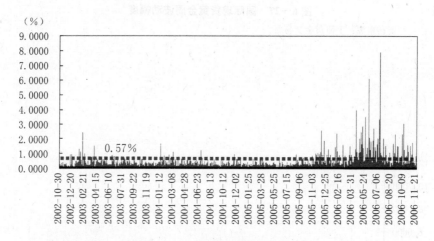

图6－30　上海9995黄金日波动幅度

资料来源：上海黄金交易所。

通过上面的统计数据，我们可以知道1996～2006年10年中金价的平均日波动率为1.58%，交易者在黄金期货交易中设置止损位时，可以根据金价的历史波动特点，将止赢位或者止损位设置在日波动幅度上限附近。例如，如果日内金价涨幅达到1.6%，那么短线交易的投资者可以考虑在涨幅达到1.5%附近时将手中的头寸获利了结。中长线投资者则可结合预设的风险盈利比及所投入资金的比例来设定止损位。初入期货交易市场的投资者可以将30%左右的资金投入市场，将盈亏比设定为 3：1，当损失达到预期盈利的 30％时止损出场。

此外，黄金更适合中长线投资，在设置止损的时候有这样的技巧：盘整时应该适当缩小止损比例，而单边行情时则可适当放大。

对于持仓隔夜的交易者，在设置止损时，应该将计划止损同突发止损结合起来。突发性止损对投资者的心理考验极大，需要很强的自控能力来应对市场不利变化所带来的心理冲击，做出理智的止损决策。

尤其需要注意的是，很多交易者在止损后为了尽快赚回亏损的资金，往往选择仓促入市博取逆势行情带来的收益，这样操作的结果往往会导致更大的损失，是黄金期货交易中应该尽量杜绝的，因为交易者在逆势操作中所承受的风险远大于预期收益。

那么如何随时更新这些平均波幅数据呢？可以利用 Excel 或者利用技术指标 ATR（中文名称是平均真实波幅），其参数代表你需要统计的滚动时间段数，比如 23 就代表 23 个相邻时间段的平均波幅。通常该指标的默认参数是 14，用在日线图上就是 14 天的平均真实波幅，用在小时图上就是 14 个小时的平均真实波幅。图 6－31 就是该指标叠加在黄金期货走势图上的情形。

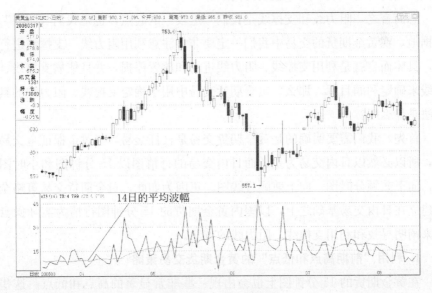

图 6－31 ATR 的运用

资料来源：帝娜私人基金行为交易研究室。

第五节　黄金期货交易中的阻力支持策略

　　黄金期货的交易是一门艺术，但是艺术中绝对是有科学成分的，这是我们多年来从事黄金各种产品交易得出的实战经验。无论是纸黄金、金币还是黄金保证金交易、黄金期货和期权，我们始终认为阻力位和支撑位的寻找体现了交易的科学性。阻力线为做空的交易者提供了很好的风险报酬率和胜率，通常而言，在阻力位置根据其他信号，比如蜡烛图的吞没形态等确认阻力有效后做空，将停损放置在阻力线之上不远处，这样可以以较小的风险去追求较大的利润，报酬相对于风险提高了，风险报酬率也优化了，同时在阻力位做空更容易获得成功，胜率也就提高了。同理，支撑线也为做多交易者提供了很好的风险报酬率和胜率，一般情况下，在支撑位置根据其他信号，比如震荡指标处在超卖位置等确认支撑有效后做多，将停损放置在支撑线之下不远处，这样能够在承担相对较小风险的前提下去追求更大的利润，风险报酬率优化，同时在支撑位做多也更容易成功，胜率也就提高了。

　　总而言之，阻力线和支撑线是我们"进攻"的起点，也是我们"防守"的根据地，在黄金期货的交易中我们一定要非常注意利用阻力线、支撑线进行交易，具体而言就是利用支撑线、阻力线进场和放置停损，并且依靠支撑线、阻力线来确定利润目标。那么，黄金期货交易中用于确定支撑线、阻力线的具体方法是什么呢？

　　首先，我们需要明确的是黄金期货交易是杠杆交易，与黄金保证金交易类似，所以必然以日内交易为主，而日内交易的行情图以15分钟图和小时图为主，向下兼顾分时图，向上兼顾日线图。正因为如此，黄金期货交易策略全部是建立在日内交易基础之上，以国内黄金期货的15分钟图行情为实际操盘案例来阐明寻找和利用支撑线、阻力线的方法。

1. 利用"前期高点和低点"的黄金期货交易策略

　　在黄金期货的15分钟图上也会出现一些非常显著的高点和低点。这些高点在没有被突破前是很好的阻力位置，适合我们做空，当然此时需要震荡指标处于超买，或者蜡烛图出现反转形态，比如看跌吞没形态、流星形态等。这些

低点在没有被突破前是很好的支撑位置，适合我们做多，此时需要诸如 RSI
等指标处于超卖位置，或者是蜡烛图出现了底部反转形态，比如黄昏之星。如
果大家对于上升蜡烛图知识和技术指标理论比较陌生的话，请参看相关的基础
知识书籍，本书"谢绝"介绍这些基础知识，因为市面上已有大量书籍介绍，
我们再讲的话就没有意思了。当然，高点的阻力被突破后就会成为支撑，而低
点的支撑被突破后就会成为阻力，阻力和支撑的角色与功能是转换的，转换是
否成功取决于后续的价格走势回测是否成功。

　　下面我们就拿国内黄金合约 0806 的 15 分钟图走势为例说明"前期高点和
低点"交易策略的具体运用。首先我们来看图 6-32，图中 A 点可以看出是一
个显著的阶段性高点，大约在 224 价位，此后价格一路下滑到 205 价位之下，
然后呈现急剧的 V 字形底部反转，价格扶摇直上，此后再次受阻于前期高点
A 的水平延伸线，这表明高点 A 对 B 点的黄金期货走势形成了压制作用。细
心的读者可能会注意到 B 点非常像头肩顶形态的头部，在这个形态的右肩处
有一个小圆，这就是我们实际做空进场的地方，虽然此处价格还没有跌破头肩
顶的颈线，但是我们还是以轻仓激进地介入，保守的投资者可以等到价格跌穿
颈线后介入做空。

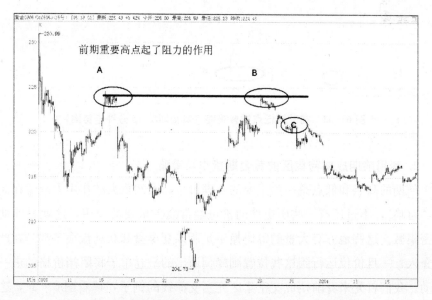

图 6-32　在前期高点做空策略（黄金期货 15 分钟走势图）

在黄金期货的日常交易中,除了利用前期高点作为阻力位置做空外,我们还经常利用前期低点作为支撑位置做多,下面我们以图6-33中黄金合约0807的15分钟走势图为例来予以说明。图6-33中的A点是一个阶段性的低点,大致为205价位,此后黄金期货价格上涨到216左右后两度下探到205左右,也就是A点的水平延伸线附近。大家可以看图中的B点,一个小双底形式在前期低点附近止跌,然后出现向上跳空缺口,这是一个突破型缺口,标志着多方力量强盛,我们大致可以在212价位附近介入做多。进场后价格出现了回落但是并没有填补缺口,证明缺口的支撑仍然有效,我们继续持仓直到再次出现缺口。

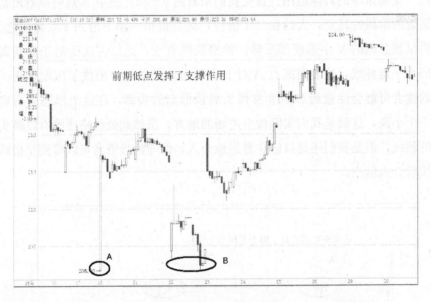

图6-33 在前期低点做多策略(黄金期货15分钟走势图)

2. 利用前期成交密集区的黄金期货交易策略

前期的高点和低点是一些重要的心理价位,虽然重大的作用力经常在此受到"召唤",不过还有一些历史性的价位经常发挥重要的作用,这就是前期成交密集区。这些地方有大量的筹码换手,所以套牢盘和获利盘很多都是在此区域介入,一旦价位运行到这些位置则蜂拥而出的平仓单子将阻挡价格的进一步运动。我们首先来看前期成交密集区充当支撑线的例子,请看图6-34,这是黄金期货0806合约15分钟走势图,其中A点、B点、C点和D点都位于同一价格水平。此后期货合约突破此密集区，在 G 点做多，然后在 H 点平仓，因为此处为前期高点，且出现了看跌的蜡烛图形态，然后价格跌到先前的成交密集区，也就是图中的 E 点，这时前期的成交密集区成为了支撑。然后，价格上涨，脱离成交密集区，在 F 点做多。

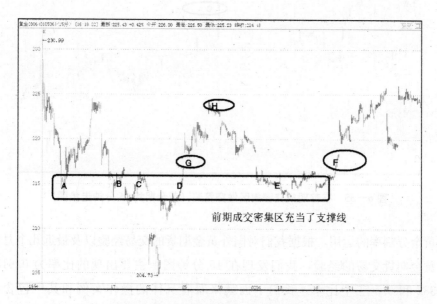

图 6—34　在前期成交密集区做多策略（黄金期货 15 分钟走势图）

成交密集区除了充当支撑线之外，还能充当阻力线，比如图 6—35 中的黄金期货 0807 合约 15 分钟走势图，图中的 A 点是成交密集区所在，然后当价格下跌到 216 附近止跌反弹到 225 附近时，A 点的阻力作用显现，跳空下跌，此时我们在 C 点做空，将停损放置在缺口之上 B 点附近。此后，价格一路从 225 下跌到 205 附近，我们获利甚丰。

3. 利用"黄金分割率"的黄金期货交易策略

无论是在外汇市场还是在期货市场，能够熟练利用菲波纳奇比率，或者说黄金分割率的人都被看作高手，其实黄金分割率的运用非常简单，我们这里结合实例进行讲解。

黄金分割率的主要比率是 0.236，0.328，0.5，0.618 和 0.764，但是通常我们在国内的期货交易软件上看不到 0.236 和 0.764，不过这并不影响我们

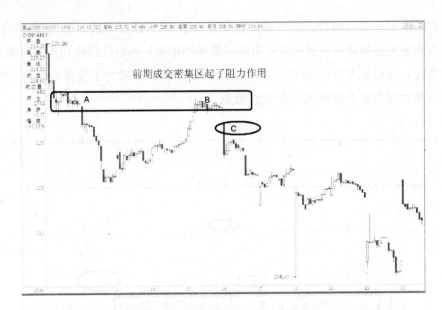

图 6－35　在前期成交密集区做空策略（黄金期货 15 分钟走势图）

对黄金分割率的运用，根据我们对国外黄金期货的交易经验以及最近几个月国内黄金期货交易的经验，我们发现在 15 分钟图上主要出现的比率为 0.618，0.382 和 0.5 三个比率。我们下面就来看看具体的操作案例和其中包含的策略。

　　首先，我们来看图 6－36，该图是黄金期货 0807 合约的 15 分钟走势图，价格由 A 点也就是 206 价位附近向 225 价位附近的 B 点上升，之后价格出现较大幅度的下跌，跌到途中 C 点时恰好是 0.5 回调，大家可以仔细看图 6－36 最左边的比率值，在 214.50 价位附近的比率值恰好为 50%。我们当时结合蜡烛图走势确认 214.50 处的支撑有效后进场做多，一直持有到 B 点价位对应的高度才减仓。

　　我们再来看一个上涨途中出现的 0.618 回调的例子。图 6－37 显示的黄金期货 0809 合约的 15 分钟走势正是这样的例子，图中价格从 A 点上涨到 B 点，然后出现回调，回调到 C 点，B 点、C 点对应的价差恰好为 AB 段的 0.618 倍。此后价格出现大幅度上涨，我们在 C 点回升中做多，一直持有到 B 点水平延伸附近，获利甚丰。大家还可以看看图 6－38，该图是黄金期货 0812 合约 15 分钟走势图，从 A 点到 B 点再到 C 点，恰好与图 6－37 所示相反，这就

图 6-36 在 0.5 回调位置做多策略（黄金期货 15 分钟走势图）

是一个下跌途中的 0.618 反弹，价格从 C 点跳空向下后，我们进行了做空交易。利用黄金分割率寻找支撑阻力线，进而据此交易，就这么简单。大家可以把图 6-36、图 6-37、图 6-38 多看上几遍，对照文字仔细推敲。

图 6-37 在 0.618 回调位置做多策略（黄金期货 15 分钟走势图）

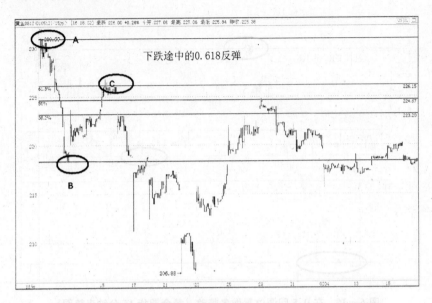

图6-38 在0.618反弹位置做空策略（黄金期货15分钟走势图）

除了日内的小型支撑线、阻力线之外，月线上的关键箱体区间也是寻找阻力和支撑的重中之重，请看图6-39。

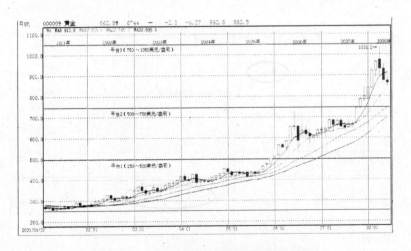

图6-39 月线箱体区间构成的支撑和阻力

第六节　黄金期货交易的方向位置二元交易系统

任何一笔交易，无论是投资还是投机都涉及对两个要素的考量，一是交易标的本身的价格或者价值走向，二是恰当的进场时机或者说位置。巴菲特是投资界的巨擘，他会选择那些具有持续竞争优势的企业，也就是说长期来看发展趋势朝上的企业，这就是价值走向问题，我们称为"方向"；同时他会选择在市盈率较低的时候介入，这就是进场时机问题，我们称为"位置"。

同样，当你进行投机的时候，你被要求"顺势而为"，必须顺着市场的运动主流去买卖，这就是"方向"问题；同时，你还需要找到具体的进场时机和价位，这就是"位置"问题。

一个菜鸟交易者通常只问方向，不管位置；而一个刮头皮的交易者通常只问位置，不管方向。这两种交易方式都是错误的，正确的交易之道必须兼顾方向和位置两个要素。那么，在黄金期货交易中如何去确认市场最可能的方向，如何去确认相对较好的进场位置呢？表6-2给出了一些具体的方法。无论你做出什么样的选择，你的交易系统必须具备这两个要素，也就是说不管你采用了多少关于方向的交易指标，你必须至少采用一个关于位置的交易指标。反过来，不管你采用了多少关于位置的交易指标，你必须至少采用一个关于方向的交易指标。

表6-2　交易系统二元要素相应的技术指标

交易系统要素	要素具体内容
方向	趋势指标（移动平均线、MACD等）
	周规则
	……
位置	斐波那契比率
	江恩比率
	传统支撑/阻力
	震荡指标（KD、RSI等）
	……

资料来源：帝娜私人基金行为交易研究室。

下面我们介绍一个二元黄金期货交易系统，选择移动平均线作为方向要素的具体指标，选择 KD 作为位置要素的具体指标，如图 6－40 所示，黄金期货价格位于移动均线之上，表明方向向上，所以我们寻找做多的机会。接着，我们观察 KD 指标，当 KD 指标位于超卖区域时，这就是做多的具体进场时机。对于震荡指标最错误的用法就是将它们当作方向指标来使用。

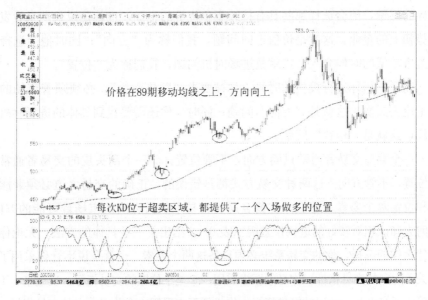

图 6－40 二元黄金期货交易系统示范

资料来源：帝娜私人基金行为交易研究室。

第七节　黄金的逻辑层次分析法

历史上绝大多数年份的黄金年产量在存量的 1‰ 之内，即使在当代黄金产量的历史最高时期，黄金年产量占存量的比重仍在 1‰～2‰ 之间。黄金价格变化几乎不影响当期产量，决定了资源因素几乎不对黄金价格构成趋势影响，黄金价格波动本质上由资源因素以外的因素决定。

影响黄金走势的因素很多，某些因素对黄金的影响大于其他因素，并且也会影响其他因素。我们从事很长时间的 NLP（神经语言程式学）的金融交易应用研究，这里我们将其中的逻辑层次模型引用过来用于剖析影响黄金的众多因素。

对于黄金走势的基本分析有许多方面，当我们在利用这些因素时，应当考虑到它们各自作用的强度到底有多大，找到每个因素的主次地位和影响时间段来进行最佳的投资决策。黄金的基本分析在时间段上分为短期因素、中期因素和长期因素。我们对于其影响作用要分别对待。

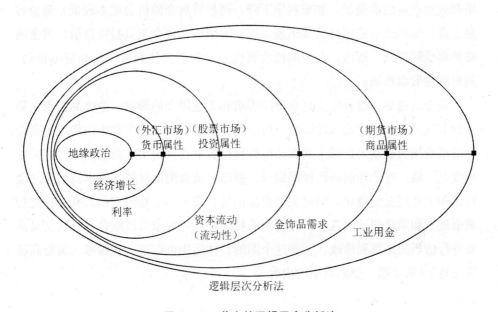

逻辑层次分析法

图 6—41 黄金的逻辑层次分析法

资料来源：帝娜私人基金行为交易研究室。

请看图 6—41，黄金具有三重属性：货币属性、投资属性和商品属性。黄金的货币属性关系到金价的最大波动幅度，而投资属性次之，商品属性则关系着黄金价格的季节性波动。

黄金的货币属性在逻辑层次中的位置最为核心，影响力最大，所以占据逻辑层次的最内层，只有在该层次属性停止发挥作用时，投资属性和商品属性对黄金的影响才能彰显出来。

黄金的货币属性具体受到地缘政治和经济稳定的影响，而美国作为全球经济增长的引擎，同时也是美元发行国，其政治和经济变动直接关系着黄金货币属性的显现。美元指数往往是美国政治和经济稳定的"晴雨表"，而美元指数又同外汇市场密切相关，所以黄金的货币属性与外汇市场的大形势密切相关。我们在分析黄金货币属性时，必须要注意到大国的地缘政治变化和经济稳定性，同时关注主要汇率的变化，比如美元汇率、欧元汇率、英镑汇率、人民币汇率和日元汇率等。

黄金的投资属性具体受到利率和资本流动（或者说流动性）的影响。在经济和政治稳定的前提下，如果利率下降，则投资黄金的机会成本较低，金价容易上涨；如果经济稳定且发展迅速，那么股票则比黄金更具投资价值，黄金的涨势将受到抑制。所以，黄金的投资属性要求我们关注利率变化和资本流动，同时关注股票市场。

黄金的商品属性具体受到金饰品需求和工业用金的影响。金饰品需求主要受到节气风俗和国民收入的影响，所以经济发展迅速的印度和中国将成为黄金饰品消费增长的动力。黄金的商品属性使得黄金与其他大宗商品的走势在某种程度上一致，这个在前面已经提到过。所以，黄金的商品属性要求我们关注金饰品和工业用金的变化，同时关注商品市场。图 6-41 是帝娜私人基金在进行黄金现货和期货驱动因素分析时用到的核心工具，大家可以结合自己的交易需要进行适当的拓展和修改。关于这个图的具体运用可以进一步参考《黄金高胜算交易》（第 2 版）第四章中的内容。

第八节　重要数据分析

我们一旦建立起了逻辑层次，接下来就要找一些具体的数据去分析这些层次，表 6-3 是四个比较重要的黄金期货短期波动影响因素，同时指出了它们对应的逻辑分析层次。

表 6—3 驱动黄金价格波动的重要经济数据

重要经济数据	主要来源	网　站	逻辑分析层次
供需数据	世界黄金协会	www.gold.org	商品属性
原油库存	美国能源部	www.doe.gov	商品属性
利率	各国央行（主要是美联储和欧元区央行）	www.federalreserve.gov www.ecb.int	投资属性
基金持仓	美国商品期货管理委员会 CFTC	www.cftc.gov	投资属性

资料来源：帝娜私人基金行为交易研究室。

　　除了上述这些直接影响金价外，还有一些其他在分析黄金走势时会用到的数据，主要是美国的经济数据，而 2008～2011 年主要经济体债务违约数据也成为焦点。下面我们介绍下比较重要的美国经济数据。

　　第一个是国内生产总值，简称 GDP。通常 GDP 越高，意味着经济发展越好，利率趋升，汇率趋强，金价趋弱。投资者应考察该季度 GDP 与前一季度及去年同期数据相比的结果，增速提高或高于预期，更为重要的是看数据的趋势，均可视为利好。

　　第二个是工业生产指数。指数上扬，代表经济好转，利率可能会调高，对美元应是偏向利多，对黄金利空；反之，则对黄金为利多。

　　第三个是采购经理人指数（PMI）。采购经理人指数是以百分比来表示，常以 50％作为经济强弱的分界点：当指数高于 50％时，被解释为经济扩张的信号，利多美元，利空黄金；当指数低于 50％时，尤其是非常接近 40％时，则有经济萧条的忧虑，一般预期联邦准备局可能会调降利率以刺激经济，利空美元，利多黄金。

　　第四个是耐用品订单。若该数据增长，则表示制造业情况有所改善，利多美元，利空黄金；反之若降低，则表示制造业出现萎缩，利空美元，利多黄金。

　　第五是就业报告。由于公布时间是月初，一般用来当作当月经济指针的基调。其中非农就业人口是推估工业生产与个人所得的重要数据。失业率降低或非农就业人口增加，表示景气转好，利率可能调升，利多美元，利空黄金；反之，则利空美元，利多黄金。

第六个是生产者物价指数（PPI）。一般来说，生产者物价指数上扬对美元来说大多偏向利多，利空黄金；下跌则为利空美元，利多黄金。

第七个是零售销售指数。零售额的提升，代表个人消费支出的增加，经济情况好转，如果预期利率升高，则对利多美元，利空黄金；反之，如果零售额下降，则代表景气趋缓或不佳，利率可能调降，对美元偏向利空，利多黄金。

第八个是消费者物价指数（CPI）。讨论通货膨胀时，该指数是最常提及的物价指数之一。消费者物价指数上升，有通货膨胀的压力，此时中央银行可能借由调高利率来加以控制，对美元来说是利多，利空黄金；反之，指数下降，利空美元，利多黄金。不过，由于与生活相关的产品多为最终产品，其价格只涨不跌，因此，消费者物价指数也未能完全反映价格变动的实情。不过，恶性通货膨胀和恶性通缩的时候，金价会上扬，这点大家需要注意。

第九个是新屋开工与营建许可建筑类指标，因为住宅建设的变化将直接指向经济衰退或复苏。通常来讲，新屋开工与营建许可的增加，理论上对于美元来说是利好因素，将推动美元走强，利空黄金。新屋开工与营建许可的下降或低于预期，将对美元形成压力，利多黄金。

第十个是美国每周申请失业金人数。分为两类：首次申请及持续申请。除了每周数字外，还会公布的是四周的移动平均数，以减少数字的波动性。申请失业金人数变化是市场上最瞩目的经济指标之一。美国是个完全消费型的社会，消费意欲是经济的最大动力所在，如果每周因失业而申请失业救济金人数增加，会严重抑制消费信心，相对美元是利空，利多黄金。该项数据越低，说明劳动力市场改善，对经济增长的前景乐观，利多美元，利空黄金。

第十一个是美国 ECRI 领先指标。领先指标是一个衡量总体经济运动的综合性指标，它可以较早地说明今后数个月的经济发展状况以及商业周期的变化，是投资者早期预测利率方向的重要工具，是预测未来经济发展情况的最重要的经济指标之一，显示美国的经济前景。若美国上周 ECRI 领先指标高于前值，将利多美元，利空黄金；否则将不利于美元。

第十二个是美国本月核心零售销售。零售销售指数是用以衡量消费者在零售市场的消费金额变化，核心零售销售为剔除汽车、食品和能源的零售数据而统计得出。零售额的提升，代表个人消费支出的增加，经济情况好转，如果预期利率升高，对美元有利，利空黄金；反之，如果零售额下降，则代表景气趋缓或不佳，利率可能调降，对美元偏向利空，利多黄金。

第十三个是美国月贸易账。贸易账反映了国与国之间的商品贸易状况，是判断宏观经济运行状况的重要指标。如果进口总额大于出口总额，便会出现"贸易逆差"的情形；如果出口总额大于进口总额，便为"贸易顺差"；如果出口总额等于进口总额，便为"贸易平衡"。如果一个国家经常出现贸易逆差现象，国民收入便会流出国外，使国家经济表现转弱。政府若要改善这种状况，就必须要把国家的货币贬值，因为币值下降，即变相把出口商品价格降低，提高出口产品的竞争能力。国际贸易状况是影响外汇汇率十分重要的因素。因此，当外贸赤字扩大时，就会利空美元，令美元下跌，利多黄金；反之，当出现外贸盈余时，则是利多美元，利空黄金。

第十四个是美国净资本流入，是指减去了美国居民对国外证券的投资额后，境外投资者购买美国国债、股票和其他证券而流入的净额。它被视为衡量资本流动状况的一个大致指标。资本净流入处于顺差（正数）状态，好于预期，说明美国外汇净流入，对美元是利多；相反，处于逆差（负数）状态，说明美国外汇净流出，利空美元。

第十五个是美国设备使用率（也称产能利用率），是工业总产出对生产设备的比率，代表产能利用程度。当设备使用率超过95％以上时，代表设备使用率接近满点，通货膨胀的压力将随产能无法应付而升高，在市场预期利率可能升高情况下，对美元是利多。反之，如果产能利用率在90％以下且持续下降，代表设备闲置过多，经济有衰退的现象，在市场预期利率可能降低的情况下，对美元是利空。

第十六个是美国上周红皮书商业零售销售（年率、月率）。它可以衡量目前经济的强势，零售额的提升，代表个人消费支出的增加，经济情况好转，如果预期利率升高，对美元有利；反之，如果零售额下降，则代表景气趋缓或不佳，利率可能调降，对美元偏向利空。

第十七个是美国上周API（美国石油协会）原油库存。该库存数量变化将影响国际原油价格，理论上若库存减少则将使原油价格上涨，利多黄金；库存增加则原油价格下跌，利空黄金。

第十八个是新屋销售。它是指签订出售合约的房屋数量，由于购房者通常都是通过抵押贷款、按揭贷款形式认购房屋，因此对当前的抵押贷款利率比较敏感。房地产市场状况体现出居民的消费支出水平，消费支出若强劲，则表明该国经济运行良好。因此，一般来说，新屋销售增加，理论上对美元是利多因素，将推动美元走强，利空黄金；新屋销售数量下降或低于预期，将对美元形成压力，利多黄金。

第十九个是消费者信心指数。消费者支出占美国经济的 2/3，对于美国经济有着重要的影响。为此，分析师追踪消费者信心指数，以寻求预示将来的消费者支出情况的线索。消费者信心指数稳步上扬，表明消费者对未来收入预期看好，消费支出有扩大的迹象，从而有利于经济走好，利多美元；反之，则利空美元。每月公布两次消费者信心指数，一次是在月初，一次是在月末。

第二十个是经常账。经常账为一国收支表上的主要项目，内容记载一个国家与外国包括因为商品、劳务进出口、投资所得、其他商品与劳务所得以及片面转移等因素所产生的资金流出与流入的状况。如果其余额是正数（顺差），表示本国的净国外财富或净国外投资增加，对本国货币利多；如果是负数（逆差），表示本国的净国外财富或投资均少，对本国货币利空。一国经常账逆差扩大，该国币值将贬值。

第二十一个是美国 EIA（美国能源协会）天然气变化。它反映了美国的能源利用率，进而反映美国经济发展状况，以及对国际原油价格也有影响。如果数据大于前值，反映美国的能源利用率良好，利多美元，利空黄金。

总体来说，影响黄金的因素有两大项：一是美元指数的涨跌，它与金价成反比；二是石油的价格涨跌，它与金价是共进退的。更为重要的是，透过这些数据洞悉美国是否出现主权信用风险，这才是导致黄金持续走强或者走弱的关键。

第九节　黄金期货交易的心理分析

黄金期货资金的流入流出，可以通过基金持仓来体现，而价格的起落幅度，可以通过震荡指标来衡量。无论是资金还是价格，都是心理状态的外化体现，我们进行黄金期货走势的心理分析就是从基金持仓和震荡指标两个角度去进行，而心理分析本身介于基本分析和技术分析之间。心理分析的要点在于跟随市场多数，但是当市场发展为绝大多数时就要反其道而行之。

基金持仓对黄金走势有很大的影响，请看图 6-42 所示，当基金看好未来金价，情绪高涨时，他们会增加持仓，要知道他们是市场中的"关键少数"，对黄金的走势往往能够起到决定性的作用。

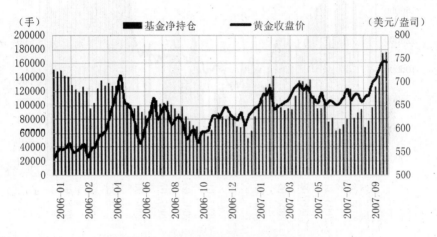

图 6-42　基金净持仓对黄金价格的影响

资料来源：上海黄金交易所。

那么，我们如何找到基金的持仓数据呢？一个较为简单的办法是去西南期货的网站 http：//www. swfutures. com/，他们会定期更新关于黄金期货持仓的数据，这样我们就可以直观地观察到基金持仓的变化。

图 6-43 就是来自于该网站分析报告中的一幅黄金期货持仓走势图。

如果你想对这个问题有更深入的了解，那么你可以亲自到美国的 CFTC 网站上去获取相关的数据，自己进行分析。

CFTC 是美国商品期货交易委员会的简称，该机构每周五闭盘时（大概是北京时间周六的凌晨 4 点）都会公布截止到该周二的美国期货市场上各类商品期货及期权的持仓报告。CFTC 的官方网址是 www. cftc. gov，进入该网站后点右边的一个链接，查看持仓报告。进去后点中间的 Futures-Only（期货持仓报告）里边的 short format（简短格式）的持仓报告。建议大家直接去官方网站上看英文版的持仓报告，习惯了就容易了，看中文网站转载翻译后的持仓报告，时间上会落后一些，还可能出现数据差错。下面是一些持仓报告（COT）

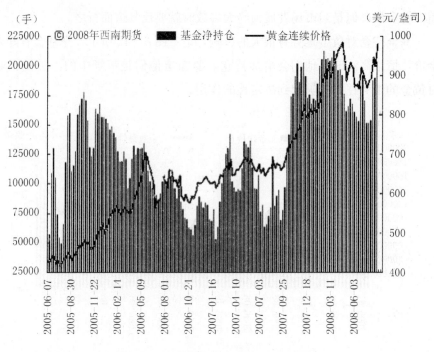

图6—43 基金净持仓走势和金价走势

资料来源：西南期货。

里的基本概念和名词解释：

非商业头寸（Non-Commercial）：一般认为非商业头寸是基金持仓。在当今国际商品期货市场上，基金可以说是推动行情的主力，黄金当然也不例外。除了资金规模巨大以外，基金对市场趋势的把握能力极强，善于利用各种题材进行炒作。并且它们的操作手法十分凶狠果断，往往能够明显加剧市场的波动幅度。图6—44显示了黄金期货走势与非商业净头寸走势的关系，可以明显看出两者是正相关的；图6—45则显示了白银期货走势与非商业净头寸走势的关系，也可以看出两者显著的正相关性。

商业头寸（Commercial）：一般认为商业头寸与金矿、现货商有关，有套期保值倾向。但实际上现在说到商业头寸就涉及基金参与商品交易的隐性化问题。从2003年开始的此轮商品大牛市中，与商品指数相关的基金活动已经超过CTA基金、对冲基金和宏观基金等传统意义上的基金规模。而现有的CFTC持仓数据将指数基金在期货市场上的对冲保值认为是一种商业套保行为，

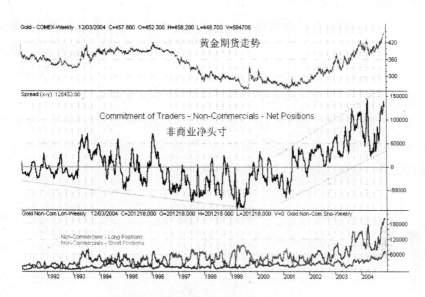

图6—44 黄金期货走势和非商业净头寸

资料来源：Comex。

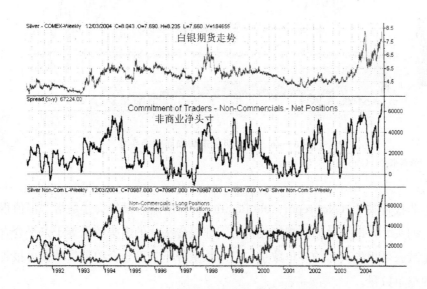

图6—45 白银期货走势和非商业净头寸

资料来源：Comex。

归入商业头寸范围内。另外，指数基金的商品投资是只做多而不做空，因此他们需要在期货市场上进行卖出保值。

　　可报告头寸的总计持仓数量：在非商业头寸中，多单和空单都是指净持仓数量。比如某交易商同时持有 2000 手多单和 1000 手空单，则其 1000 手的净多头头寸将归入"多头"，1000 手双向持仓归入"套利"头寸（Spreads）。所以，此项总计持仓的多头＝非商业多单＋套利＋商业多单；空头＝非商业空单＋套利＋商业空单。图 6－46 显示了黄金期货走势与商业净头寸走势的关系，可以明显看出是负相关的；图 6－47 则显示了白银期货走势与商业净头寸走势的关系，也可以看出两者显著的负相关性。

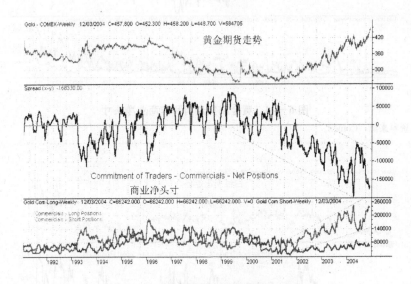

图 6－46　黄金期货走势和商业净头寸

资料来源：Comex。

　　非报告头寸（Nonreportable Positions）：所谓非报告头寸是指"不值得报告"的头寸，即分散的小规模投机者。非报告头寸的多头数量等于未平仓合约数量减去可报告头寸的多单数量；空头数量等于未平仓合约数量减去可报告头寸的空单数量。

　　多头（Long）、空头（Short）和套利：上面已经说到，非商业头寸的多头和空头都是指净持仓，而商业头寸和小规模投机头寸都是指单边持仓数量。

　　Comex 黄金期货的一张合约，即一手的数量为 100 盎司。Comex 黄金期货的交易月份为即月、下两个日历月和 23 个月内的所有 2、4、8、10 月，以及 60

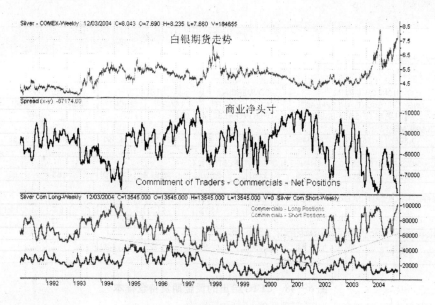

图6—47 白银期货走势和商业净头寸

资料来源：Comex。

个月内的所有6月和12月。最小价格波动为0.10美元/盎司，即10美元/手。
合约的最后交易日为每月最后一个工作日之前的第三个交易日。交割期限为
交割月的第一个工作日至最后一个工作日。级别及品质要求：纯度不低
于99.5%。

　　未平仓合约数量（Open Interest）：是所有期货合约未平仓头寸的累计，
是期货市场活跃程度和流动性的标志。简单地说，如果一个新的买家和新的
卖家进行交易，未平仓合约就会增加相应数量。如果已经持有多头或空头头
寸的交易者与另一个想拥有多头或空头头寸的新交易者发生交易，则未平仓
合约数量不变。如果持有多头或空头头寸的交易者与试图了结原有头寸的另
一个交易者对冲，那么未平仓合约将减少相应数量。从近两年数据来看，未
平仓合约数量达到40万～42万手时，往往意味着资金面出现一定压力，但
会如何影响金价走势还需要结合具体情况分析。图6—48是CFTC给出的持
仓报告样本。

FUTURES-ONLY POSITIONS AS OF 12/12/06							NONREPORTABLE POSITIONS	
NONCOMMERCIAL			COMMERCIAL		TOTAL			
LONG	SHORT	SPREADS	LONG	SHORT	LONG	SHORT	LONG	SHORT
(CONTRACTS OF 5,000 BUSHELS)			OPEN INTEREST: 417,081					
COMMITMENTS								
73,598	56,045	69,448	237,539	232,901	380,585	358,394	36,496	58,687
CHANGES FROM 05/25/2004		CHANGE IN OPEN INTEREST: -7,043						
-10,463	-1,186	126	3,462	-6,610	-6,875	-7,670	-168	627
PERCENT OF OPEN INTEREST FOR EACH CATEGORY OF TRADERS								
17.6	13.4	16.7	57.0	55.8	91.2	85.9	8.8	14.1
NUMBER OF TRADERS IN EACH CATEGORY		(TOTAL TRADERS: 317)						
102	89	92	67	96	233	226		

图 6—48　CFTC 给出的黄金期货持仓样本

资料来源：美国商品期货交易委员会。

　　基金持仓变化可以作为一个正向指标，也就是说持仓增加，金价上涨的概率增加，持仓减少，金价下跌的概率增加。而震荡指标则可以作为一个反向指标。马丁·普瑞发现市场调查得到的情绪曲线与震荡指标几乎一致，也就是说震荡指标可以作为市场散户情绪的良好指标。我们可以利用 KD 指标来作为心理分析的利器。当市场处于超卖的时候，我们要预防短期上涨；当市场处于超买的时候，我们要注意短期下跌。

　　除了 CFTC 持仓报告提供的净头寸可以作为黄金走势的心理分析工具之外，一些市场调查情绪指数也可以提供相同的信号，比如黄金牛气度量指标（见图 6—49），以及反映黄金期货总成交量和持仓量的走势图（见图 6—50）。总而言之，持仓量和成交量以及市场情绪调查和震荡指标都可以作为黄金市场心理分析的工具。

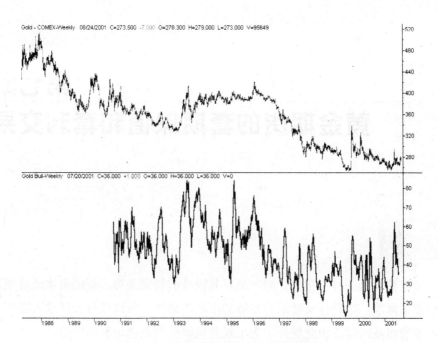

图 6—49 金价走势和黄金牛气度量指标

资料来源：www. sharelynx. com。

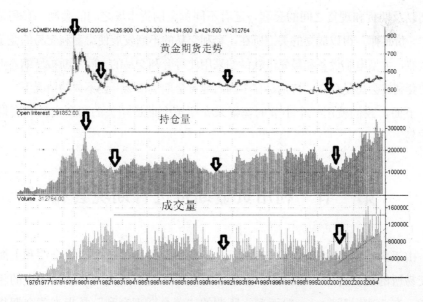

图 6—50 黄金期货的总持仓量和总成交量

资料来源：Comex。

商品期货是一种衍生性金融产品，其设计的初衷是为了帮助实体经济规避价格波动风险，但是这又要求有足够的市场流动性，所以投机者的加入必不可少。期货市场的悖论由此展开，为了规避风险必须创造出新的风险。

在本阶课程中，我们不仅要介绍黄金期货套期保值的方法和策略，还要介绍套利交易的相关知识。最为典型的黄金套利交易包括不同期限的合约之间的套利以及期货和现货之间的套利，还有不同黄金期货市场之间的套利。套利是保证"一价定律"得以成立的关键所在，套利交易的不断发展使得套利交易的竞争日益激烈，大型电脑设备和最先进软件的采用使得套利交易的空间不断被压缩，但是新的套利机会总是存在，特别是在中国内地黄金期货市场开创不久的情况下。

下面，我们就用三个小节的篇幅来介绍黄金期货相关的套利交易和套期保值交易。

第一节 利用黄金期货进行期现套利

由于内地的黄金期现套利集中于上海期货交易所的黄金期货合约和上海黄金交易所的现货合约，所以本节参考了对此深入全面研究的高彦岳先生的相关文章，在此表示感谢。一般而言，所谓的"黄金期现套利"是指当黄金期货市场的某一期货合约与黄金现货市场的某一现货合约在价格上出现了足够价差时，交易者可以利用这两个市场上的两个黄金期货与现货价格的差异，在买入价格较低合约的同时卖出同等数量的价格较高合约，这样就形成了一种对冲交易。随着两个合约价差进一步缩小，交易者认为价差趋于合理时，同时平仓，锁定收益。

就内地黄金交易者而言，所谓的"黄金期现套利交易"就是特指在上海期货交易所和上海黄金交易所这两个市场利用一种商品不同期限合约价格差异，同时建立相反交易头寸进行套利的交易方法。当两个期现合约的价差收益大于这两个合约的套利成本时，就提供了可供套利操作的交易机会。

上海期货交易所和上海黄金交易所分别是中国内地进行黄金期货和黄金现货（也有准期货合约，延期交割）交易的法定场所，这两个交易所提供的黄金期货合约和现货合约之间的足够价差为进行期现套利交易带来了一定的可能。在实际黄金期现套利操作中，交易者首先要解决的问题是选择参与套利的恰当合约，接着是判断特定的价差是否真正有套利机会。

在上海黄金交易所，黄金现货的主要交易方式有五种，即全额交易、Au（T+5）交易、延期交收 Au（T+D）交易、3 个月以内中短期现货 Au（T+X，X≤90）合约交易和延期交收交易 Au（T+N）。在这五种交易方式中，后四种交易方式比较类似，而最后一种方式的交易成本最低，比较适合期现套利采用。

我们来仔细考察一下 Au（T+N），它改变了 Au（T+D）交易按日收取0.2‰递延补偿费的做法，Au（T+N）则是在每月的最后一个交易日一笔支付1‰递延费即可，同时超期费为0。改良后的 Au（T+N）按照延期费发生日又可分作 Au（T+N1）交易和 Au（T+N2）交易，其中 N1 指单数月最后一个交易日支付递延费，N2 指双数月最后一个交易日支付递延费。

选择进行黄金期现套利的现货合约时要考虑是否具有以下三个条件：①是否具有对冲平仓机制，即可以通过买空卖空开立反向交易合约来对冲平仓掉手中已有的交易合约，这样操作起来会更方便。②成交之后至清算交割之前的时间期限应能够尽可能长，且没有过多限制，这为进行长期套利提供了条件。③合约流动性较强，表现为交易活跃，成交量大。

我们将这三个条件考虑进来，则可以看到以上五种现货交易方式，尽管Au（T+N）交易也具有 Au（T+D）交易的不少优点，但是 Au（T+N）交易的成交量相对较小，这就使得流动性较低带来的风险较高。所以，理论上应该采用延期交收 Au（T＋D）作为内地交易者进行黄金期现套利的现货品种。

前面已经提到寻找套利机会要把握好两个关键步骤，下面我们就来看看在内地黄金市场如何完成这两个步骤。

首先是判断价差是否存在和存在的价差是否能够获利。

图 7－1 显示了从 2008 年 1 月 9 日到 2008 年 4 月 25 日，上海黄金交易所的黄金现货 Au（T＋D）交易价格和上海期货交易所的黄金期货 Au0806 合约价格走势和价差变化。

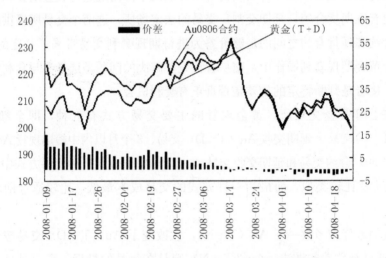

图 7－1　Au0806 合约与黄金（T＋D）及价差走势
资料来源：北京中期期货经纪有限公司。

从图 7－1 中可以看出，在这段时间里内地黄金期货 Au0806 合约与现货 Au（T＋D）价格走势逐渐由具有较大价差到价差基本消失，再到微小价差闪现。随着市场交易大众的成熟和市场结构的完善，上海黄金交易所的现货合约和上海期货交易所的黄金现货合约之间的价差越来越小。

像图 7－1 走势这样的情况，是否表明只要存在着黄金期现价差就一定能够进行期现套利交易而获利呢？稍微有点常识的交易者都知道，实际的期现套利操作还需要进一步地精确计量和估算期货理论价格和期货市场实际价格之间是否存在价差。

　　按照期货理论，期货的理论价格等于现货价格加上持仓成本。而所谓的持仓成本则包括仓储费用、保险费和利息。所以，上海期货交易所市场上的黄金期货的理论价格应当等于上海黄金交易所的黄金现货价格加上一定的持仓成本。就上海黄金交易所的黄金 Au（T＋D）品种而言，它的主要持仓成本就是资金使用成本、持仓费用和递延费用。

　　持仓成本中的资金使用成本实际上是一笔资金的机会成本，在持仓成本中所占比例最大。一般以人民币 6 个月期限贷款利率为依据，从 2008 年 1 月 9 日到 2008 年 4 月 25 日该利率的实际值为 4.49%。而递延费又称为延期补偿费，其收取标准为每日 0.2‰，即 1 手 Au（T＋D）合约每日需支付 30 元左右，自持仓的第二日开始计收，交易成交当日无递延费。从交易的长期时间结构看，递延费对持仓成本影响比较小。与此同时，上海黄金交易所规定买入货权库存每日仓储费为 0.6 元/千克。

　　我们将上述持仓成本纳入期货理论价格的计算公式，由此可以得到上海期货交易所黄金期货理论价格（元/克）＝上海黄金交易所现货价格×（1＋4.59%t÷180）＋0.0006 元（t 是合约离到期日的天数）。图 7—2 是根据上述公式计算出来的黄金期货理论价格和上海期货交易所黄金期货主力合约 Au0806 合约市场价格的对比图。

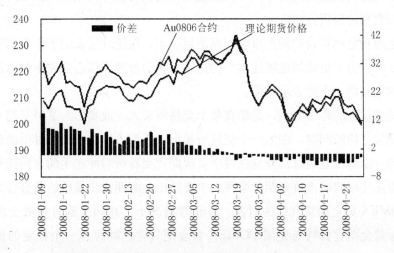

图 7—2　Au0806 合约与黄金期货理论价格及价差走势

资料来源：北京中期期货经纪有限公司。

从图7-2中可以看出，在采用了考虑持仓成本的期货理论价格后，期货合约实际价格与期货理论价格仍然存在着很大的套利空间。当市场上出现黄金期货价格高于现货价格导致不合理价差产生时，在现货市场上买入黄金现货合约，同时在期货市场上卖出黄金期货合约；在价差缩小至合理范围时，卖出同等数量的同一黄金现货合约平仓，同时在期货市场买入同等数量的同一期货合约平仓。

不过，明显的短期套利机会很容易被是参与大众说运用，从而使得一价定律发挥作用，上海黄金交易所现货和上海期货交易所的黄金期货之间的价差套利应该不会持续太久，其套利空间很难为一般散户所运用，所以我们这里只是简单地介绍一下，如果想要深入了解期现套利的技术，势必要深入学习金融计量学和程序化交易，同时利用交易杠杆来扩大利润幅度，这已经超出了本书的介绍范围，需要大家找到进一步的进阶资料加以学习。

第二节　利用黄金期货进行跨市套利

黄金跨市套利交易就是在上海期货交易所和纽约商品交易所两个市场利用黄金不同合约价格变化的不同，分别建立相反交易头寸以赚取人民币升值利润而进行套利的投资方法。

上海黄金期货合约的上市时间尚不足一年，在统计层面的工作我们还做得不够，所以为了更贴切地阐述本节的主题，我们参考了侯心强先生和徐加顺先生的相关文章，在此表示感谢。

所谓黄金的跨市套利，是指在某个交易所买入（或卖出）某一交割月份的黄金期货合约的同时，在另一个交易所卖出（或买入）某一交割月份的黄金期货合约，以期在有利时机分别在两个黄金期货交易所对冲在手的合约获利。我们这里要介绍的跨市黄金期货套利，主要是以上海期货交易所的黄金合约与美国COMEX黄金期货合约为对象。在正常情况下，相同交割月份的上海期货交易所黄金期货合约与美国COMEX黄金期货合约间存在一个稳定的价差关系，一旦这一价差发生短期异常变化，就可以进行黄金期货合约的跨市套利。

按照经济学的一价定律，同一品种的黄金在自由流动的开放全球市场的定价应该是一致的，某个区域性市场的黄金合约相对于全球主导市场价格定位过高，则该合约就会面临较强的套利卖盘，相反则会面临较强的套利买盘。由于是对冲方式的套利，其成本主要由两个交易所的期货手续费构成，而手续费对套利结果影响较小。我国黄金期货合约上市初期明显定价较高，与 COMEX 黄金期货合约之间存在套利机会，不过随着市场的成熟和交易者的增加，套利机会将变得稀少，套利幅度也变得很小，所以短期跨市套利机会微乎其微，不适合小型交易者参与。这里我们不准备深入介绍所谓的"具体的跨市套利方式"，因为这个只能依靠程序化交易来完成，人工是无法及时地把握这样的机会，即使有也很少。我们着重提一下，在上海黄金期货市场与 COMEX 黄金期货市场上进行跨市套利时，需要注意以下几个问题：

第一，资金出入境问题。在我国内地资本项目并未完全开放的条件下，用于外盘交易的资金并不能自由出境，只有有境外投资渠道的机构才能够参与国外黄金期货市场的交易，如商业银行的投资部门等，这使得跨市套利参与者有限。

第二，资金管理问题。无论是国内期金还是国际期金都需要充足的保证金，不能使任何一个市场存在因价格反向变动而爆仓的情况；两个交易所在合约不同时期会对保证金有一定的调整，跨市套利投资者需要根据情况变化调整持仓保证金。

第三，人民币汇率风险问题。在卖国内期金买国际期金的跨市套利组合中，人民币升值会减少利润空间；反之，则会扩大利润空间。

第四，套利合约选择问题。在跨市套利中应该选择流动性好的合约，一般选择两市的主力合约作为套利对象，最好为同一交割月份的合约。而当两市主力合约交割期不同时，比如上海期货交易所的黄金主力为 12 月合约，而 Comex 期金市场主力为 8 月合约，则需要考虑二者的基差结构及其变化，这就使得跨市套利的操作变得更为复杂。

第三节　利用黄金期货进行套期保值

套期保值不属于本书的介绍范围，因为本书以投机交易为主题，但是为了本书的完整性，我们还是对此内容做一个简单的勾勒。本节参考了王尊峰先生的相关文章，在此表示感谢。

首先我们要知道"套期保值"的确切含义。具体而言，黄金期货套期保值是什么？黄金期货市场和现货市场是两个独立的市场，但这两个市场会受到同样的外在因素的影响。所以，在通常情况下，两个黄金市场的价格走势相同，套期保值就是利用这两个黄金市场的价格关系，分别在两个黄金市场作方向相反的交易，以一个黄金市场的盈利来弥补另一个黄金市场的亏损，从而达到黄金保值的目的。具体来说，就是在黄金期货市场买进或卖出与现货数量相等但交易方向相反的黄金期货合约，以期在未来某一时间通过卖出或买进黄金期货合约而补偿因黄金现货市场价格不利变动所带来的实际损失。这是一种以规避黄金现货价格风险为目的的黄金期货交易行为。

黄金套期保值之所以能有助于规避黄金价格风险，达到套期保值的目的，是因为黄金期货市场的运行以两个基本经济原理为基础：一是趋同性：黄金期货价格和现货价格的变动趋势基本一致。黄金期货市场虽然是与黄金现货市场不同的市场，但是因为影响黄金价格的供求变动因素基本相同，当由于特定的因素变化引起黄金现货市场价格上涨（或下降）时，期货交易价格也会受此影响而上涨（或下降），尽管变动幅度可能会不一致，但变动方向是一致的。二是黄金价格回归：黄金现货市场与黄金期货市场价格随着期货合约到期日的临近，两者趋向一致。另外，黄金期货的交割制度保证了现货市场和期货市场的价格随期货合约的到期日临近而趋于一致。从 2001 年开始，黄金价格不断上涨且波动也越来越激烈，由此给很多黄金生产和销售企业的稳定经营带来了巨大的风险。随着我国内地黄金市场的逐步开放，黄金投资工具的日益完善，尤其是黄金期货的推出，使得利用黄金投资工具来进行套期保值以规避价格风险成为企业风险控制中不可或缺的手段。

黄金套期保值的目的就是规避黄金价格波动的风险，控制成本，锁定利润。黄金价格波动的风险无处不在，无论黄金价格向哪个方向变动，都会给一部分黄金相关企业造成损失。黄金生产企业面临着黄金价格下跌的风险，这些企业在持有黄金时，一旦金价下跌，其黄金售价可能远低于预期售价，使利润下降，甚至亏损。同样，黄金加工企业又可能因为黄金价格上升而增加了成本，降低了利润，严重影响了这类企业的稳定经营。因此，通过套期保值，可以利用在黄金期货市场由于黄金价格波动带来的收益以弥补黄金现货市场上由于价格波动所造成的损失，从而达到控制成本和锁定利润的作用，进而确保企业稳定经营，良性发展。

通过简短的介绍，想必读者已经明白了黄金套期保值的适用对象主要是指成本、利润对金价波动敏感，且受金价波动影响的生产黄金、消费黄金和销售黄金的企业。但需要注意的是，黄金价格波动的风险是不可能消失的，企业通过套期保值把风险也只是转移而已，最终总会有风险承担者，这就是黄金市场上的投机者。黄金期货市场除了有大量的套期保值者以外，还有更多的黄金投机者。正是因为这些黄金投机者愿意承受高风险以博取不确定高收益，才使得这个市场的黄金套保者有了对手盘，并且能正常运转。所以当企业要进行黄金套期保值时，除了参照市场价格还需关注投机盘或者是市场氛围，最后来综合制订自己的套期保值方案。由于黄金的套期保值多与企业生产经营有关，与个人交易者的关系不大，所以我们这里就不再展开介绍。

高阶课程

黄金交易的资金管理和风险控制

金字塔顺势加仓是最伟大的交易策略。

理查德·斯迈特

第八阶
黄金期货交易中存在的风险

黄金期货交易是一门兼具艺术和科学的活动，在中阶课程我们主要介绍了黄金期货交易的进攻战术，也就是行情分析和进场抉择，在高阶课程我们将以风险识别和控制为核心。黄金期货交易的风险主要来自于三个方面，请看表8-1所示。

表8-1 黄金期货交易的三个风险来源

外盘黄金期货的非市场风险	现在中国内地只有少数金融机构获准参与国际黄金期货市场，不允许它们代理其他机构和个人投资者投资国际黄金期货市场，很多代理外盘期货黄金投资的公司其实是打了擦边球。 参与境外黄金期货的交易者要面对代理公司经营不善、破产、无法履行合同约定，以及代理客户交易的经纪人为自身利益而损害客户利益等问题。而一旦出现上述违规的现象，交易者既无法得到中国内地法律的保护，也难以得到海外法律的有效保护。投资外盘谨慎为宜。
黄金期货的操作风险	很多黄金期货交易者的主要目的就是赚钱，急于赚钱和发财心切都是可以理解的，关键是交易的目的要着眼于未来的收益，交易的含义中就蕴涵着时间因素，所以在经历失败后要调整自己的心态及方法，而不是急着将自己的损失赚回来，这样的后果有可能是损失更加惨重。 严格设定"止盈"和"止损"，不要心存侥幸。一定在下单之前就要有一个清楚的认识：看涨看跌、长线短线、止盈止损等。但也不能完全局限于此，因为市场在随时变化，心态随着市场调整是最重要的。
网络风险	黄金期货交易涉及网络交易，而网络交易的业务及大量风险控制工作均是由电脑程序和软件系统完成，所以，电子信息系统的技术性和管理性安全就成为网络交易运行的最为重要的技术风险。这种风险既来自电脑系统停机、存储区破坏等不确定因素，也来自网络外部的黑客攻击以及电脑病毒破坏等因素。

第一节　黄金期货交易新手易犯的错误

　　黄金期货市场交易机制及黄金价格波动特点，对黄金期货交易者的操作水平往往有很高的要求，但很多黄金期货交易者自身却存在主观认知及行为的偏差或错误，这就为黄金期货交易损失埋下了风险隐患。盲目跟风、举棋不定、恐慌、赌徒心理、与市场赌气等期市投资行为，都是个人投资风险的行为表现。那么，新入市黄金期货交易者应避免哪些自身存在的风险因素呢？我们主要从以下五个方面来介绍黄金期货交易新手易犯的错误。

　　第一，黄金期货交易者心理不稳定。良好的心态是做任何事情都必需的，黄金期货交易更需要冷静和稳健的交易心理。黄金期货价格与美元走势、国际原油价格及世界利率等有着较大的关联性，黄金期货交易者在分析黄金期货市场行情的过程中，要综合考虑多方面的因素才能做出正确的决策。所以，相比较其他交易方式，黄金期货投资更容易使交易者的交易心态发生变化，导致交易风险的发生。

　　由于最近几年黄金价格大幅上扬，初入市的黄金期货交易者获利的期望值很高，甚至一些交易者梦想在黄金期货市场上一夜暴富。在这种错误的心理因素下，交易者在交易过程中往往不能平静地面对黄金期货行情，甚至会患得患失或者焦灼急躁，做出错误的交易决策也就在所难免。

　　第二，没有制定黄金期货交易计划。由于黄金期货价格受国际政治、经济多方面的因素影响，尤其是一些突发性事件影响，黄金期货价格会出现快速的反应和异动，这就造成了黄金期货价格的高敏感性。黄金期货的最低保证金为7％，在中国内地三个期货交易所的所有交易品种之中最高。同时，在合约的不同时段，黄金期货实行的是梯度追加保证金制度，临近交割最高将达到40％，如果没有足够的资金，甚至很难在1天中维持1手合约。这就要求黄金期货交易者加强资金管理，制定更详细的交易计划。

　　初入市的黄金期货交易者对于自身交易的方向、预期盈利水平、可接受的最大损失、交易策略、选择进行交易的合约月份、资金总量及投入比例等都要有具体的计划。只有通过思考和制定交易计划书，我们才可以预先对影响黄金期货市场的复杂因素进行客观、全面的分析，从而在交易过程中管理好自己的资金，追求最大的黄金期货交易收益，控制自身的风险水平。

第三，没有执行黄金期货交易纪律。黄金期货交易遵守纪律重于一切。交易纪律是风险防范的压轴根基，也是全部交易行为的必备前提。初入市黄金期货交易者在交易计划制定之后，没有严格遵守交易纪律，纸上谈兵，结果往往会付出惨重的代价。

黄金期货市场真正赚钱的不是预测行情正确的交易者，而是那些"胆小"且严格遵守"纪律"的交易者，成功的黄金期货交易者往往会制定切实可行的操作原则和纪律。在黄金期货交易中，交易纪律需要明确的要素包括：交易理由，资金投入量，止损与加仓，行情突变时的处理等。在头寸持有期间，黄金期货交易者可能会受到行情迷惑或各方面建议的打扰，但交易纪律的精髓在于执行。如果推翻原来的交易计划或者延误执行，最终可能被迫斩仓出局。

第四，忽略了黄金期货基本分析的局限性。黄金期货交易者在进行黄金期货交易之前，第一步要进行的就是黄金期货基本面的分析。如果缺乏基本分析，黄金期货交易者根本不可能知道黄金期货市场的现状，了解不到金市是处于收缩还是会有所增长；黄金期货市场状况是否过热；现在应该入市还是离市；交易的资金应该增加还是减少；黄金期货市场趋向如何。所有这些黄金期货交易基本因素分析都是不可缺少的步骤。但是，黄金期货交易的基本分析还存在一定的局限性，具体体现在下面几个方面：

一是部分产金国家的资料难以获得或时间滞后。部分产金国家并不情愿向国际公布产金数字，或者数字的公布有一定的滞后期，专家给出的数字只能是估计得来。所以当这些国家在套取外汇时，其推出市场的黄金数量完全可能使市场产生震荡。黄金期货交易的基本分析在这方面的资料上就显得有些不全面。

二是需求数字很难精确。黄金需求方面数字的获得较为困难。比如有的企业会将金币进行熔化用于工业生产，从而使需求的数字含有重复计算的因素。所以，不可能用精确的数字来进行黄金期货交易的基本面分析。

三是不能提供给黄金期货交易者入市的时机。黄金期货交易者经过基本面分析以后，知道黄金期货是处在大牛市阶段。但是哪一天介入呢？现在做多，可能后天价格就会低得更多。等到下星期再买，可能现在就是最低价。因此，基本面分析只能告诉我们黄金价格的大势所趋，而根本不能向我们提供黄金期货交易入市的最佳时机。

四是捕捉不到黄金期货近期的峰顶和谷底。即使是在黄金期货大牛市阶段，走势也会有起有落。黄金期货的基本面分析恰恰不能捕捉到这些细微的变化。

正是基于基本分析只能分析市场的大势所趋，而不能解答市价起起落落的原因，因此除了在黄金期货交易中进行基本分析以外，还要通过技术分析来进行补充。

第五，搞不清楚自己是什么类型的黄金期货交易者。黄金期货交易者通常可分为三种类型：黄金期货的长线交易者、黄金期货的中期交易者及黄金期货的短线交易者。

黄金期货的长线交易者一般都是将黄金合约作较长时间的持有，并不断更换新合约。其动机主要是基于政局和战乱的因素所致，有的也是为了防范通货膨胀对自己资产的不利而买入黄金期货。黄金期货的长线交易者一般不会轻易了结自己的黄金多头合约，除非到了万不得已的情况，与那些见价格合适就卖出而获利的交易者有很大的区别。长线交易者把购买黄金作为一种储蓄，不管金价是高是低，都照常买入。

黄金期货的中线交易者也就是波段交易的人士，通常只会在黄金期货价格低位处买入，然后在黄金期货高价处沽出，以获得买卖之差价，扩大交易的利润。

黄金期货的短线交易者对黄金只是抱着投机的态度，希望在最短的时间里获得最多的利润。一般这些黄金期货交易者只会参与极短期的日内交易。

黄金期货的操作手法很多，风险的大小可以进行选择。但是不管进行何种方式的黄金期货交易，都理应懂得黄金的用途、黄金的基本分析、影响金价的各种因素和各种投资方式及其相应所承的投资风险。毫无原则的黄金期货者，必然不会在黄金期货市场上获得长期的成功。

第二节　怎样选择黄金交易商

选择内地黄金期货的经纪商比较简单，找一个合格的上海期货交易所会员即可，我们这里重点谈谈黄金期货以外交易商的选择，怎样才能选择一家合适的黄金交易商呢？内地黄金市场开放不久，整体轮廓并不是太清晰，主要是以上海黄金交易所为核心，各类会员与金商为基础的市场结构。

上海黄金交易所不直接面向个人投资者，个人炒黄金需要通过金交所的会员单位。由于黄金市场的发展还在初级阶段，难免会有一些黄金交易公司名不副实，存在违规操作现象，所以炒黄金必须先选择一家放心的黄金交易公司。我们建议你遵循下面几个原则：

第一，当你决定加入炒黄金行业时，首先要了解你周围乃至全国有哪些黄金交易公司，有必要进行全方位的考察，主要从以下几个方面来进行：办公环境是否完善；营业场所是否规范；公司员工素质如何；最重要的是有没有先进、完善的交易软件系统；公司的能力（是否具备交割实物的能力）。如果这些方面都非常完善，那么你才可以决定进行黄金投资。

第二，资金投入以后是否安全也是一个非常重要的考察范围，否则你可能遭遇资金被搁置的风险，苦不堪言。

第三，该公司是否具有实物金条是判断一家黄金交易公司是否具有很强实力和较高信誉的一个重要元素，否则它只能算是二手炒黄金公司，不适合个人投资者加入，因为炒黄金和炒股票不同，没有那么大的暴利，如果再经过这些投机公司、二手公司的"转手"，那么我们的利润就会大打折扣。

总之，选择一家信誉、实力都很强的公司对于个人投资者来说是最重要的，我们必须遵循一个重要原则：你选择的黄金交易公司必须是这个行业的领导者，属于这个行业的第一集团。只有这样才不会有后顾之忧，减少不必要的后期问题。

表8-2是我们列出的一个黄金交易商选择清单。

表 8—2　黄金交易商选择清单

序号	要　素	选择黄金交易商的八大要素
1	资金安全性	投资者最关注的是资金的安全问题。由于法律法规建设滞后，目前我国市场体系存在一个突出的问题就是诚信问题。
2	是否具有实物金条	是否具有实物金条是判断一家黄金交易公司是否具有很强实力和较高信誉的一个重要元素。
3	业务水平	黄金作为一个金融产品，其本身具有很强的专业性。对于从来没有涉足过这个行业或者没有系统学习和研究过这个品种的投资者而言，希望在短时间内就能把握其运行的规律并不现实，因此，金融公司服务水平的高低对投资者能否实现资金保值增值意义重大。
4	公司经营的证书	公司是否是上海黄金交易所和上海期货交易所会员，有没有会员证书和工商税务执照。
5	交易平台	是否具有网上交易系统，是否对赌平台。
6	便利性	选择身边的黄金交易公司，可以近距离考察公司实力、经营状况，便于随时去咨询，分享专业、即时信息，同时若发生纠纷，便于就地解决。
7	办公环境	公司是否坐落繁华地段，办公场地是否足够大。
8	经营的历史	长期从事黄金交易的公司更值得我们信赖。

第三节　黄金走势中的最典型陷阱和借力之道

　　顺势而为的具体做法就是突破而作，也就是创新高的时候要查看是否适合做多，在创新低的时候要查看是否适合做空。不过，随着掌握越来越多的突破而作的技术，很多时候价格在创出新高或者新低之后又立即折回来，这使得不少人亏损，这就是黄金现货和期货走势中最为常见的陷阱。

　　但是，这种最常见的陷阱却也是极佳的交易机会。我们首先来看多头陷阱。在图 8—1 中，黄金价格一路走高，出现高点 A，然后回调再次冲高，突破 A 点创出新高，按照传统教科书的说法应该跟进，这使得大量交易者同时买入，多方力量迅速衰竭，此后股价在 D 点跌破前期高点。这就构成了一个多头陷阱。那么，具体的交易策略该是如何呢？通常我们应该在 C 点买入，此后如果发现价格跌回来，则应该迅速止损并在 D 点做空。

　　图 8—2 是黄金期货走势中一个典型的多头陷阱和对应的交易策略。

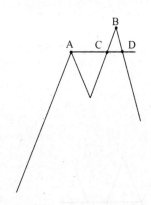

图8—1　黄金期货走势中的多头陷阱

资料来源：帝娜私人基金行为交易研究室。

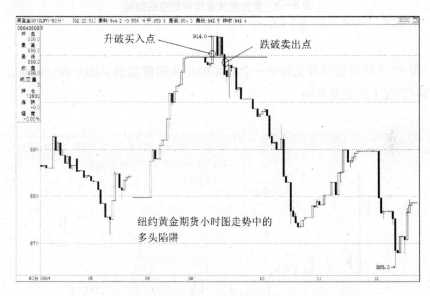

图8—2　纽约黄金期货小时图走势的多头陷阱和应对策略

资料来源：帝娜私人基金行为交易研究室。

接着，我们介绍黄金期货走势中的空头陷阱。所谓空头陷阱就是黄金价格处于下跌趋势，然后在 A 点反弹，然后再度下跌，此后黄金价格创出新低，不久之后价格出现了大幅度反弹，并且高出了此前的最低点 A，这就构成了一个空头陷阱。对于黄金期货走势中的空头陷阱，我们不能事先识别，所以在 C 点处，我们必须跟随着做空，而在价格重新回到 A 点之上时迅速止损，并且反手做多（见图8－3）。

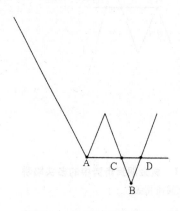

图8－3　黄金期货走势中的空头陷阱

资料来源：帝娜私人基金行为交易研究室。

图8－4是黄金期货走势中一个真实的空头陷阱实例，图中相应地标识出了当时情况下的交易策略。

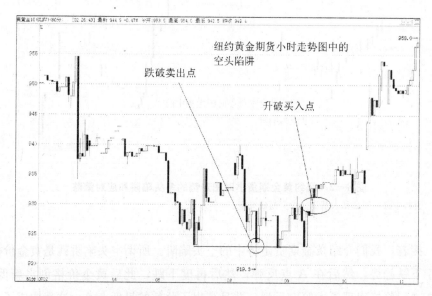

图8－4　纽约黄金期货小时走势图中的空头陷阱和应对策略

资料来源：帝娜私人基金行为交易研究室。

第四节　境外黄金期货交易风险规避

不少境外黄金期货交易商看到了中国内地巨大的潜在市场以及交易者认知度较低的空隙，大力吸引内地资金进行外盘黄金期货交易。上海以及江浙等地区纷纷兴起了这样的境外黄金期货交易商。这些境外黄金期货交易商通常以投资咨询的名义在境内设立咨询公司，并广泛发展代理，铺开销售网络，以招徕中国内地交易者。内地交易者只要在这些黄金期货交易商开户，然后汇入交易的现金，就可以获得用户名和密码。之后，交易者只要在规定下载的交易系统内发送交易指令，即可完成黄金期货交易。

另一种外盘黄金期货的交易模式是以个人名义通过相关地下渠道或者关系比较好的国际期货经纪公司在海外开户交易。目前中国内地只有少数境内机构获准参与国际黄金期货市场，个人介入外盘黄金期货需要注意以下几个方面的问题：

第一，外盘黄金期货开户资金要流向境外，走出国门，不会使用人民币形式，而是使用境外货币的形式。投资者进行识别的时候，要看资金使用的是人民币还是外币。那么，一个投资者选择好了某一个国家或者地区的黄金投资市场，要圈定境外黄金投资公司或者坐市商办理开户申请，同时进行入黄金操作。境外投资肯定要走入别人的市场，我们的资金肯定要流入境外市场，人民币还不是可自由兑换的货币，真正在国际上被认可做境外投资货币的是美元、英镑、欧元等。当我们真正做正规境外黄金投资的时候，币种的使用，是否流入到国际市场就成为正规渠道基础的表现形式。

第二，外盘黄金期货开户资金交给谁。如果进行境外投资，钱应该流入境外黄金投资公司或者坐市商平台上，而不是内地某一家公司收取你的资金，如果收去你的资金，不管人民币还是美元都是有问题的。比如说一个美国人想做中国的A股市场，必须在中国开户，进行炒股。反过来，如果中国人到境外进行黄金投资，也要把资金流出去，变成国外承认的货币。

第三，外盘黄金期货的交易软件如何。当投资者使用的时候或者模拟的时候才会发现，价格会不会有突发性的滑点，市场上没有迹象的时候，价格突然滑动，而且在某一个时间段根本登录不上去，有一些可能是因为系统繁忙，但是作为国际上真正的标准坐市商以及黄金投资公司来说，它们的系统已经经过千锤百炼了，世界各个角落的人都要通过它们的平台进行交易，它们的技术力量和支持是非常强大的，基本上不会出现登录不上去的情况。软件要经过大家的使用过程才会发现，包括里面有没有异常状态。有些非法的黄金期货交易商利用交易平台搞鬼。这种软件有后台操作，它在里面可以查询到所有交易人的细节，包括它可以调控价格，控制软件的开预关。在投资者对它是完全透明的情况下，它可以进行任意的操作，比如说进行大跨度滑点，在交易频繁的时候，可以让服务器断掉，让投资者在真正有利的时候交易不了，没有利的时候全部交易成功。投资者的血汗钱被它们采用这种方式骗走。这就像是开了国际赌场的平台，投资者在里面做交易，安全性不受保障。

第四，这家国外黄金期货交易商受不受监管。境外黄金期货交易也分很多种，境外有可能是英国、美国，也可能是没有法律法规监管的国度，不管这个黄金期货交易商叫什么名字，比如说这家公司告诉你我在美国、英国的坐市商或者投资公司，大家需要通过网络或者电话途径查询该国官方网站，看到底有没有这家公司，受不受该国法律监管？如果是境外黄金期货交易商，你可以到官方网站查到这家公司有没有注册，受不受监管。因为国际市场上的黄金期货交易商在世界各地都有投资者，不论国籍和种族，只要投资者通过正规渠道进入它们国家的黄金市场，就会一视同仁，都会受到监管和保护。

黄金期货交易中需要注意的事项

黄金期货交易中的风险是不知道如何识别风险以及规避风险，但是这还不是最大的风险，最大的风险是观念上的风险，在本阶中，我们将为大家澄清黄金期货交易观念中的误区。首先提醒大家在黄金期货交易中需要注意的四个细节。

第一，黄金期货交易的手续费。黄金期货交易者应注意交易所对交易中同一客户当天开平仓的，免收平仓手续费，对交易 6 个月后的合约，交易手续费按执行标准减半收取的规定。比如客户同时持有同方向的当日仓和往日仓，可考虑先平当日仓。这样手续费折半，将大大减少成本支出。

第二，黄金期货交易的保证金。上海黄金期货合约上市交易最低保证金暂定为合约价值的 9％，比标准合约规定的 7％提高了两个百分点。然而，众多自然人客户不熟悉、不习惯的是，黄金期货的保证金制度使其资金杠杆接近10 倍。一个投资者如果满仓操作，只要价格上涨 10％，资金就会翻倍。不过，一旦价格向下调整，如果没有后续资金跟上，被强行平仓后将分文不剩。以外，期货交易"逐日盯市"，实行每日无负债结算制度。每天收盘后，交易所按当日结算价结算所有合约的盈亏、交易保证金及手续费、税金等费用，对应收的款项同时划转。保证金管理至关重要，如果因为保证金不足而被平仓，就会导致"死在获利前夕"。因此，黄金期货交易者及时关注和调整以保持足够的保证金余额，才能真正保证交易的持续与最终的胜利。

第三，上海期金与国际金价的脱节。上海期货交易所的黄金期货交易时间是周一到周五上午9时至11时30分和下午1时30分至3时，而几大市场组成的全球黄金市场几乎全天24小时连续轮动。伦敦市场是北京时间的16时至凌晨1时；纽约市场是北京时间21时20分至次日凌晨3时40分。如果内地黄金期货交易者在白天买涨，下午3时后，一旦国际市场黄金出现反方向波动，交易者即使想平仓也只能等到下一工作日才可以操作。所以，在中国内地还没有完全放开境内投资者实行跨市场套利之前，为更好地控制风险，内地黄金期货交易者持隔夜仓一定要慎之又慎。

第四，黄金期货非交割月。与股票、债券和实物黄金不同，黄金期货有规定的交割日期，过了交割日期货合约就不复存在。黄金期货交易规定，自然人客户持仓不允许进入交割月。这就要求自然人交易者在进行黄金期货交易时要选择合适的黄金期货月份合约，特别注意在进入交割期前择机对冲平仓，保证交割月黄金期货合约持仓为零。所以，自然人黄金期货交易者必须时刻牢记交割日，提前计划安排。

第一节　黄金期货交易的正确观念

观念决定态度，态度决定行为，行为决定成败！我们要建立正确的黄金期货交易观念。

第一，合理交易，切记勿用生活必需资金作为黄金期货交易资本。想成为成功的黄金期货交易者，首先要切记勿用你的生活资金作为交易的资本，资金压力过大会误导你的交易策略，徒增交易风险，导致出现更大的错误。而每次交易最好是你闲散资金的1/3，等做成功了可以逐步加码。而当你的赢利超过你的本金有余时，最好把本金抽回，利用盈余的资金去做交易。

第二，运用模拟账户，学习黄金期货交易。初学者要耐心学习，循序渐进，勿急于开立真实黄金期货交易账户。不要与其他交易者比较，因为每个交易者所需的学习时间不同，获得的心得亦不同。在黄金期货模拟交易的学习过程中，你的主要目标是总结出适合个人的操作策略与交易形态，当你的获利概率日益提高，每月获利额逐渐提升时，表示你可开立真实交易账户进行黄金期货交易。

第三，保证金交易不能只靠运气。黄金期货交易不同于纸黄金可以在下跌过程中逐步建仓（指在上升的大行情中），当你频频获利时，千万不要大意，一定要制定好每次操作的交易计划，做好技术分析并把握进出点。虽然你的账户总额可能是增加，但千万不要自以为是，这可能只是你运气好或者是你冒险以最大交易口数的交易量取胜，你应谨慎操作，适时调整交易策略。

第四，交易不易过度频繁。在一般情况下，最好在一个支撑位上做多或者一个阻力位上做空；也不要在交易亏损后急于翻本，应该冷静下来仔细分析，然后再战。面对亏损的情形，切记勿急于开立反向的新仓位欲图翻身，这往往只会使情况变得更糟。只有在你认为原来的预测及决定完全错误的情况下，才可以尽快了结亏损的仓位再开一个反向的新仓位。切记不要情绪化，宁可错过机会，绝不冒险做错！

第五，勿逆势操作。在一个上升浪中只可以做多，同样在一个下降浪中只可以做空，甚至只要行情没有出现大的反转，切记勿逆势操作！市场不会因人的意志为转移，黄金期货市场只会是按市场本身的规律延伸。

第六，严格止损减低风险。当你做黄金期货交易的同时，应确立可容忍的亏损范围，善用止损交易才不至于出现巨额亏损，亏损范围视账户资金情形而定，最好设定在账户总额 3%～10%，当亏损金额已达你的容忍限度，不要寻找借口试图孤注一掷去等待行情回转，应立即平仓，即使 5 分钟后行情真的回转也不要婉惜，因为你已除去行情继续转坏、损失无限扩大的风险。你必须拟定交易策略，切记是你去控制交易，而不是让交易控制你。

第七，学会彻底执行交易策略，勿找借口推翻原有的决定。黄金期货交易最大致命性的错误是，当你（在损失已扩大至所做资金的 30%）损失了开始找借口不要认赔平仓，想着行情可能一下子就会回转。在你持续有这个念头时，就不会有心去结束这个损失继续扩大的仓位，而只会失去理智地等待着行情回转。黄金期货市场变化是无情的，不会因为任何人的痴心等待而回转行情。当损失超过 50% 或更多时，最终交易人将会被迫平仓，甚至暴仓，黄金期货交易者不只损失了金钱也损失了魄力，会让自己失去信心及决定，这个错误产生的原因很简单——"贪"。损失 20% 不会让你失去补回损失的机会，有可能下次交易能获利更多，但是在一两笔交易中损失一个仓位，有可能彻底毁了赚更多钱的机会，这笔损失难以补平。为了避免这个致命性错误的产生，必须记住一个简单的规则——不要让风险超过原已设定的可容忍范围，一旦损失已至原设定的限度，不要犹豫，立即平仓！

第八，交易资金要充足。黄金期货账户金额越少，交易风险越大，因此要避免让交易账户仅有做一手的金额，做一手的账户金额是不容许犯一个错误，但即使是经验丰富的黄金期货交易人也有判断错误的时候。

第九，错误难免，要吸取教训，切勿重蹈覆辙。错误及损失的产生在所难免，不要责备自己，重要的是从中吸取教训，避免再犯同样的错误。你越快学会接受损失，吸取教训，获利的日子就会越快来临。另外，要学会控制情绪，不要因为赚了就雀跃不已，损失了就想撞墙。在黄金期货交易中，个人情绪越少，就越能看清市场的情况并做出正确的决定。要以冷静的心态面对得失，了解交易人不是从获利中学习而是从损失中成长，当了解每一次损失的原因时，即表示你又向获利之途迈进一步，因为你已找到了正确的方向。

第十，你是自己最大的敌人。黄金期货交易者最大的敌人是自己：贪婪、急躁、失控的情绪、没有防备心、过度自我等，这些很容易让你忽略市场走势而导致错误的交易决定。

第十一，记录决定交易的因素。每日详细记录决定交易的因素，当时是否有什么事件消息或是技术指标让你做了交易决定，做了交易后再加以分析并记录盈亏结果。如果是个获利的交易结果，表示你的分析正确，当相似或同样的因素再次出现时，你所做的交易记录将有助于你迅速做出正确的交易决定；当然亏损的交易记录可让你避免再次犯同样的错误。你无法将所有的交易经验全部记在脑海中，所以这个记录有助于提升你的黄金期货交易技巧及找出错误所在。

第十二，参考他人的经验与意见，做交易决定应以你自己对黄金期货市场的分析和技术图形及感觉为基础，再参考他人意见。如果你的分析结果与他人相同，那很好；如果不同，那也不用太紧张。如果分析结果真的相差太悬殊，而你开始怀疑自己的分析，此时最好不要进行真实交易，仅以模拟账户来进行。如果你对自己的决定很有信心，不要犹豫去做，因为你的多项预测中将会有对的一个，如果你的预测错误，就要找出错误所在。

第十三，止赢和止损同样重要。交易者要记住古老通则：亏损部位要尽快终止，获利部位能持有多久就放多久。另一重要的交易者守则是不要让亏损发生在原已获利的部位上，面对黄金期货市场突如其来的反转走势，与其在没有获利的情形下平仓也不要让原已获利的仓位变成亏损。具体做法是随着价格的上扬（或下降）逐步提高（或降低）你的止损（赢）位置，不要一相情愿地认为会无限的涨下去，坚决不要把已经获利的单子做成亏损。

第十四，切勿有急于翻身的交易心态。面对亏损的情形，切记勿急于开立反向的新仓位欲图翻身，这往往只会使情况变得更糟。只有在你认为原来的预测及决定完全错误的情况下，才可以尽快了结亏损的仓位再开一个反向的新仓位。不要跟市场变化玩猜一猜的游戏，错失交易机会总比产生亏损来得好。

第十五，循序渐进，以谨慎的态度学习黄金期货交易。缺乏谨慎的心态与操作技巧，用赌博式的高风险交易手法只会给交易者带来损失。

第十六，以真实交易的心态进行模拟交易。以真实交易的心态去做模拟操作时，交易者越快进入状态就越快可以发展出可应用于真实交易的适当技巧。必须将模拟交易当成真实交易来进行，因为这是交易者能发展出合适技巧的关键所在。

第十七，操作尽量避开价格变动频繁难以预测的时段。黄金期货交易者进行交易应尽量避开价格上下变动频繁的时段，比如刚开盘的时候，此时黄金期货价格较无脉络可循，难以预测，如果交易初期你在这种时段进行交易，只会影响你的交易信心。应该等到价格上下浮动完成有了方向的时候再进入。

第十八，耐心学习，勤能补拙。学习黄金期货交易有多种途径可循，你可以每天看看相关评论，了解有关黄金的各种信息，认真分析黄金的走势图，每天坚持学习，勤能补拙。打下扎实的基础，将助你迈向成功之途！

第十九，勿过度交易。交易范围须控制在一定范围内，除非交易者能确定目前的走势对自己有利，否则每次交易金额不要超过总投入的30%，永远把保证资金安全放在第一位！

第二节　知己知彼，百战不殆

国内外黄金期货市场的数据显示，80%交易者在黄金期货交易中亏损。黄金期货交易风险是不可避免的，而面对风险我们应该做的是正确认识并积极地去寻找控制风险的方法。以下是从一些资料中总结出来关于黄金期货风险管理的四点建议：

第一，黄金期货交易者应该按照资金状况制订合理的黄金期货操作计划和方案。在操作之前根据资金量大小合理地制定资金运作的比例，为失误操作所造成的损失留下回旋的空间和机会。建议交易者可以每次投入资金总额的 1/3 或 1/4。

第二，黄金期货交易者应该按照时间条件制定适宜的操作风格。每个黄金期货交易者拥有的操作时间是不同的。如果有足够的时间盯盘，并且具有一定的黄金期货技术分析功底，可以通过短线操作获得更多的收益机会；如果只是有很少的时间关注盘面，不适宜做短线的交易，则需慎重寻找一个比较可靠的并且趋势较长的介入点进行波段交易，累计获利较大时再予以平仓套现。

第三，黄金期货交易者应该树立良好的交易心态。做任何事情都必须拥有一个良好的心态，投资黄金也不例外。心态平和时，思路往往比较清晰，面对行情的波动能够较客观地看待和分析，理性操作。尽量避免盲目跟风，只敢赢不敢输等心理误区。

第四，黄金期货交易者应该制定操作纪律并严格执行。黄金期货市场的行情时时刻刻都在发生变化，涨跌起伏的行情会使交易者存在侥幸和贪婪的心理，如果没有制订严格的黄金期货操作计划，账面盈亏只能随着黄金期货行情的变化而波动，没有及时地止损、止赢结算就不会形成实际的结果。起初的获利也有转变为亏损的可能，这会导致操作心态紊乱，影响客观理性的分析思维，最终步步退败。所以，制订黄金期货交易计划并严格的执行对风险控制极其重要。

第三节　黄金套利投机交易者需要注意的问题

尽管黄金套利交易的风险比单向投机小，但仍是具有一定风险的交易活动。所以，交易者在决定进行黄金套利交易时，也应该对黄金套利交易存在哪些风险、应该遵守的规则以及黄金套利交易中应该掌握的基本方法进行深入的学习和了解。

第一，正确认识黄金套利交易的风险大小。黄金套利交易的风险较小，这是相对于单向投机而言的。风险的含义是指不确定性的存在，一项投资或交易既有可能盈利也有可能亏损，这就是风险投资或风险交易。黄金套利交易的风险较小，是指一旦发生亏损没有单向投机大，但是一旦获利，也不会有单向投机那么大。所以，从风险报酬比来看，两者并没有多大的区别。在国外，有些交易所对黄金套利交易收取比较低的保证金，使得黄金套利交易者可以放大头寸，一方面起到了提高资金利用率的作用，另一方面黄金套利交易的风险规模也因此被放大，某种程度上与单向交易差不多。比如，在一定量的保证金下，只能做1张单向投机单，但可以做4对套利单，如果行情走势不利于单向投机者，价差也不利于套利者，即使价差只有单向投机不利情况的1/4，两者的亏损还是一样的，如果考虑到交易手续费，黄金套利者的损失可能更大。

显然，不能简单地认为黄金套利交易风险小而盲目扩大交易量，因为随着交易量的扩大，风险也相应扩大。

第二，黄金套利能否获利仍旧与后市判断有关。单向黄金投机交易能否获利取决于黄金行情变化是否与持仓方向一致，也就是说，与黄金投机者当初建仓时的判断是否正确有关。同样，黄金套利者是否能获利也取决于当初的判断是否正确，因为价差可大可小，大了还可能更大，小了也可能更小。正确判断后市价差将变大还是变小，并不像想象中那么容易，因为影响价差的因素较多，有些因素的判断较难。

第三，不要把亏损锁仓看成是套利交易。有些单向黄金投机者在发生较大亏损后，喜欢在其他黄金合约上进行相反操作达到"锁住亏损"的目的。形式上好像与黄金套利交易差不多，但两者实际上不是一回事。

单向黄金投机者博的是价格绝对值的变化，黄金套利者博的是相对价格变化。单向黄金投机者在发生较大亏损后再进行套利，很可能价差已经变得不适合套利了。如果此时转化为套利，不仅难以扭亏，极有可能在黄金套利交易上又出现亏损；即使有了获利，由于价差变化相对较小，也无法弥补单向投机的亏损。

黄金投机和黄金套利是完全不同的两种操作方法，在分析方法、风险控制、出入市策略上有很大差异。黄金期货市场上有一些专门从事黄金套利交易的投资者，他们以敏锐的目光不断审视着市场上的变化，由于长期从事套利交易，积累了不少的经验和方法。如果不具备这种经验和方法，盲目地将单向亏损头寸转化为套利头寸，则很难得到预期效果，实际上不过是一种安抚自己的手段。

第四，正确认识黄金套利交易的利润水平。正确认识黄金套利交易风险和利润的相互关系，将有助于增加实际交易过程中的理性成分。黄金交易者不能把套利交易和投机操作一样对待。黄金套利交易是利用当前市场暂时的价差非正常分布而获取的一种"回归利润"，也就是说在价差水平恢复至正常时必须果断离场，在黄金套利交易中投资者只能赚取合理的、有限的利润，不能因为套利头寸出现盈利而一味地将持仓维持下去。黄金套利交易只能赚取到市场超出正常水平的那一部分价差收益。

第五，不要在陌生的黄金市场做套利交易。黄金套利者通常只关心黄金合约之间的价差水平，而对黄金交易品种并没有多大的兴趣，因为黄金套利者只是通过合约之间的价差变化赚取利润，而对具体交易什么品种并不在乎。但即便如此，了解并且掌握这些黄金品种的基本情况和影响因素仍然是必需的，因为只有这样才能更好地理解价差变动的原因以及判断价差的后市变化。如果对一个市场很陌生，连基本规则都搞不清楚，肯定对正确理解和判断价差是很不利的，盲目进行很可能导致亏损。如果对这个黄金市场很陌生，还是远离这个黄金市场为好。

有的黄金套利类型需要套利者自身具备一定的条件。比如黄金期现套利需要套利者具备现货经营能力；在黄金跨市套利中，如果涉及两个国家，则需要具备外汇及安全的入市渠道。如果不具备这些条件，即使是看到有极好的套利机会，也无法进行。

一般而言，黄金交易者进行黄金期现套利时要承担以下三类风险：

一是黄金期货和现货市场风险。即黄金期货与黄金现货价差没有朝着交易者预期的方向发展，给交易者带来交易损益的不确定性。如果价差朝不利方向变动，交易者可持有黄金期货合约到期交割，实现超出合理价差部分的收益；若价差朝有利方向变动，交易者可不必到期交割，提前对冲两个市场的头寸，实现盈利，而且由于持有成本小，实际收益率高于到期交割的收益率。

这样看来，黄金期现套利似乎没有风险，但是由于种种条件限制，并不是所有交易者都能顺利地进行黄金期货交割，持有成本也不是一成不变，所以黄金期现套利也有风险。

二是交易资金风险。由于黄金期货采用保证金杠杆交易和当日无负债结算制度，当黄金期货价格波动方向与持仓相反或者临近交割月保证金比率提高时，可能导致期货保证金不足，交易者就必须追加保证金以维持黄金期货持仓。如果黄金期货交易者现金不足或不能及时追加保证金，就会被强行平仓，导致黄金套利交易失败。

三是黄金期货流动性风险。对于同时存在 12 个月份的黄金期货合约，只有一个月份的合约成交最活跃，较大规模的资金能够轻易进出，不影响盘面价格，但是随着时间的推移，临近交割月时，成交活跃度下降，大资金就不容易在预想价格处平仓出局。

第四节　黄金套保投资交易者需要注意的问题

黄金期货套期保值交易涉及企业级别的交易者，我们这里简明扼要地提一下他们在套保交易中需要注意的问题。

第一，黄金套期保值有风险。有交易者认为，黄金套期保值头寸建立之后，黄金期货与黄金现货的风险被对冲了，不论价格涨跌都是一边盈利另一边亏损，因为黄金套期保值是没有风险的；即使有风险也仅限于基差风险。上述说法在理论上是成立的，但没有考虑到在实际操作中可能遇到的风险。在实际操作中，黄金套期保值的风险主要表现在黄金期货亏损上。尽管企业在黄金现货市场上是有收益的，但由于黄金期货交易上的亏损必须及时用现金弥补，而黄金现货上的额外收益是在未来逐渐体现出来的，并不能在现在就起到弥补期货亏损的作用。如果在黄金套期保值中，企业严格遵守数量对等的原则，有足够的思想准备及维持头寸的资金，一直坚持到最后，最终的损失可能不会很大，因为这些损失可以在后来的黄金现货上逐渐收回。但是，如果企业没有足够的追加保证金，黄金套期保值很可能中途流产。一旦黄金套期保值失败，或者在黄金套期保值数量上还夹杂着部分投机头寸，则最终导致的损失可能远远超过黄金现货上的收益。失败的黄金套期保值案例几乎都是因为没有处理好这种风险而导致的。

第二，套保交易者需要注意保值力度的问题。黄金套期保值原则中有"数量相等"的要求，但对此也不能机械地理解和简单地套用。考虑到黄金期货市场本身具有的风险以及黄金套期保值也可能导致获利机会丧失的弱点，企业可以根据自己的实际情况及风险承受能力对套保数量进行平衡。

所谓"保值力度"，是指企业参与保值的数量占企业消耗量（对黄金消费企业）或产量（对黄金生产企业）的百分比。保值力度介于 0～100，0 代表"不保"，100 代表"全保"。如果超出 100 以上，就是"保值过度"。由于保值过度是投机，故黄金套期保值企业应该杜绝出现"保值过度"的问题。

一般而言，不同企业保值力度的大小主要取决于企业决策层。通常情况下，50％的力度可以考虑作为一个经常的立足点，而数量增减与调整可以根据不同的市况进行。比如，对需要销售黄金的企业而言，当黄金后市发展比较乐观或在牛市中，可以考虑压缩到 1/3；当黄金后市比较悲观或在熊市中，可以考虑增大到 80％乃至更多。反之，对需要采购黄金的企业而言，当黄金后市发展比较乐观或在牛市中，可以考虑增加保值力度；当黄金后市比较悲观或在熊市中，可以考虑压缩保值力度。总之，既要考虑企业经营的稳定性，又要考虑企业经营的灵活性。对于刚进入黄金期货市场进行套期保值的企业而言，考虑到其经验不足，将保值力度控制在更低一些的水平也是正常的。

第三，交易者正确评价黄金套期保值效果很重要。黄金套期保值的评价是在套保活动结束或告一段落之后进行的。评价工作的重要性在于它能很好地总结经验教训，以便发现当初的方案有哪些成功之处，哪些不足之处，哪些是应该改进的地方。不断地总结经验教训，对于提高企业在今后的黄金套保活动的能力和水平是非常有益的。不过在总结时要避免一个倾向，那就是充当事后诸葛亮，并且简单地拿事后价格的变化来衡量黄金套期保值效果的优劣。如果按照这个思路，结论自然是只有在黄金期货市场上盈利才是成功的。然而，这恰恰是黄金投机者的评价标准。准确的评价应该是从企业的整体经营目标出发，将黄金期货、现货两个市场结合起来进行，看是否实现了当初降低价格风险的目的。在这种情况下，回顾当初制定套期保值方案时的忧虑是非常必要的。另外，企业该不该套期保值，进行套期保值交易有多大的好处，不能单纯地从一次操作中看黄金期货市场是否盈利，而应该就整体而论，从长期效果看。

第四，黄金期货套保交易者应该防范操作风险，建立内控制度。企业在黄金期货市场上会面临各种风险，值得注意的是在各种风险中，必须认真防范由于企业在内控制度上的疏漏而出现的操作风险。

所谓黄金期货套保交易的操作风险，是指因为在信息系统和内部控制中存在的缺陷而导致的意外损失风险。这种风险与人为错误、系统失灵以及程序步骤或控制措施不当有关。由于操作风险主要来自员工、流程和系统三个环节，这些都是内部因素，故也可以称为内部风险。操作风险造成的后果可能极为严重。

解决黄金期货套保交易的操作风险的根本在于企业在进行黄金期货操作时必须建立有效的内控制度。内控制度的关键有三点：一是适当的授权；二是重要岗位的分离；三是建立严格的报告制度与及时检查制度。

第十阶
黄金期货交易的资金管理和风险控制策略

黄金期货价格波动远比黄金现货市场频繁，资金在保证金提供的杠杆下发挥的效用和威力使得资金管理在黄金期货市场中的重要作用凸显出来。在熟知黄金技术分析和黄金基本面的情况下，资金管理的好坏直接决定着黄金期货交易者的生死存亡。只有在黄金期货市场上生存下来才能够获取较高的收益，而资金管理的目的就是使交易者在市场上生存下来。

初入黄金期货市场的交易者往往将黄金期货市场投资重点放在了黄金行情的判断上，然而即使一时判断正确赚到一次，但如果没有很好的资金管理办法，一旦判断错误或黄金期货市场大幅波动就会一败涂地。因此，要在黄金期货市场上生存下来必须掌握正确的资金管理方法。

黄金期货资金管理是指黄金期货交易资金的配置策略，以合理的风险控制来赢得持续获取利润的空间。从黄金期货市场交易的实践来看，资金管理的指导方针是：①合理选择黄金期货入市时机，设定头寸交易规模，确定获利和亏损的限度；②整个交易的风险承担，比如，风险暴露程度，每笔交易承担的风险程度，何时该更积极地承担风险，特定时刻所能够承担的最大风险等；③交易中如何进行加仓，何时应该认赔平仓，黄金投资组合的设计，多样化的安排等。

黄金期货交易的资金管理的众多内容之中关键在于交易出场策略的确定，即交易止损和交易止赢的设置。成功的黄金期货交易者在交易中都能严格设定保护性止损位，对于亏损头寸能及时砍仓，并且永远不会在赔钱的单子上加码。相反，成功交易者对盈利头寸则可以留着跟大势走，尽可能地扩大战果。这样下来，一段时期内的盈亏表上少数几次大的盈利足可以抵消多次小的亏损，结果仍能获得丰厚的利润。

有效的资金管理与开户资金多少没有关系，资金管理方法应该以百分比来衡量。根据实践经验来看，以下三条黄金期货交易的资金管理基本原则被证明是行之有效的：

第一，总投资额必须限制在全部资本的 50% 以内，最好控制在 1/3 以内。在任何时候，交易者投入黄金期货市场的资金都不应该超过其总资本的一半，剩下的一半是储备，用来保证在交易不顺手时或临时用时有备而无患。一般来说，黄金期货交易者需要将比例设定在 25%～50%，具体的比例要视交易者的风险偏好而定。

第二，亏损金额必须限制在总资本的 10% 以内。交易者在决定应该做多少张黄金期货合约的交易，以及应该把止损指令设置在哪一个点位时，把风险控制在自己总资本的 10% 以内是一个底线，这是黄金期货交易者在交易失败的情况下所能承受的最大亏损。当然，交易者可以根据自身或黄金期货市场的具体情况调整止损比例，但这个比例通常是 5%～10%。

第三，获利与风险的比率至少应该是 3∶1。也就是说，黄金期货交易者对每笔交易的潜在风险和潜在利润进行对比时，获利目标应该在潜在风险的 3 倍以上。只有这样的交易才值得去做，否则就是冒险投资。

第一节　正确的资金管理是黄金期货交易中最关键的一环

在黄金期货操作上多半讨论的都是黄金走势的分析技巧，黄金期货行情预测，有关资金管理的课题却很少有交易者论及，然而有了好的资金管理控制，即使以丢铜板的方式来决定黄金期货交易进出，也能在市场上获取相当的报酬，下面就此进行解释。

何谓黄金期货交易的资金管理？资金管理在黄金期货操作上十分重要，黄金期货的杠杆倍数多半在 10 倍之上，而你只需用其合约价值的 1/10 当保证金来持有仓位即可，在资金管理上不可不慎。在黄金期货市场上常听人说，用 3 倍的资金来操作一口黄金期货较为恰当。为什么不用 5 倍？其实这些问题主要是取决于交易者对风险偏好的程度，黄金期货市场的报酬与风险是相对的，交易者有高风险承受度，自然有机会攫取较高的报酬，但是，太高的风险承受度却又沦于赌博之流，因此必须先制定一套资金管理的流程，才能在黄金期货投机操作之路上获得长期而稳定的绩效。

如何制定适合自己的黄金期货交易资金管理流程？首先当然要有一笔资金，先行规划你可以忍受分几次把它赔光，要先有置之死地而后生的心理准备，计算好之后那就是你每笔交易所能承受的最大亏损金额，也就是你每次出手时能接受的最大亏损金额。

有交易者会问："我以投入资金的 2% 当作停损，但是，照着技术分析来操作，如果以现在的价位进场的话，按照关卡所设的停损价位如果出现，将会超过我的 2% 的风险限制，那该怎么办？"答案很简单，那就是不要进场，这笔交易机会不属于你，因为它的投机风险高于你所能承受的程度，在黄金期货操作上，耐心与纪律几乎是不变的铁则，碰到交易机会而面临非计划中的风险程度时，放弃这笔交易，市场永远都在，耐心等待属于你的交易机会才不会出现非预期状况时无法处理的危机。那如果交易风险远小于你的风险忍受度时，该怎么做？不要怀疑，属于你的交易机会来了，勇敢地放大你的头寸，只要这"笔"交易的预期亏损金额在你的资金管控流程之内，再大的部位都嫌少。

黄金期货交易者如何利用资金管理来增加获利与减少亏损，这关系到加码与减码操作的时机。基本原则是在利润增加时加码操作，操作不顺时减量交易。

光是控制风险仍无法达到资金增长的目标，有停损习惯的黄金期货交易者，在操作黄金期货上经常面临亏损可以避开，但是获利不知出场的窘状，以至于出现一次又一次的停损，面对操作时自信心一再地遭受打击，最后只好越做越短，但在盈亏比与胜率无法达成有效的期望报酬时，长期下来只得黯然地从市场走人，因此，黄金期货交易的资金管理课题着实令人头痛。

综观世界各大黄金期货操盘高手，所讲的不外乎是停损、纪律以及良好的资金管控，在停损及纪律方面多半能论述一大篇，但在资金管理方面多半以极小的篇幅一语带过，为什么呢？因为资金管理乃其长期制胜的法宝，市场本来就是赢少输多，若他们将此制胜法宝揭露，那还混什么。也因此，在黄金期货市场上多数人对于停损与纪律都可以朗朗上口像圣经般地背诵，一旦论及资金管理，多半瞠目结舌，或是仅能说出一两点。以下为中国香港某黄金期货高手对操作资金规划的方式，不见得为最好，但它是个较为有效的方法。

第一，以黄金期货合约价值看待建立头寸的价值。无论你建立了多大或多小的头寸，要着眼于你所能动用的操作金额与实际情形建立头寸价值。

第二，交易加码的资金管理。首先要考虑在什么时点加码。有交易者用技术分析寻找突破点，也有交易者用保证金比例控制加码点，无论采行什么方法，首要考虑的是加码之后对整体部位的影响如何。当然，此时所探讨的不是加码后能赚多少，而是加码后能赔得起多少。很奇怪是吧，已经是赚钱了，为什么我还要考虑能赔得起多少。其实从古至今，孙子也好，孙膑也罢，其兵法所主张的行军作战多半是以"攻击"为出发点，认为攻击是最好的防御，故有所谓"围魏救赵"的典故，而现在的球类比赛，一个球队有再好的防守能力，其攻击力不强也是无法击败对手，最多能求和。在黄金期货操作上，此点观念也相当重要，停损所教你的仅止于防守，并无法让你在球场上得分过关，因此，在被动的停损移动至一定程度之后，形势对我有利之时，如何采行加码的攻击手段以达深入敌阵并予以致命的一击，将是你在操作上攫取暴利的利器。名曰利器，自有可能在不注意时被反噬，需谨慎行之。在此我们不探讨用什么方式加码，而着眼于加码前后的资金管理。

加码绝对是在持有黄金期货头寸已处于获利状况时进行，那么在持有头寸获利达到多少可以开始加码呢？依本人之见，需参照你进场时所准备赔的比例。比方说6％，则必须在获利达到18％以上，才开始进行加码的动作。为何要如此，我们一开始就讨论到，重点在于你加码后能赔得起多少。而此时所考虑的即是如此，当你设定在3∶1的盈亏比时，每笔交易至少赚3，赔顶多赔1，如果起始最大亏损金额为投入资金的6％时，在获利未达18％之前增加部位，虽说做对的话可以更快地达到18％的获利水准，但如果做错，将会损失惨重。

第三，黄金期货交易加码的方式。黄金期货市场上有所谓的倒金字塔、正金字塔、菱形等加码方式，无论采行何种方式，都必须以资金管理为前提，有了上述的资金管理概念，就算是采用风险最大的倒金字塔加码方式，都可以保证有最安全的部位。当然必须考虑到最差的状况，在突发状况对你的头寸不利时，你能否承受此风险？出现了最差状况，你的部位会不会立刻变成亏损？若是亏损，将要亏损多少？是在你的承受范围之内吗？如果是，安心地拥有你的部位；如果不是，减量经营，减到你可以承受的风险为止。

实际上，所有成功的黄金期货交易者都知道成功交易须具备以下几个要素：一是黄金法则，截断损失并放足赢利；二是头寸调整，也就是告诉你该买多少；三是严格执行上面两点。

当你领悟到黄金期货交易的黄金法则，实际上就是告诉你如何去限制损失，当你盈利时要尽量持有，获取最大的利润。头寸调整，实际上就是你在每一笔交易中该承担多大的风险。

交易法则能帮助你了解什么是成功交易中真正的要素，不会教你如何去挑选品种和合约，取而代之的是交易中更重要的方面"资金管理"以及放足盈利。无论怎样，你已经知道了交易的法则，你也将学会成功交易的真正技巧。

第二节　比较风险和收益

其实许多黄金期货交易者失败的原因不在于看错行情，看错行情是交易的一部分，没有人可以避免。许多黄金期货交易老手，交易了 10 多年，报酬率还是负的，这是因为他们仍停留在猜行情阶段，最大亏损与最大利润不成比例。只要简单问一下他交易中每笔最大利润是多少，每笔最大亏损是多少，就知道他是赢家还是输家。

基于以上所说，研究黄金期货盘势只有一个目的，那就是寻找交易机会，永远将潜在利润与风险作为最大考量，不要对中间的小亏损斤斤计较，整个交易系统才是你要放最多心思的地方。下面是风险报酬率为 1∶3，交易进出为10 次的盈亏情形，停损为 100 点，假设只做一口单（见表 10－1）。

表 10—1　风险报酬率为 1：3 时的不同回报水平

胜负情况	交易绩效	胜负情况	交易绩效
0 胜	−1000 点	6 胜 4 负	1400 点
1 胜 9 负	−600 点	7 胜 3 负	1800 点
2 胜 8 负	−200 点	8 胜 2 负	2200 点
3 胜 7 负	200 点	9 胜 1 负	2600 点
4 胜 6 负	600 点	10 胜	3000 点
5 胜 5 负	1000 点		

由上面得知，10 次交易只要赢 2 次，亏损就会大幅减少。换言之，假设平均一个月进出 10 次，目标只要放在 3 胜即可，接下来都是获利。

因为每个黄金期货交易者的资金大小不同，操作风格不同，操作周期长短也不同，能忍受的风险也不同，所以每个人的操作系统也不同，会出现以下一些情形：①有些点你知道它还会涨，但并不适合进场，因为风险报酬比不佳；②有些点你并不知道会涨或会跌，但仍可以进场，因为获利可能很可观；③别人买进的点并不一定适合你进场；④你进场的点别人也不一定适合进场；⑤别人认为会涨或会跌，对你来说可能没有意义。如果这些你可以真正领悟，稳定的绩效将不会只是梦幻似的目标，要成功必须摆脱猜行情阶段。你一定要领悟这句话的含义，任何技术分析、基本分析、求神问卜等都是猜行情。换言之，当你付出所有时间在判断行情走势上时，你几乎无法成功。我们不能将命运交给上帝，不能将胜败放在行情的涨或跌上。系统的建立就是在为交易创造一个对交易者有益的环境。每个想成功的人都应该有一个适合自己的交易系统。

某位外国黄金期货交易员在建立一套成功的交易系统后，说交易很无趣，部位一建立，设好停损和停利后，中间的时间就很无聊，不知要怎么打发。交易本来就是这么单纯，不是吗？风险报酬比这个很棒的概念能用在交易上是由伟大的维克多在《专业投机原理》一书中提出的，此人连赚 18 年，平均每年 72% 的报酬率，其中有 5 年赚 100% 以上。许多人有个错觉，交易要成功就需要极高的准确预测率，其实这是天大的错误。有人花大半辈子时间不断努力研究行情，只想提升预测准确率，结果一辈子无法成功与致富。

许多黄金期货交易者以为失败是因为没看准行情，所以认为将看 K 线功力提升就可以成功。殊不知应该去检讨为何会连续不断的"小赚大赔"或"大赚再大赔"，这些才是失败的本质，千万记住亏损是获利的一部分，发生亏损是很正常的。当然产生利润也是很正常的，因为一个头寸不是赚就是赔，不要因为某笔交易亏损而沮丧或因为赚钱而兴奋，这些都是再自然不过的事情。赚多赚少、赔多赔少才是成功最关键的部分，没有一个能够有"一致性"与"保障交易资本"的交易策略与技巧，再高的预测准确率都是枉然。

止损措施可以保证如果原先计划的交易被证明是错误的，则有风险的交易资金不超过总数的一定比例。如果交易者在参加交易时准备了2％的风险资金，则令退出交易时损失不超过这个额度便很重要。利润的损失或者减少根据最近的高价位来计算并根据此高价位计算所持股票的价值。把进入交易时处于风险的总金额（比如2％的总交易金额）从交易资金中减去，再除以所持黄金期货合约的数量，便得出止损或保证利润的值。如果价格跌破此值则需要退出交易，从而在价格下跌之前及时锁住利润。

黄金期货交易者都知道风险和回报是交易的核心，但是却很少探讨过两者的关系。新交易者甚至是有经验的投资者，更倾向于将全部注意力放在等式中的回报那边。他们以能从投资中获得多少回报为出发点，而且常以过去的交易高价作为计算基础。

对于初入黄金期货市场者来说，首先要了解所有计划投资或交易的可能风险程度。黄金期货价格会上涨，也会下跌，这是个很简单的道理，但是却经常被错误理解。黄金期货价格走势图提供了逻辑方法来计算某项交易或者投资的潜在风险和回报。至少我们要考虑以下三点：

第一，决定哪里是重大阻力位。这正如在黄金期货价格上涨时的一顶帽子，可以说明回报程度。如果没有阻力位，则最好以交易的最小回报来作为计算基础。

对某个走势强劲、不断创历史新高的黄金期货合约，我们可以在进入交易时将利润目标定为20％。如果在达到这个目标收益时这个趋势仍在走强，那么我们就停留在这个交易程度上，这时风险/收益率便更加对我们有利。首先我们需要找到一个数值以帮助我们合理地计算计划交易的收益部分。这便是交易回报值，它是计划进入交易时的价格与计划获利后退出交易时的价差，其本身并没有什么意义，我们需要将它与交易中的风险结合考虑。

第二，决定哪里是低于进入交易时价格的重大支撑位。这就如一个安全网，可以说明交易风险水平。我们已经了解了几种设置止损点的方法。一些交易者和交易系统使用的是主观设定的百分数，我们则更偏向于在逻辑的图表点的基础上选择数值。这些图表点包括各种价格支撑线。在某些交易中，可以是移动平均数、平均真实波幅（ATR）等。无论交易者选择哪种方法，必须是得出一个单一的数值，这就是要结束交易或者投资的价格。计划进入价格和计划止损退出价格之间的差价就能说明交易的风险程度。

第三，风险/回报率的计算，而对此很多黄金期货交易者只是猜测得出结论。如果得出的数字看来不错，他们就交易，但是事实上他们很少能知道确切的风险/回报比率。对风险/回报率的比较，是交易者在众多交易机会中选择进入黄金期货市场的又一分析方法。这个比率是通过将预期回报值除以预期风险值来得出，可以用来将真正有利的交易从较好的交易中区分开来，从而避免愚蠢的交易行为。但更重要的是，这个比率告诉我们在追求某项回报的同时有多少风险伴存。

第三节　确定合理的黄金期货交易利润目标

关于黄金期货交易的利润目标，这是一个非常敏感且存在着巨大分歧的话题，也是一个黄金期货交易者必须首先去解决的问题。在这个问题上的模糊与错误，会直接导致交易失利。本书也是将确定利润目标作为资金管理的重要前提来论述。

关于这个分歧，在黄金期货交易老手和新手之间最为明显。新手通常相信在黄金期货市场中可以获取巨额利润，无论这个利润是年收益 3 倍、10 倍还是几十倍，老手则大多对这样的想法嗤之以鼻，更现实地认为市场中最重要的是生存，其次才是利润的大小。

在黄金期货市场中充满了太多的暴利神话，例如某某人曾经在三个月内将资金翻了 10 倍，某某人一年中从 1 万元做到了几十万元。这些神话吸引着无数对风险陌生却勇猛的交易者前仆后继。之所以说是神话，并非说不存在这样的事实，但问题是这样的暴利能一直维持下去还是昙花一现。黄金期货市场中的确存在非常高水平的短线交易者，且多以日内交易的超短线交易类型为主，在克服强大的成本压力后使资金以令人咋舌的速度增长，且可以呈现出一定程度的稳定性，他们同样也是暴利神话的制造者，更成为无数投资者效仿的对象，他们的确存在着某种天赋，但问题是在一个成功者的背后究竟有多少失败者，相信数量同样是让人咋舌的。另一个问题是这种高速的资金增长会一直持续下去吗？

黄金期货市场中利润与风险的辩证关系，决定了在利润增加的时候风险亦在同步增加，且没有任何交易策略可以颠覆这一关系。相比较以趋势跟踪为主的长线黄金期货交易类型而言，这种高成功率、大仓位、超短持仓周期的交易模式所创造的利润是长线交易远远无法企及的。反过来说，黄金期货长线交易的安全性、稳定性也是短线交易所不具备的，暴仓也是短线重仓这种投机类型的专用词汇，而你想要找到一个具备基本风险控制技术的长线投资人且暴仓出局的例子则无异于大海捞针。

这时就产生出两个问题：一是进入黄金期市是希望长期生存且不断从市场获取利润（无论这个利润是多大），还是希望豪赌一把，或许从此"一步登天"，或许一无所有，相信没有人愿意选择后者。但偏偏在投资过程中却选择了后者的操作方式，概因将"一步登天"作为目标的缘故。二是在跨入黄金期市这个大门时对自己的定位，是将自己定位在一个普通投资人的角色上还是认为自己必然是市场天才。毫无疑问，我们每个人都将自己或多或少地定位在后者，否则根本没有勇气进入这个行业。

这两个问题共同作用的结果是认为自己是百里挑一的市场天才，且可以通过自己的聪明才智实现自己资金的高速增长，从此加入黄金期货交易成功者的行列。但既然是百里挑一，那么成功的机会就是只有百分之一，百分之九十九的情况下投资者会以各种亏损速度迅速淡出市场，"一将功成万骨枯"正是一个形象的写照。一个对交易目标的错误定位加一个对自身的错误定位直接派生出错误的利润目标、错误的勇气、错误的理念、错误的操作，最后相加，结果是正确的出局。

黄金期货市场中最难的不是在短期内将资金翻个几十倍，如果有足够的胆量又有足够的运气，这不是问题。当然最好不要做这样的尝试，绝大多数时候结果是快速离开市场而不是高速获利，这和摸彩没有差异，完全依靠运气。而少数运气极佳者一旦中彩，又会将功劳归于自己的技术和天赋，并开始大做富豪梦。运气其实是整个随机序列当中最有利于你连续获胜的那一小段，当运气消失时结果就是吃进多少就得吐出多少，而资金是有限的，老本也就很容易吐出来，短暂的黄金期货交易生涯也就就此结束。这就是不做风险控制，只想获取暴利的合理结果。

黄金期货市场中最难的是长期获胜，要想长期获胜必须具备三个条件：优良的黄金期货行情判断体系（保证在多次交易之后利润为正）、合理的黄金期货交易资金管理体系（保证风险足够低以承受由必然产生的连续亏损所造成的最大资金回折）、黄金期货交易策略（保证系统与投资人性格相符合以使既定交易计划得以顺利实施）。这三个条件正是系统的三个主要组成部分。可以清晰地看到，这三个条件中不包括产生暴利所依赖的运气因素，运气在其中所产生的作用微乎其微。长期获胜的难度远远高于短期暴利，谋求暴利等同于让自己更快速地离开市场。而想要长期在黄金期货市场中获胜，所需要付出的是艰苦的努力，面对无法数清的失败，具备百折不挠的精神，不断做自我剖析和反省。成功的投资之路实际是一个不断克服心理障碍的过程，直到找到真正的自我。

假如长期获胜成为必需，那么就只有将风险降至足够低才能实现长期生存及长期获取利润的目标。很明显，首要的是生存，其次才是利润的大小。理解了利润与风险之间的关系，如果将风险大幅降低，那么利润亦会同步大幅下降。但无论降至多低都是必须接受的，很多人看不起30％这样的利润，如果了解几何增值的概念且不至于太过贪婪，那么30％的利润并非是一个很低的利润。

成功的黄金期货交易之路远比想象的更为漫长和艰难，关于究竟应该确定一个怎样的利润目标，这里并没有明确说明，事实上也没有办法证明怎样的利润目标才适合你自己的交易类型。

送给每一位读者朋友一句关于确定黄金期货交易利润目标的心得：风险与利润共存，恐惧与贪婪同在。如果任意放纵内心的贪婪，那么由于贪婪所带来的巨大恐惧感将让情绪战胜理性而使你去做所有错误的事情，当你有幸享受短暂的巨额利润之时，你应该清醒地明白风险已经大到了足够吞噬你全部资金的地步。反之如果你努力去控制内心的贪欲，则可以发现恐惧会随着贪婪一并消失，情绪对你的影响将降至最低，理性将指挥你去实践自己的构想，承担应有的风险并获取应得的利润，将使交易成为生活中的乐趣。

由于风险与利润的矛盾关系，利润扩展最大的制约因素就是风险，要进行利润扩展就必须先明确风险。

作为主体的黄金期货交易者与作为交易对象的黄金期货市场是交易的两个基本因素。而风险也就主要由交易者的心理风险与市场风险构成（风险的构成是呈现多样性的，且大多数是人为风险）。心理风险可以理解为由于错误的心理压力所导致的无法正常执行计划的风险。而黄金期货市场风险可以理解为由于价格的极端移动所带来的风险。可以肯定，无论是什么样的交易类型，这两种风险都会随同仓位的增大而同步增加。

黄金期货日内交易和趋势交易在持仓周期上分别处于两个极端，而两种投资类型均有各自回避风险的原则：黄金期货趋势交易通常是以小仓位、宽止损来回避心理风险及由价格极端移动所带来的市场风险。而黄金期货日内交易则以极短的持仓时间来释放由重仓所带来的心理风险及极端价格移动所可能造成的致命损失。

仅就单笔交易的平均利润而言，黄金期货趋势交易具备完全确定的优势。但事实是，一个优秀的黄金期货日内交易者在资金量偏小的情况下，在单位时间内所创造的利润会远远高过一个优秀的黄金期货趋势交易者（如果资金处于一个足够大的规模时情况刚好相反，日内交易由于其交易特性当资金达到一定规模时只能进行算术增值而无法像趋势交易类型一样持续进行几何增值），产生这样巨大反差的原因就是扩展利润最重要的一个因素——机会因素。

黄金期货日内交易相比黄金期货趋势交易，在交易机会上具备绝对优势。如果能将这种优势充分发挥并克服随机因素及交易成本，那么在风险增加有限的情况下可以创造出极高的利润水平。而机会因素的缺乏正是趋势交易所固有的缺点，只有扩展机会因素才能在风险增加有限的前提下进行交易利润的扩展。可以这样来理解：正确的利润扩展也就是正确的机会因素扩展。

黄金期货趋势交易进行机会因素的扩展主要通过两种方式来进行：一为通过加码的方式在单一市场增加机会因素；二为通过组合多市场交易来实现。增加机会因素有一个重要的原则就是保证机会因素之间为非相关。因为如果在同一时间持有具有相关性的两个仓位，则实际风险为两倍额定风险。在黄金期货日内交易类型中，两笔交易一般为先后进行，因此机会之间是独立的、非相关的。而趋势交易增加机会因素的两种方式则都存在相关性的问题。

金字塔加码方式将所有仓位当做一个整体的仓位来看待，而这里则将每一笔加码都视为独立的交易分别对待，且每笔交易使用相同的风险控制。这样加码就可以看作是在趋势中增加了机会因素。通常来说，加码的距离越近则在趋势充分延伸后仓位所产生的利润越大，反之则越小。所以有交易者提倡近距离加码的方式。的确如果趋势真正展开，那么利润会非常大。但如果从机会因素的角度来看，则纯粹是一种掩耳盗铃的方式。由于存在上面所提到的两种类型的风险，如果加码距离太近，就会产生和重仓无异的心理风险，同时无法抵抗价格极端移动所带来的市场风险。很显然，两笔交易之间距离越近，相关性越强。如果产生价格的大幅逆头寸方向移动，则两笔交易可能同时亏损，加码只是起到了反作用。实际上，近距离加码的方式是以增加整体风险为代价来增加利润的，与其这样还不如采取直接增加风险百分比的方式更为直接。扩展利润不能以增加整体风险为代价，这是一个基本原则，错误的利润扩展方式是需要回避的。

要保证加码的两笔交易之间的相关性足够小，就必须保持一个足够大的加码距离，而加码所带来的利润也会相应下降，很多黄金期货交易者都太过看重加码所产生的利润，并将加码的技巧看得很神秘。其实如果从机会因素的角度来分析，加码并不像想象中的那样神奇而只是可以增加有限的交易利润。所以我不赞成非趋势交易类型的黄金期货短线交易者使用加码的方式，太近的距离会导致两种风险的增加。如果一定想要一个"满意"的利润水平，直接重仓效果可能还更好一些。所以安全加码的一个关键不是使用金字塔式还是倒金字塔式的区别，而是要在两笔交易之间保持一个足够大的距离，否则即使是金字塔式加码也会给资金带来巨大的风险。

对于黄金期货趋势交易类型来说，扩展利润最重要的一个方式是组合多个市场来增加机会因素。笔者之一由于从短线交易中走来，固有的思维方式、错误的利润目标与对风险的肤浅认识，使我很长时间以来都忽略了组合投资而仅仅进行单一市场交易并对组合投资抱有种种误解，只是随着对风险认识的不断深入，利润目标的一再缩水才开始转向自己从未涉及的这个领域。

黄金期货趋势交易由于捕捉的是整轮趋势，所以在单笔交易风险确定的前提下，在单个市场整年可获取的交易利润也是基本确定的，而以组合投资的方式来进行机会因素的扩展，实际上相当于增加非相关的市场来使总体利润在风险恒定的情况下成倍增加。

我们大都有这样的体验，在连续亏损多次后执行计划会产生犹豫，比较困难。而在加码时刚好相反，执行计划很容易。这其中的一个区别就是，加码时已经有一笔仓位产生利润，即使加码亏损也不会使本金损失，因此心态比较好。而由于连续亏损所损失的是本金就会造成患得患失的心理，害怕资金无休止的亏损下去，进而产生心理风险无法正常执行指令。丢掉可以产生大利润的交易机会，损失就可以用巨大来形容了。

必须明确的一个原则是风险一旦被确定，黄金期货单笔交易利润是有限的，正确扩展利润唯一的途径是发掘机会因素，并保证机会因素之间为非相关。如果违反这个原则在单笔黄金期货交易中扩展利润，或发掘具备相关性的机会因素，那么在利润增加的同时风险也会同步增加，这就明确地否定了重仓交易，它的错误在于努力去扩展单笔交易利润，自然相应风险也同时被放大。频繁加码的错误则在于机会因素之间存在相关性。

第四节　如何面对黄金期货交易中的亏损

成功的黄金期货交易者从概率角度思考问题，他们将自己与概率紧密相连。他们交易的概率有三种：很小的可能性、可能的以及较高的可能性。比起"很小的可能性"，他们更愿意在可能性高的交易上冒险，这就是他们管理资金或掌握头寸的模式。如果你确定某个交易者有很大的概率赚钱，你必然将跟随他的行动，及时地入市。如果不那样做，那可能是因为你还有较高的概率能够赢钱。

另外，如果你知道某笔交易只是有可能盈利，那么你就会设置一个保护性止损。因为它只是有可能盈利，你就得留意其他的各种可能，否则它将转变为一个亏损的交易。因此，你必须保护自己。

概率使得你能够保持心境的平和。概率的思维与确定的思维截然不同。要记住，在交易中没有什么是确定的。通过概率的思维，你就可以在纷繁复杂的指标和信息中审时度势，辨认真伪，而不必依赖于占卜来告知你未来的动向。

在黄金期货交易中，来不得半点自欺欺人。在黄金期货交易中，概率的思维使得你的自负无容身之处。因为任何决策都建立在一定的概率基础之上，无论你输赢与否，都不是最重要的。因为你将注意力放在研究概率之上，你就会更多地考虑市场的情况，而不是自身的喜好。一旦你从自身的角度审视市场，麻烦就出现了。首先，你扭曲了自己的眼光。有些东西虽然近在咫尺，但你确视若无睹。其次，你扭曲了自己的价值，太看重自己的交易。但当交易变得过分重要时，就会产生各种各样的曲解和错误判断。你进行交易已经不再是为了赚钱，而是要证明自己的价值。

关于黄金期货交易止损的重要性，专业人士常用鳄鱼法则来说明。鳄鱼法则的原意是：假定一只鳄鱼咬住你的脚，如果你用手去试图挣脱你的脚，鳄鱼便会同时咬住你的脚与手。你越挣扎，就被咬住得越多。所以，万一鳄鱼咬住了你的脚，你唯一的机会就是牺牲一只脚。在黄金期货交易里，鳄鱼法则就是当你发现自己的交易背离了市场的方向时，必须立即止损，不得有任何延误，不得存有任何侥幸。鳄鱼吃人听起来太残酷，但黄金期货市场其实就是一个残酷的地方，每天都有人被它吞没或黯然消失。

再请看一组简单的数字：当你的资金从 10 万元亏成了 9 万元，亏损率是 $1 \div 10 = 10\%$，你要想从 9 万元恢复到 10 万元需要的赢利率也只是 $1 \div 9 = 11.1\%$。如果你从 10 万元亏成了 7.5 万元，亏损率是 25%，你要想恢复的赢利率将需要 33.3%。如果你从 10 万元亏成了 5 万元，亏损率是 50%，你要想恢复的赢利率将需要 100%。

俗话说得好："留得青山在，不怕没柴烧"。止损的意义就是保证你能在黄金期货市场中长久地生存。甚至有人说"止损等于再生"。

需要止损的原因有两个方面：①主观的决策错误。进入黄金期货市场的每一位交易者都必须承认自己随时可能会犯错误，这是一条十分重要的理念。究其背后的原因，是因为黄金期货交易是以随机性为主要特征，上千万人的博弈使得任何时候都不可能存在任何固定的规律，交易中唯一永远不变的就是变化。当然黄金期货价格在一定时期内确实存在一些非随机性的特征，比如庄家操控、资金流向、群体心理、自然周期等，这是黄金期货交易高手们生存的土壤，也是不断吸引更多的人们加入期货市场，进而维持该市场运行发展的基础，但这些非随机性特征的运行肯定不会是简单的重复，只能在概率的意义上存在。如果成功的概率是70％，那么同时就有30％的概率是失败。另外，任何规律都肯定有失效的时候，而这个时候也许就会被聪明的你碰到。当遇到失败概率变为现实，或者规律失效，这时就有必要挥刀止损。②客观的情况变化，例如黄金的基本面发生意料之外的突发利好或利空，宏观政策重大变动，战争、政变或恐怖事件，地震、洪水自然灾害等。

在黄金期货交易里要做好止损，一定要善于两个忘记。一是忘记买入价。不管是在什么价位买进的，买进后都要立即忘掉自己的买入价，只根据市场本身来决定什么时候应该止损，不要使自己的主观感觉与情绪影响对市场的客观判断。买入价形成了一个"锚定"，而这会影响我们对市场本身的把握。二是忘记止损价。不要一朝被蛇咬十年怕井绳，当发现有新的做多信号出现后，就毫不犹豫地再次杀进。佛说，"诸行无常，诸法无我"，这对黄金期货交易很有意义。目前黄金期货市场中相当比例的交易者生活在一种压抑和焦躁的状态中，就是因为有了较大的历史亏损而不能忘记，老是想"扳回来"，殊不知这种心态正在把你推向更大的亏损。不管是止损还是账户管理，都一定要记住这句话：永远站在零点，活在当下。

第五节　资金管理超级速成法：一根 K 线止损法

读完这一节肯定可以让你功力增加三年，信不信由你。全球的顶尖美股短线交易员都是这样训练出来的。

在黄金期货投机的市场，身为赌徒想要和庄家短线搏击拳来脚往，交易者要小心，你想咬庄家一块肉，庄家却想要你的命。当我看到有人因为套牢而痛苦的时候，我都会告诉他：你进步的空间还很大。为什么这么说呢，因为我也曾经经历过那种痛苦才学会了割肉止损。黄金期货交易的第一课不是买进而是止损。没有止损的观念你是没有资格进入黄金期市的。不知道止损等于没有学好技术分析，不会执行止损等于你还不会操作。

黄金期货交易的法则是赢家不到百分之十，而这百分之十的赢家赢的秘诀就是知道错了要跑，而且跑得比任何人都要快。快到何种程度？快到只要损失一根 K 线就立刻止损。

不要怀疑，这话绝对没有写错，只要损失一根 K 线就立刻止损，也就是进场 K 线的低点就是他的止损点。这根 K 线可能是黄金期货盘中的 5 分钟线或是 30 分钟线，最长的就是日线的 K 线点。也就是说，当你买进之后只有立刻脱离成本上扬，连回档都不可以。

可能吗？有人能做得到吗？止损的观念通常大家都有，只是不会执行、不想执行罢了，因为通常到了你的止损点的时候都或多或少有了一定的损失，这时候你可能会有狠不下心"砍掉手"的问题，结果因为一迟疑稍待一会就又增加损失。割肉止损的方法很多，但这种是最犀利的停损法，值得你去练习。也就是说，只有这一种方法可以快速增加你的功力，其他方法都没这个方法有效。我看过很多买进后因套牢以至于断"手"断"脚"而淘汰出场的交易者，却很少听到因为执行一根 K 线就止损而淘汰出场的。如果买进后跌破这根 K 线，那表示你的进场点有问题，你应该快速离开再等待下一次进场的机会。刚开始执行这种操作时，你一定会一直下单止损，不过在你不断地下单中你会突破一些观念和领悟到一些诀窍。

慢慢地你会很慎重地选择进场点。除非有八九成的把握，否则你不会轻易出手，练习到这样的程度你就成功了。你会减少很多不必要的进场点，也不会乱挂单。这种抓住进场时机的诀窍一旦成为习惯，反而不容易再出现止损的动作，就只剩下止赢的问题了。

避免套牢的唯一法宝就是割肉止损。一根 K 线止损法就是避免套牢的法宝。小损失跑了哪来套牢的问题？没有套牢哪来割肉的问题？慢慢想吧！想通了你的黄金期货交易内力自然倍增。

第六节　合理设置黄金期货交易的止损位

在黄金期货市场，设立止损十分重要。黄金期货交易有三个最重要的要素：第一是止损，第二是止损，第三还是止损。但是，在实际操作中，交易者却往往因为止损设立的不够科学而造成巨大亏损。其实，通常止损位置的设立方式不外乎以下三种：

第一，在重要支持位或阻力位被突破后止损。这是黄金期货实战中最常采用的操作模式。交易者在这个位置止损出局的比例非常高。但是，仔细分析国内外的黄金期货走势图表可以发现，在黄金期货市场，经常会出现阻力位或支持位被突破以后价格走势反转的形态，也就是前面提到的"黄金走势中的最典型陷阱和借力之道"。

黄金期货价格重要的阻力位或支持位有以下几种：价格较长时间停留的密集成交区；较长时间范围内的价格高点或低点；趋势线、黄金分割或均线系统等提供的位置。这些关键位置缺乏可靠性的主要原因有：①大的投机资金可以预测到黄金期货市场交易者的大概止损价位。他们甚至故意在某些价位大量撮合成交，形成有较强支持或阻力的假象，然后凭借资金优势击穿这些位置，在止损盘出现后反向操作获利。②趋势线、均线系统、黄金分割位等提供的支持或阻力位置本身就有较大的主观性，缺乏值得信赖的依据和基础，准确率很低。

第二，绝对金额亏损度达到后止损。这也是较多黄金期货交易者采用的止损方法。其操作要点是，设立进场头寸的资金最大亏损额度，一般为所占用资金的 5%～20%，也可以是所占用资金的绝对数额，如每手 100 元。一旦达到亏损额度，无论是何价位立即止损离场。

使用这种止损方法，必须注意以下两点：①不同的操作时间段要采用不同的止损额度。②设立的止损额度必须在黄金期货市场中得到概率的验证。

这种止损方式的优点是明显的：①突出了黄金期货交易资金管理原则。国外经验表明，优秀的黄金期货交易者不在于如何分析黄金期货市场而在于如何管理好资金。②具有概率上的优势，操作时间越长优势越明显。③止损位置远离普通黄金期货交易者，防范了第一种止损位置的设定所带来的市场风险。使用这种止损方法时，需要做大量的统计和分析工作，确定交易策略，寻找适合自己交易风格的最佳止损额度。

第三，自我的忍耐限度达到后止损。这类止损方式是初学者经常采用的方法。在短线操作中使用这种止损方式对提高收益率还是有帮助的。其实，国外一些优秀黄金期货交易者也经常使用这类方式。具体使用方法是：当交易者的头寸出现亏损时，只要还能承受得住就可以守住，否则立刻止损出场，即使是刚刚建立的头寸。这种方法适合即日短线电子操盘，也适合对市场有丰富经验的黄金期货交易者，而新手在使用时则经常在高低位被震荡出局。

使用这种方式的主要依据是，当黄金期货交易者建立头寸后，如果"感觉"很不舒适，这常常是因为市场中出现了某种在你意料之外的表象，虽然可能因为短线交易而交易者来不及分析过多的资料，也可能是由于其他的原因而你暂时不知，但长期的操盘使得交易者"感觉"到了市场的风险，这时候交易者就应该马上离场观望。从大的方面来说，止损有两类方法：第一类是正规止损。即当买入或持有的理由和条件消失了，这时即使处于亏损状态，也要立即平仓。正规止损方法完全根据当初买入的理由和条件而定，由于每个人每次买入的理由和条件千差万别，因此正规止损方法也不能一概而论。第二类是辅助性止损。这里的方法五花八门，也是很多人经常谈的话题，下面就用一定的篇幅尽量全面地介绍一下各种常见的黄金期货交易的辅助性止损方法。

第一种是最大亏损法。这是最简单的止损方法，当买入黄金期货合约的浮动亏损幅度达到某个百分点时进行止损。这个百分点根据交易者的风险偏好、交易策略和操作周期而定，一旦定下来就不可轻易改变，要坚决果断执行。

第二种是回撤止损。该方法实际更经常用于止赢的情况。

第三种是横盘止损。将买入之后价格在一定幅度内横盘的时间设为止损目标，横盘止损一般要与最大亏损法同时使用，以全面控制风险。

第四种是期望 R 乘数止损。R 乘数就是收益除以初始风险。例如，一笔交易最后实际获利 25%，初始风险假设按最大亏损法定为 5%，那么这笔交易的 R 乘数就是 5。我们现在要反过来应用它的概念，先算出一个期望收益，再定一个期望 R 乘数，然后用期望收益除以期望 R 乘数，得出的结果就是止损目标。关于期望收益的确定，如果你是一个系统交易者，那么可以用你的系统历史测试的平均每笔交易收益率（注意不是平均年回报率）；如果你不是一个系统交易者，你可以用经验判断这笔交易的预期收益。期望 R 乘数建议一般取 2.7~3.4。

第五种是移动均线止损。短线、中线、长线投资者可分别用 MA5、MA20、MA120 移动均线作为止损点。此外，EMA、SMA 均线的止损效果一般会比 MA 更好一些。MACD 红柱开始下降也可以作为一个不错的止损点。

第六种是成本均线止损。成本均线比移动均线多考虑了成交量因素，总体来说效果一般更好一些。具体方法与移动均线基本相同。不过需要提醒的是，均线永远是滞后的指标，不可对其期望过高。另外在盘整阶段，你要准备忍受均线的大量伪信号。

第七种是布林通道止损。在上升趋势中，可以用布林通道中位线作为止损点，也可以用布林带宽缩小作为止损点。在下降趋势中，做空的止损则反其道而行之。

第八种是波动止损。这个方法比较复杂，也是黄金期货高手们经常使用的。例如用平均实际价格幅度的布林通道，或者上攻力度的移动平均等作为止损目标。

第九种是 K 线组合止损。

第十种是 K 线形态止损。

第十一种是阻力支撑位止损。

第十二种是江恩线止损。

第十三种是关键心理价位止损。

第十四种是筹码密集区止损。

第十五种是 SAR（抛物线）止损。在上升趋势中，特别是已有一定累积涨幅的热门股进入最后疯狂加速上升时，SAR 是个不错的止损指标。不过在盘整阶段，SAR 基本失效，而盘整阶段一般占市场运行时间的一半以上。

第十六种是基本面止损。

第十七种是 TWR（宝塔线）止损。

第十八种是 CDP（逆势操作）止损。

第十九种是突变止损。突变即价格发生突然的较大变化。对于止损来说，主要是防止开盘跳空和尾盘跳水。突变绝大多数是由重大外部因素引起的，例如"9·11"事件、重大政策变动等。

辅助性止损的方法远远不止以上所说的这些，以上所列仅供参考。根据自己的操作风格以及每次操作的具体情况，建立和熟练运用自己的止损方法才是最重要的。所以建议最好多掌握一些辅助性止损方法，既筛选优化，也综合运用。

黄金期货交易者买入之前都应该首先预设好止损点或止损计划，把这项工作当做一个必需的决策程序或操作纪律。交易者预先设立止损点，就会多一分冷静，少一分急躁，从而减少错误决策的产生。严格来说，止损实际属于资金管理的内容，清晰完整的资金管理计划是比单独止损更高的境界层次。

止损作为黄金期货市场中控制损失扩大化的有力手段，在具体实施过程中要注意的是：绝对不能等到亏损已经发生时才考虑用什么标准止损，这样常常为时已晚。一定要在买入的同时就要考虑如果判断失误应该如何应对，并且制订周详的止损计划和止损标准，只有这样才能有备无患。

第七节　黄金期货交易中的仓位控制

黄金期货交易者管理未平仓部位是交易中最困难的工作，因为风险在任何时候都可能会出现，有可能使一笔不错的获利演变成令人不快的亏损。经常可见交易者进入一笔很好的操作，但由于不良的仓位操作管理，往往最后的结果是变成失败的交易。这对那些认为市场风险比玩抽数字游戏来得小的黄金期货交易新手来说感受特别深。

老道的黄金期货交易者花时间去熟练交易日的错纵复杂，这是一个较广泛的层面，需要相当多的投入。但相对于其努力，所获取的报酬是有价值的，因为这能帮助他们远离危险并且保护他们的底线。在开始交易这条漫长之路之前，应用有效的交易管理，使一些好的想法变成实际的金钱。你必须聪明地选择你的交易活动范围，选择一个特定的策略来处理隔夜的未平仓头寸。学着何时该停留在场中并且持有头寸，何时该在关键报告或消息出炉之前离场。

分配部分时间与资金给不在预期中的交易机会。你新鲜的想法一直会出现，建立一个能迅速且有效判读这些想法的滤网，使得它成为你的交易逻辑。

善用黄金期货市场的买卖循环。从大部分的时间来看，对黄金期货短线交易者而言或许是 3 天的循环；对黄金期货波段交易者而言可能是 21 天的循环。找出你现在在市场波动中的位置并利用那些违反常态波动的机会制造优势。

在交易日的第一个以及最后一个小时，要做出一个有前瞻性的策略判断。新手在这段时间里往往闲置着，但职业的操盘人可以利用这段时间做出大部分的决策。

让自己成为黄金期货当日趋势的学生。黄金期货市场倾向于在短时间跑出趋势，其他的时间则大部分为假突破。

选择一组你觉得最舒服的指标与均线，然后远离它们。学着去解释矛盾冲突的信息远比寻找完美的指标来的有用。

密切地追踪短线的指标并观察其短期循环。每个跳动点有它的生命，若你能倾听它，常常可以帮助你降低风险。

一边看着你持有的头寸，一边观察其他的指数。跟随黄金期货市场中任何与整数有关的事情。观察黄金期货价格走势对整数关卡的反应。整数的压力与支撑往往比先前的高低点来得大。

寻找两天区间的高低点范围突破。它将会告诉你是否你的股票处在趋势之中，或是正在热身的阶段。

让自己成为缺口的学生，并将它们分门别类。然后告诉自己，下一次出现相同的缺口时该怎么做。

当你做错了就必须承认，并且尽速离场。找出足以破坏整个交易的价格，在黄金期货市场未达此价位前，想的速度不要比行情快。这个变动可能是假突破，或是某个大变动的开始。

不要过度分析你持有的头寸。让每一个头寸自己说话。如果它没什么好说的，就离场等待下一次的交易。

训练自己能够判读报价。早一步找出不利于你头寸的警讯或是确认你所做的动作是正确的。

如果你是新进黄金期货市场的交易者，先少量交易。当你犯错时，这将会以很低的代价教给你一些重要的经验。新手应该专注于学习如何交易，而不要去担心赚钱的事。

在连续获利时增加你的头寸规模，因为你的绩效暗示你有着较低的风险。在亏损过程中减少你的头寸规模，直到整片乌云过去。

建立与群众相反的关系。你的获利很少会跟着大多数人方向一致，所以尽可能地与他们保持距离。

在交易账户出现浮动利润，走势仍有机会进一步发展时加码，这是求取大胜的方法之一。加码属于资金运用策略范畴。增加手中的交易，从数量而言，基本上有三种情况：第一种是倒金字塔式，即每次加码的数量都比前一批合约多；第二种是均匀式，即每次加码的数量都一样；第三种是金字塔式，即每次加码的数量都比前一批合约少一半。如果行情是一帆风顺的话，那么上述三种处理都能赚钱。如果行情逆转的话，这三种处理哪种比较科学、哪种比较合理就立见高下了。

做空头时也是同样的道理。在高价空了而跌势未止时加码，也应这一次比前一次数量要减少，这样空仓起点时的数量保持最大，最后一次加码数量最少，维持金字塔式结构，这样平均价就比较高，在价格变动中可以确保安全。

上面介绍了仓位管理的科学和艺术，接下来我们介绍一下"累进战术"。越来越多的黄金期货交易者意识到孤注一掷的危害，分兵渐进的原则已成为大家的共识。但是，要真正落实分兵渐进仍有一个如何加码的问题。而累进战术正是分兵渐进原则的具体应用。

所谓累进战术，就是假设你在 A 点买进，刚好被你抓住的是谷底，接着行情上扬到日点，你觉得涨势才起步，无理由急于套利，又在 B 点加入第二支兵买入乘胜追击。行情涨至 C 点，认为不过是一个大升浪的中间点，再加码第三支兵扩大战果，临近浪顶才"鸣金收兵，班师回朝"。因此，累进战术也可以称做顺势加码。

正确应用累进战术有三点是必须要注意的：第一，赚钱时才加码，因为赚钱时加码是属于顺市而行，顺水推舟。买入之后涨势凌厉再买或卖出之后跌势未止再卖，这样可使战果扩张，造成大胜。如果亏钱时加码却是逆市而行，在错误的泥潭越陷越深，所以，经验丰富的交易者都有一股加码的狠劲，但"只加生码，不加死码"。第二，不能在同一个价位附近加码。第三，不要倒金字塔式加码。当你准备做累进战术的时候，资金分配很重要，第二支兵应要比第一支兵少，第三支兵又应比第二支兵少。这样三支兵的平均价比较有利。相反，每次加码都比原来的多，做多头的话，平均价就会拉得越来越高；做空头的话，平均价就会压得越来越低，行情稍微反复，就会把原先拥有的浮动利润吞没，随时由赚钱变为亏钱。这是极为不明智的做法。

分兵渐进是正确的原则。一个正确的原则必须配以正确的策略才能收到好的效果。做好上述三点事项，累进战术方可发挥威力。

与盈利后加码相反的则是平均价战术，也就是"向下摊平成本战术"。平均价战术不可乱用。在黄金期货交易一般策略中，平均价战术被很多人奉为经典，不少专业书刊、训练教材都列入介绍，相当部分的黄金期货交易者也以这套战术从事黄金期货买卖。

平均价战术要点是当市价处于 A 点时，根据所搜集的资料判断行情会上升而买入，但可能基于某些因素而暂时下跌。故当市价下跌至 B 点时，更应买入（因原有资料显示行情会上升），这样，总体买入的价位就是 A 点与 B 点之间的平均价，比 A 点低。一旦行情涨回 A 点，便可反败为胜。依照这个策略，如果行情从 B 点继续下跌，则在 C 点再买，再跌又在 D 点再买。总之，平均价越拉越低，只要市价回升至平均价以上则可获厚利。下跌走势的做法也同此理。

这套战术是否确实可行呢？虽不排除有时会成功的可能，但基本上相当危险。首先，这种做法属于逆市而行，并非顺市而行，既然在 A 点买入后而行情下跌，已证明了原先认为大市会上升的判断是错误的。"不怕错，最怕拖"是黄金期货交易首要原则。无论你信心有多大，只要你手上的合约出现浮动损失，就应按事前设好的止损点迅速认赔出场。如果太坚持自己最初的看法，一而再、再而三地逆市投入，只会招致越来越大的损失，黄金期货是信用扩张 5 倍以上的生意，当你在 B 点再买时，你要先补足在 A 点买入的浮动损失；又跌至 C 点再买时，又要先补足在 A 点和 B 点买入加起来的浮动损失。这样就不是什么两套本钱、三套本钱所能应付的。有些人没有想到这一点，往往资金预算无法控制，半途就被出局。

有人说，资金充裕就可以用这招平均价战术，在一段小反复当然可以，但遇到周期性转市，这套平均价战术就变成担沙填海，等于踏上不归路。

当黄金期货市场出现重大的突发性新闻时，行情就会大幅波动。如果原来已持有的合约刚好与消息市走势相反的话，就有必要运用"反转战术"了。

反转战术的做法是：比如在 A 点做了多头之后，新的刺激因素使价格下挫，对行情重新检讨，确认原先的判断是错的，则立即在 B 点双倍卖出，变多头为空头，当价位下跌至 C 点时，除弥补原先的亏损外，还可以获利。

反转战术其实包含了两个层面：一是原先的合约作认赔处理，符合"不怕错，最怕拖"的原则；二是掉转枪头，争取反败为胜，符合顺市而行的原则。

反转战术在黄金期货大市发生转折，即由上升轨道转为下降或由下降轨道转为上升时，具有特别的效果，可谓扭转乾坤全靠它。

反转战术并非时时可以使用。遇到反复起落市或牛皮行情等时就不能乱用。当黄金期货行情在狭窄幅度内呈箱形来回穿梭，上到某个价位左右就掉头向下，落到某个界线附近又掉头而上时，如果你仍做反转的话，就会"左一巴掌、右一巴掌"被打得晕头转向，这时倒是一动不如一静，以不变应万变为宜。

在黄金期货交易中，如果看错了就要及早认赔出场。至于是否马上采取行动往相反的方向入市，就得一慢二看三通过了。

因为每一个价位作为出发点，在下一个价位出来之前都有向上或向下两种可能性。我们不能绝对地肯定走势必涨或必跌。做了多头认赔是担心会继续跌，是否跌还有待观察；做了空头止损是防止会继续涨，是否涨仍要看发展。认赔之后不容有失，再做要很小心。立刻做一百八十度大转变采取相反的行动，除非是机会率很高、把握性很大，否则不应如此匆忙。谁敢断定下一步必涨或必跌呢？

事实上在买卖过程中，往往一错到底还不至于带来那么巨大的亏损，最惨的是一错再错，左一巴掌，右一巴掌。立刻做反转，就存在这样的危险。

黄金期货市场走势经常会出乎预料，你做了多头，行情向下，你不信吗，它就跌给你看；你仍不信，再跌！你看涨的信心彻底动摇了，认赔出场了，这时行情就回头而上。如果你认赔时马上反转，在跌势将尽时才追卖，岂不是才踩完一个陷阱，又跌进另一个罗网！想一想也知道：走势总是一个浪接一个浪地涨跌的，你在一个下降浪的顶做了多头，跌到浪底，你却反转做空头，而到了底这个浪已要止跌回升，你当然被逮个正着！

顺市而行、拨乱反正、做反转战术的原则是对的，之所以要观察一下才下手，就是为了判断原先自己意想不到的这个趋势究竟方兴未艾抑或临近尾声。综合基本因素、技术分析、数据信号等，认为是仍有足够活动空间时才能实施反转做法。一个势总有一定幅度，原先认赔损失越少，越值得立刻反转，因为相对剩余空间大；原先认赔损失越大，越不值得立刻反转，因为相对剩余空间小。

黄金期货交易输赢的机会经常是一半对一半，即除了涨跌都有可能这一点之外，还有一点就是平常的一次出击，有机会赚十个价位，也有风险亏十个价位，以赔率来讲是一赔一。一个赚钱的上佳机会，除了基本因素倾向强烈、图表信号明显之外，还必须具备"输一赢三"、"输一赢十"这样的好赔率。

我们再谈一下临界点的仓位管理艺术。再强的黄金期货牛市总有它的顶，再凶的黄金期货熊市也会有个底。从阶段发展来看，更是一个波浪接一个波浪，每个浪都有它的波峰和波谷。所谓输少赢多好赔率的机会，就是在临近图表关口、心理关口、干预关口的顶部时做空头，接近底部时做多头。如果破顶穿底，立即止损，只是亏一点点；如果真的成了顶部或底部，那就大赚特赚。

第一，从黄金期货价格图表关口找机会。例如在黄金期货价格一浪高一浪的升势中，把两个以上的小浪之底连成一条直线，就是趋势线中的上升支持线，当一个新浪回头，价位靠近支持线时马上入货，同时设限跌破支持线就止损。这样，亏是丢芝麻，赚是摘西瓜。

第二，从心理关口找机会。在黄金期货市场上，很长时间没有涨到某个整数价位，这个价位就成为上升势的心理关口；相反，长期没有跌到某个大数价位，这个价位就成为下跌势的心理大关。接近上升势的心理大关做空头或临近下跌势的心理大关做多头，破关认赔亏损有限，不破的话就有暴利可图。

第三，从对黄金期货走势进行政府的干预关口找机会。一个国家的政府和中央银行以及交易所为了压抑黄金期货过分投机，稳定金融秩序，维护正常供求，在某些时候也会采取行动对黄金期货市场加以干预，令行情急转直下。比如2011年美国期货交易所提高白银和黄金的保证金比率就引发了白银和黄金的大跌。交易者在这些关口也可以以小博大。

以交割时间顺序来说，黄金期货有现货月份、近期月份、远期月份、最远期月份之分。由于季节性或交易旺淡季的影响，有的月份交投比较活跃，有的则显得清淡。所谓活跃，就是买卖比较多，成交量大，不论什么时候都容易有买卖对手，可以把手头上的合约顺利出脱。所谓清淡，其特点是买卖比较少，成交量稀疏，有时想卖出没有对手承接，打算买入又没有人出货，价格要么死水一潭，要么大步跳空。

活跃的月份由于买卖盘口集中而且大量，市场抗震力强。即使某个大户有大笔买卖，由于活跃的月份有足够的容纳量，所以冲击力相对减弱，价位波动不会太大。然而，在不活跃的月份进行交易，因为市场容纳量少，即使一笔不大的买卖都会引起大的震荡，容易产生无量上升或者无量下跌。你买要买到高高，卖要卖得低低。做新单难有对手，想平仓难以脱手。因此，在不活跃的月份交易很吃亏。

黄金期货市场变幻无常。当我们入市之时，首先要想到进得去是否出得来。挑选活跃的月份交易，即使后有追兵，不致前无去路。在不活跃的月份买卖，就难免被人"关门打狗"，毫无还手之力。

最后，我们再次强调"不怕错，就拍拖"的原则。在黄金期货交易中，当你手头上的货处于亏损状况时，实在不宜久留，两三天都没有改善就要马上下单认赔出场，不要抱着这些亏损的单子过周末。这是贯彻"不怕错，最怕拖"原则的重要措施。

有些交易者手头上的货出现浮动损失之后，一味死守，拖足几个星期，甚至由远期拖到近期，由近期拖到交割期，最后仍难逃脱"断头"厄运。为什么会这样顽固呢？原来他们都抱有一种心理："多熬几天，希望多空会转势"。希望归希望，事实归事实。摆在眼前的严酷事实是：手上的单子正居于不利形势，方向和大势相反，就是说自己做错了，问题在于让这个错误到此为止，还是让错误继续扩大下去。尽快撤退，损失有限，"留得青山在，不怕没柴烧"。旷日持久地拖下去，越陷越深，一旦灭顶，以后就算有机会也没有本钱了。

但是，在出现浮动盈利之后，交易者要学会正确对待利润。在一次黄金期货交易中，如果一开始就看错方向，一入市就被套住，到后来被断头，也无话可说；但一开始是看对的，一入市就有浮动利润，由于没有掌握平仓时机，碰到行情逆转，到头来赚钱变亏钱，心理打击就大了。

这个问题确实令交易者感到困惑：当手上的交易处于有利形势时，急急忙忙平仓套利，恐怕会失去以后的大胜机会；但不及时平仓放进口袋，又担心风云突变，变成"敬酒不吃，吃罚酒"。如何避免赚钱变亏钱，是交易者在黄金期货买卖中必须恰当处理的重要课题。

当账户有浮动利润时，是否需要平仓。首先要观察大势。比如你是做了多头的，如果当时利多的供求、经济、政治、人为等基本因素没有改变，图表上仍未碰到阻力，黄金期货市场人气依然旺盛，就不必匆忙了结出场。交易者可以假设自己手头上没有货，问一问自己：如果现在进场，究竟应该买入还是卖出？如果答案是"买入"，那么交易者原先持有的多头合约便不宜平仓卖出。因为这时仍未有任何征兆会令你由赚钱变为亏钱。原则上有迹象酝酿转势才值得担心这一点。

当然，黄金期货价格走势的逆转往往是突如其来的，不怕一万，最怕万一，避免赚钱变亏钱主要有以下两种方法：

第一，在势犹未尽时，先将有浮动利润的合约平仓 50％，只留下 50％参与追击，这就是复合式头寸。这一减码措施，可保障这笔交易立于不败之地。因为即使后来黄金期货价格逆转，留下的一半"打回原形"，先期出场的一半利润，已入袋为安了。但要注意留下的一半最多设限同一价位或够手续费出场，可以是零，不能搞成负数。

第二，如果不分批走货，也可设限"反弹或者回调 30％"就平仓，紧跟大势，不断扩大战果，到适当时机平仓出场。这个方法的好处在于稳扎稳打，步步为营，保证浮动利润起码有七成进入口袋。

以上两种黄金期货交易持仓方法在一般情况下颇为有用，结合起来用也可以。但是，遇到特殊的黄金期货价格急升急跌走势，防不胜防，也有失控的时候，没有十全十美、万无一失的方法。

第八节　黄金期货交易中的锁仓

在黄金期货交易中，不少交易者都会对迷惑不解。我们首先搞清楚锁仓的原因，也就是说锁仓能解决什么问题，或者说锁仓能给我们带来什么好处。锁仓也称为对冲，日本期货巨擘林辉太郎就认为正确的对冲是高手的秘诀。在亏损的状态下是不锁仓的，锁仓只锁赢利。它主要解决的是黄金期货交易盘中的盘整问题和在可能发生的反转行情中使手中的持仓处于最佳位置而花费最小的代价。黄金期货价格盘整大体主要分小区间规则性盘整和大区间无规则性盘整。可以肯定任何一种单向持仓在此盘整中都将经受考验。要么交易者的止损大，方向正确，避过这两种盘整，交易者最终胜利。反之，如果出现反转或大震荡，交易者将承受不小的损失。要么交易者的止损小，无疑在此期间反复止损，损失惨重，迷失了方向。要么交易者认为暂时盘整退出观望，而在相对的高点你又不敢开涨的仓，更不敢开做空的仓，在犹豫中错失良机。以上问题都可以用锁仓来解决，在任何单方向行情出现之前，交易者的持仓已经处于最佳位置。并且在锁住此前赢利的同时，还有机会扩大你的赢利。在单方向行情出现时，你的利润将成倍增加。在反转行情出现时，你的持仓也已经处于最佳位置。先行一步，胜人一筹。

黄金期货交易中的主力操作是要锁仓的，一些大资金操作是要锁仓的，简单地从这点来看锁仓是有用的。大家一定会说，锁仓对主力有用，对黄金期货交易的中小散户有什么用呢？从表面上看，锁仓是止赢的一种表现形式。大家一定会说，既然是止赢，平仓了结不就行了，干吗还要画蛇添足，多此一举呢？黄金期货交易锁仓的表现形式是简单的，一买一卖两边对等持平，显得毫无意义。透过它的表面现象，我们应该更多地看到它的内在本质。

不少黄金期货交易者一直用锁仓来操作，他们认为锁仓有用。打个比方来说，在拳击台上，面对强大的对手，你只会打直拳，左手是作多，右手是作空，只会打这种单一的直拳，其结果可想而知。而你会用锁仓之后，情况大不一样，打出来的是漂亮的组合拳，锁仓起到了上下连接，前后连贯，使你的操作更加灵活机动。对黄金期货交易散户来说，能锁多一分钱出来算你牛！锁仓是肯定能锁出赢利来的，这要看你如何理解止赢的概念。平仓止赢和锁仓止赢是止赢的两种不同的表现形式。平仓止赢是指在达到预定目标后获取的直接赢利。锁仓止赢是指当前锁定下的可能赢利。关于黄金期货交易的正确锁仓策略比较复杂，大家可以参考林辉太郎的《期货市场技术》一书，这本书对锁仓有全面和详细的介绍。

第一节　关于黄金期货上市交易有关事项的通知

中国证监会（证监期货字〔2007〕377 号文）已批准同意在上海期货交易所上市黄金期货合约。为确保黄金期货合约上市交易后的平稳运行，现将黄金期货合约上市交易的有关事项通知如下：

一、挂盘上市时间。黄金期货合约自 2008 年 1 月 9 日起开始交易。

二、挂盘合约月份。挂盘合约月份为 2008 年 6 月至 2008 年 12 月。

三、挂盘基准价。新合约的挂盘基准价由交易所在合约挂盘上市前一工作日公布。

四、交易保证金和涨跌停板。黄金期货合约上市交易最低保证金暂定为合约价值的 9%，挂盘当日涨跌停板幅度为正常涨跌停板的二倍（即不超过挂盘基准价的 ±10%）。如有成交，于下一交易日恢复到正常涨跌停板水平（即不超过前一交易日结算价的 ±5%）；如当日无成交，下一交易日继续执行前一交易日涨跌停板幅度；如三个交易日无成交，交易所可对挂盘基准价作适当调整。

五、持仓公布。当某一黄金期货合约持仓量达到 2 万手时，交易所将公布该月份合约及交割月份合约前 20 名会员的成交量及买卖持仓量排名。

六、相关费用。

1. 交易手续费。从上市之日起至 2008 年 12 月 31 日止，黄金期货合约交易手续费暂定为 30 元/手。交易所对交易中同一客户当天开平仓的，免收平仓手续费；对交易六个月后的合约，交易手续费按执行标准减半收取。

2. 交割手续费：0.06 元/克。

3. 经协商确定，储运环节相关收费如下：入库费：2 元/千克，出库费：2 元/千克；仓储费：1.8 元/千克·天；入库调运费：0.04 元/克，出库调运费：0.07 元/克。

二○○七年十二月三十一日

第二节　上海期货交易所指定的黄金检验机构

序号	单位名称	联系人	电话
1	中国检验认证集团检验有限公司	欧文兵	020－38290257
2	国家金银制品质量监督检验中心（上海）	方名戍	021－64701390

第三节　上海期货交易所认可的伦敦金银市场协会（LBMA）认定的合格供货商或精炼厂清单

国家	公 司
澳大利亚	AGR Matthey
比利时	Umicore SA, Business Unit Precious Metals
巴西	AngloGold Ashanti Mineração Ltda
	Umicore Brasil Ltda.
加拿大	Falconbridge Limited（formerly Noranda Inc CCR Refinery-change effective 30-6-05）
	Johnson Matthey Limited
	Royal Canadian Mint

国家	公　司
中国	The Great Wall Gold & Silver Refinery of China
	Inner Mongolia Qiankun Gold and Silver Refinery Share Company Limited
	Jiangxi Copper Company Ltd
	Zhongyuan Gold Smelter of Zhongjin Gold Corporation
	Zijin Mining Group Co. , Ltd
德国	W. C. Heraeus GmbH
	Norddeutsche Affinerie Aktiengesellschaft
中国香港	Heraeus Ltd. Hong Kong
	Metalor Technologies (Hong Kong) Ltd
印度尼西亚	PT Aneka Tambang (Persero) Tbk
意大利	Chimet SpA
	Metalli Preziosi SpA
日本	Ishifuku Metal Industry Co. , Ltd
	Matsuda Sangyo Co. , Ltd
	Mitsubishi Materials Corporation
	Mitsui Mining and Smelting Co. , Ltd
	Nippon Mining & Metals Co. , Ltd
	Sumitomo Metal Mining Co. , Ltd
	Tanaka Kikinzoku Kogyo KK
	Tokuriki Honten Co. , Ltd
哈萨克斯坦	Kazzinc Joint Stock Company
朝鲜	Central Bank of the DPR of Korea
韩国	Korea Zinc Co. , Ltd
	LS - Nikko Copper Inc
吉尔吉斯斯坦	Kyrgyzaltyn JSC
墨西哥	Met-Mex Peñoles, S. A.
荷兰	Schöne Edelmetaal BV
菲律宾	Bangko Sentral ng Pilipinas (Central Bank of the Philippines)

续表

国家	公 司
俄罗斯	Joint Stock Company Ekaterinburg Non-Ferrous Metal Processing Plant
	Federal State Enterprise Novosibirsk Refinery
	Open Joint Stock Company "The Gulidov Krasnoyarsk Non-Ferrous Metals Plant" (OJSC "Krastvetmet")
	Open Joint Stock Company Kolyma Refinery
	Moscow Special Alloys Processing Plant
	Prioksky Plant of Non-Ferrous Metals
	State-Owned Enterprise Shyolkovsky Factory of Secondary Precious Metals
	JSC Uralelectromed
南非	Rand Refinery Limited
西班牙	SEMPSA Joyeria Plateria SA
瑞典	Boliden Mineral AB
瑞士	Argor-Heraeus SA
	Cendres & Métaux SA
	Metalor Technologies SA
	PAMP SA
	Valcambi SA
美国	Johnson Matthey Inc
	Metalor USA Refining Corporation
乌兹别克斯坦	Almalyk Mining and Metallurgical Complex (AMMC)
	Navoi Mining and Metallurgical Combinat
赞比亚	Fidelity Printers and Refiners (Private) Limited

第四节　上海期货交易所指定交割金库

序号	指定交割金库名称	地址	业务电话	联系人	邮编
1	工商银行北京分行营业部	北京市复兴门南大街2号天银大厦B座	010－66410615	刘伟	100031
2	工商银行上海分行营业部出纳科	上海市中山东一路24号	021－63294004	朱渭清	200002
3	工商银行深圳分行清算中心	深圳市深南东路金融中心北座1610室	0755－82246264	章仕标	518015
4	工商银行贵溪市支行	江西省贵溪市雄石大道38号	0701－3791705	彭利华	335400
5	工商银行三门峡分行营业部中心库	河南省三门峡市崤山路40号	0398－2936811	王刚	472000
6	工商银行三门峡分行灵宝支行	河南省灵宝市金城大道20号	0398－8861995	贾富军	472500
7	工商银行龙岩市分行	福建省龙岩市新罗区九一南路47号	0597－2224619	廖庆璋	364000
8	工商银行龙岩市分行上杭支行	福建省龙岩市上杭县北环路东段	0597－3843087	邱国钧	364200
9	工商银行招远分行	山东省招远市魁星路95号	0535－8224694	张桂才	265400
10	工商银行莱州分行	山东省莱州市鼓城街88号	0535－2211315	胡庆方	261400
11	工商银行洛阳分行	河南省洛阳市中州中路230号	0379－63336969	海建伟	471000
12	工商银行武汉市江岸支行	湖北省武汉市中山大道998号	027－82802897	王芳	430014
13	建设银行北京市铁道专业支行	北京西客站北广场东配楼铁道支行	010－63989511	徐英	100055
14	建设银行上海分行	上海陆家嘴环路900号	021－58880000＊1403	曾敏	200120
15	建设银行深圳市分行	广东省深圳市红岭南路金融中心东座	0755－82488307	李志华	518031
16	建设银行安徽省铜陵市分行	安徽省铜陵市长江西路41号	0562－2820013	冯俊	244000
17	建设银行河南省三门峡市分行	河南省三门峡市崤山路52号	0398－2985036	卢群才	472000

续表

序号	指定交割金库名称	地址	业务电话	联系人	邮编
18	建设银行河南省灵宝支行金库	灵宝市金城大道与函谷路交叉口西北角	0371－65556558	王冬	472500
19	建设银行山东省烟台市分行	山东省烟台市南大街 9 号	0535－6603048	李增禹	264001
20	建设银行福建省分行龙岩分行	福建省龙岩市九一北路 111 号	0597－2239529	林琳	364000
21	建设银行福建省分行上杭支行	福建省龙岩市上杭县临江镇北环路 261 号	0597－4821512	温晓丽	364200
22	交通银行北京分行	北京市西城区金融大街 33 号	010－66101662	海峰	100032
23	交通银行上海分行	上海市东园路 158 号	021－63111000＊3523	王海东	200120
24	交通银行深圳分行	深圳市福田区红荔西路 3002 号交行大厦	0755－83680609	郭珠峰	518028
25	交通银行昆明分行	云南省昆明市护国路 67 号	0871－3107221	梁楚华	650021

第五节　上海期货交易所黄金期货标准合约及规则

《上海期货交易所黄金期货标准合约》

交易品种	黄金
交易单位	1000 克/手
报价单位	元（人民币）/克
最小变动价位	0.01 元/克
每日价格最大波动限制	不超过上一交易日结算价±5%
合约交割月份	1～12 月
交易时间	上午 9：00～11：30　　下午 1：30～3：00
最后交易日	合约交割月份的 15 日（遇法定假日顺延）
交割日期	最后交易日后连续五个工作日

续表

交割品级	金含量不小于 99.95％的国产金锭及经交易所认可的伦敦金银市场协会（LBMA）认定的合格供货商或精炼厂生产的标准金锭（具体质量规定见附件）
交割地点	交易所指定交割金库
最低交易保证金	合约价值的 7％
交易手续费	不高于成交金额的万分之二（含风险准备金）
交割方式	实物交割
交易代码	AU
上市交易所	上海期货交易所

上海期货交易所黄金期货标准合约附件

一、交割单位

黄金标准合约的交易单位为每手 1000 克，交割单位为每一仓单标准重量（纯重）3000 克，交割应当以每一仓单的整数倍交割。

二、质量规定

（1）用于本合约实物交割的金锭，金含量不低于 99.95％。

（2）国产金锭的化学成分还应符合下表规定：

牌号	化学成分（质量分数）/％							
	Au 不小于	杂质含量 不大于						
		Ag	Cu	Fe	Pb	Bi	Sb	总和
Au99.99	99.99	0.005	0.002	0.002	0.001	0.002	0.001	0.01
Au99.95	99.95	0.020	0.015	0.003	0.003	0.002	0.002	0.05

其他规定按 GB/T4134-2003 标准要求。

（3）交割的金锭为 1000 克规格的金锭（金含量不小于 99.99％）或 3000

克规格的金锭（金含量不小于 99.95％）。

（4）3000 克金锭，每块金锭重量（纯重）溢短不超过±50 克。1000 克金锭，每块金锭重量（毛重）不得小于 1000 克，超过 1000 克的按 1000 克计。每块金锭磅差不超过±0.1 克。

（5）每一仓单的黄金，必须是同一生产企业生产、同一牌号、同一注册商标、同一质量品级、同一块形的金锭组成。

（6）每一仓单的金锭，必须是交易所批准或认可的注册品牌，须附有相应的质量证明。

三、交易所认可的生产企业和注册品牌

用于实物交割的金锭，必须是交易所注册的品牌或交易所认可的伦敦金银市场协会（LBMA）认定的合格供货商或精炼厂生产的标准金锭。具体的注册品牌和升贴水标准，由交易所另行规定并公告。

四、指定交割金库

指定交割金库由交易所指定并另行公告。

第六节　黄金期货合约上市运行不同阶段的保证金收取标准

交易时段	交易保证金比率
合约挂牌之日起	7％
交割月前第二月的第十个交易日起	10％
交割月前第一月的第一个交易日起	15％
交割月前第一月的第十个交易日起	20％
交割月第一个交易日起	30％
最后交易日前二个交易日起	40％

第七节 全球主要产金公司的产量变化

单位：吨

序号	公司名称	2004 年	2005 年	2006 年	2007 年
1	Barrick Gold	268	283	269	251
2	Anglogold Ashanti	199	192	175	170
3	Newmont Mining	217	217	183	164
4	Gold Fields	139	137	130	123
5	Goldcorp	42	49	66	71
6	Newcrest	27	44	48	55
7	Harmony Gold	107	81	73	59
8	Zijin Mining	13	15	49	52
9	Kinross Gold	57	58	57	51
10	Freeport McMoRan	45	87	54	69
11	Xstrata plc	47	40	47	—
12	China Gold Group	42	—	—	—
13	Polyus Gold	34	33	38	38
14	Shandong Gold	36	37	—	—
15	Buenaventura	52	56	47	33
16	Rio Tinto plc	54	54	31	38
17	IAMGold	35	34	32	30
18	Yamana Gold	16	15	19	25
19	Lihir Gold	19	19	20	22
20	Centerra Gold	20	24	18	17
合计		1468	1475	1355	1268

第八节　期货交易术语大全

B

爆仓：所谓爆仓，是指在某些特殊条件下，投资者保证金账户中的客户权益为负值的情形。在市场行情发生较大变化时，如果投资者保证金账户中资金的绝大部分都被交易保证金占用，而且交易方向又与市场走势相反时，由于保证金交易的杠杆效应，就很容易出现爆仓。如果爆仓导致了亏空且由投资者的原因引起，投资者需要将亏空补足，否则会面临法律追索。

逼仓：是指交易者通过控制期货交易头寸数额或垄断现货可交割商品的供给，来达到操纵期货市场价格目的的交易行为。逼仓属于期货市场上的市场操纵行为，其直接后果是使期货市场价格严重地背离现货市场的真实供求价格。

变相期货：对"变相期货交易"的定义是指未经中国证监会批准，采用标准化合约和卖空、平仓对冲、集中撮合以及履约保证等交易机制，允许公众投资者将其作为一种金融投资工具而参与的交易行为。

标准仓单：是指指定交割仓库在完成入库商品验收、确认合格并签发《货物存储证明》后，按统一格式制定并经交易所注册可以在交易所流通的实物所有权凭证。交易所通过计算机办理标准仓单的注册登记、交割、交易、质押、注销等业务。标准仓单的表现形式为《标准仓单持有凭证》，交易所依据《货物存储证明》代为开具。标准仓单持有人可选择一个或多个交割仓库不同等级的交割商品提取货物。

C

长期利率期货：是指期货合约标的的期限在一年以上的各种利率期货，即以资本市场的各类债务凭证为标的的利率期货均属长期利率期货，包括各种期限的中长期国库券期货和市政公债指数期货等。美国财政部的中期国库券偿还期限为1～10年，通常以5年期和10年期较为常见。中期国库券的付息方式是在债券期满之前，每半年付息一次，最后一笔利息在期满之日与本金一起偿付。长期国库券的期限为10～30年，以其富有竞争力的利率、保证及时还本付息、市场流动性高等特点吸引了众多外国政府和公司的巨额投资，国内购买者主要是美国政府机构、联邦储备系统、商业银行、储蓄贷款协会、保险公司等。在各种国库券中，长期国库券价格对利率的变动最为敏感，正是20世纪70年代以来利率的频繁波动才促成了长期国库券二级市场的迅速扩张。

场内经纪人：是指专门在交易所内为其他会员或自己买卖期货契约的人，也即为任何其他人执行任何类型商品期货合约或期权合约指令的个人。

炒单：就是运用期货交易提供的保证金杠杆作用和T＋0交易方式外加极低的手续费这三大优势，在盘中以获取价位跳动的差价为目的的交易方法。

垂直套利：是指期权之间定约价不同但合约到期日相同的任何期权套利策略。垂直套利的交易方式为买进一个期权，同时卖出一个相同品种、相同到期日，但是执行价格不同的期权，这两个期权应同属看涨或看跌。垂直套利的特点在于将风险和收益度均限制在一定的范围内。

仓单交易：就是将仓单在市场上进行买卖交易（广义），它就是标准化的商品交易，是商品贸易的最高形式。由于仓单交易是一种介于金融与商品贸易之间特定的交易形式，在我国受到国家严格的管理，未经国家授权批准不得擅自开展仓单交易。

D

短期利率期货：是指期货合约标的的期限在一年以内的各种利率期货，即以货币市场的各类债务凭证为标的的利率期货均属短期利率期货，包括各种期限的商业票据期货、国库券期货及欧洲美元定期存款期货等。

多头跨期套利：在牛市行情中，由于投资者对现货后市的良好预期，远期合约将会表现出更好的上涨性或抗跌性，此时我们可以买入远期合约，卖出近期合约，这种套利方式称做多头跨期套利。

豆油期货：2006年获批的第二个商品期货品种——豆油期货2006年1月9日在大连商品交易所正式上市。

豆粕期货：期货是由期货交易所统一制定的、规定在将来某一特定的时间和地点交割一定数量和质量商品的标准化合约。我国现在与饲料企业所用原料相关的期货品种有几个：大豆期货、豆粕期货和小麦期货。

蝶式套利：是指利用不同交割月份的价差进行套期获利，由两个方向相反、共享居中交割月份合约的跨期套利组成。它是一种期权策略，它的风险有限，盈利也有限，是由一手牛市套利和一手熊市套利组合而成的。

对角套利：是指利用相同标的资产、不同协议价格、不同有效期的看涨期权或看跌期权的价格差异赚取无风险利润的行为。任何套利其中买进期权的合约期长于卖出期权的合约期并且有着不同的定约价。它是一种期权常用的交易策略，属于进阶期权策略。典型的对角套利有对角牛市套利、对角熊市套利和对角蝶式套利。

F

风险准备金制度：是指期货交易所从自己收取的会员交易手续费中提取一定比例的资金，作为确保交易所担保履约的备付金的制度。

反向市场：反向市场（又称逆向市场 Inverted Market 或现货溢价 Backwardation）是指在特殊情况下，现货价格高于期货价格（或者近期月份合约价格高于远期月份合约价格），基差为正值。在反向市场上，随着时间的推进，现货价格与期货价格如同在正向市场上一样，到交割月份会逐步趋向一致。

G

国债期货：是指通过有组织的交易场所预先确定买卖价格并于未来特定时间内进行钱券交割的国债派生交易方式。国债期货属于金融期货的一种，是一种高级的金融衍生工具。它是在 20 世纪 70 年代美国金融市场不稳定的背景下，为满足投资者规避利率风险的需求而产生的。

股指期货：股票指数期货是指以股票价格指数作为标的物的金融期货合约。在具体交易时，股票指数期货合约的价值是用指数的点数乘以事先规定的单位金额来加以计算的，如标准·普尔指数规定每点代表 500 美元，香港恒生指数每点为 50 港元等。股票指数合约交易一般以 3 月、6 月、9 月、12 月为循环月份，也有全年各月都进行交易的，通常以最后交易日的收盘指数为准进行结算。

Gamma 值：Gamma（γ）反映期货价格对 delta 值的影响程度，为 delta 变化量与期货价格变化量之比。如某一期权的 delta 为 0.6，gamma 值为 0.05，则表示期货价格上升 1 元，所引起 delta 增加量为 0.05，delta 将从 0.6 增加到 0.65。

股票期货：股票的期货交易是从一般商品的期货中延伸而来的。期货的最初出发点主要是为了套期保值。如种植谷物的农场主，由于农业生产季节性的特点，谷物收成的好坏在很大程度上就受制于气候，丰欠难以保证。收成好，谷物大量投放市场，会造成供过于求，其结果是价格下跌，给农场主带来损失；而收成差，谷物产量锐减，就会造成市场供给紧张，导致价格上升，它将给以谷物作为原料的加工商带来损失。

公开喊价：又称双向拍卖（Double Auction），即买卖双方同时报价，目前主要使用在期货交易中。

股指期货合约：是交易所统一制定的一种标准化协议，是股指期货交易的对象。

钢材期货：就是以钢材为标的物的期货品种，可以交易的钢材期货是螺纹钢期货和线材期货。

H

黄金期货交易：黄金期货交易和一般的商品和金融工具的期货交易一样，买卖双方先签订买卖黄金期货的合同并交付保证金，规定买卖黄金的标准量、商定价格、到期日。在约定的交割日再进行实际交割。一般不真正交货，绝大多数合同在到期前对冲掉了。以黄金期货为主的期货市场为黄金期货市场。

黄金期货：黄金、白银、铜、白金四类商品是金属期货的四大主要产品。四种商品之中以黄金及白银的交易量较大。

J

金融期货：金融即货币流通和信用活动的总称。金融活动对整个国民经济的运行发挥着提供支付手段、媒介商品交换、积累储蓄并引导投资的重要作用。金融期货是交易所按照一定规则反复交易的标准化金融商品合约。这种合约在成交时双方对规定品种、数量的金融商品协定交易的价格，在一个约定的未来时间按协定的价格进行实际交割，承担着在若干日后买进或卖出该金融商品的义务和责任。

金融期货市场：金融期货市场是国际资本市场创新和发展的产物。20 世纪 70 年代，由于布雷顿森林体系国际货币制度的崩溃，以及金融自由化和金融创新浪潮的冲击，国际资本市场上利率、汇率和股票价格指数波动幅度加大，市场风险急剧增加。为了规避这些风险，金融期货市场应运而生，为保证资本市场的良性运转发挥了不可替代的作用。

基差：理论上认为，期货价格是市场对未来现货市场价格的预估值，两者之间存在密切的联系。由于影响因素的相近，期货价格与现货价格往往表现出同升同降的关系；但影响因素又不完全相同，因而两者的变化幅度也不完全一致，现货价格与期货价格之间的关系可以用基差来描述。基差就是某一特定地点某种商品的现货价格与同种商品的某一特定期货合约价格间的价差。基差有时为正（此时称为反向市场），有时为负（此时称为正向市场），因此，基差是期货价格与现货价格之间实际运行变化的动态指标。

介绍经纪人：介绍经纪人类似于我国的期货居间人，可以是机构或个人，一般以机构居多。它是指证券公司担任期货公司的介绍经纪人或期货交易辅助人，帮助期货公司招揽客户、协助期货公司接受客户开户、接受客户委托单并交付期货公司执行的一种业务模式。作为回报，期货公司将和证券公司分享客户的交易佣金。

经纪商代理人：美国期货市场中经纪人类别较多。通常而言，主要有期货佣金商、场内经纪人、经纪商代理人、商品基金经理、商品交易顾问、介绍经纪人。

交易系统：在股票、期货业内，交易系统的叫法很混乱，不仅一般股民、期民知之不详，包括一些业内人士虽常把交易系统挂在嘴边、甚至述之笔端，而实际上也不知所云，特别是一些软件制作与经销商，出于推销的目的，故意夸大产品性能，模糊交易系统与一般行情播报软件或者行情的辅助分析软件的本质差异，更加剧了这种混乱的情况，很不利于交易系统的研究、交流与开发。

交叉保值：是指如果在期货市场上没有与现货商品相同的商品，就利用与现货商品关系最密切的商品保值。即当为某一现货商品套期保值，但又无同种商品的期货合约时，可用另一具有相同价格发展趋势的商品期货合约为该现货商品进行保值。

K

跨期套利：它是套利交易中最普遍的一种，股指期货的跨期套利（Calendar Spread Arbitrage）即为在同一交易所进行同一指数、但不同交割月份的套利活动。

跨品种套利：指的是利用两种不同的、但相关联的指数期货产品之间的价差进行交易。这两种指数之间具有相互替代性或受同一供求因素制约。跨品种套利的交易形式是同时买进和卖出相同交割月份但不同种类的股指期货合约。

主要有相关商品间套利和原料与成品之间套利。

空盘量：是指尚未经相反的期货或期权合约相对冲，也未进行实货交割或履行期权合约的某种商品期货或期权合约总数量。它是期货市场活跃程度和流动性的标志，当价格达到或接近特定价位时，就会对投资者的买卖能力构成影响。

空头跨期套利：在熊市行情中，由于投资者看淡现货后市，远期合约下跌更快，抗跌性更弱，此时我们可以买入近期合约，卖出远期合约，这种套利方式称做空头跨期套利。

L

利率期货：是指以债券类证券为标的物的期货合约，它可以回避银行利率波动所引起的证券价格变动的风险。

M

卖空：是指股票投资者当某种股票价格看跌时，便从经纪人手中借入该股票抛出，日后该股票价格果然下落时，再从更低的价格买进股票归还经纪人，从而赚取中间差价。

买空：买空亦称"多头交易"，卖空的对称，是指交易者利用借入资金，在市场上买入期货，以期将来价格上涨时再高价抛出，从中获利的投票活动。在现代证券市场上，买空交易一般都是利用保证金账户来进行的。当交易者认为某种股票的价格有上涨的趋势时，他通过交纳部分保证金，向证券公司借入资金购买该股票期货，买入的股票交易者不能拿走，它将作为贷款的抵押品存放在证券公司。如果以后该股票价格果然上涨，当上涨到一定程度时，他又以高价向市场抛售股票，将所得的部分款项归还证券公司贷款，从而结束其买空地位。交易者通过买入和卖出两次交易的价格差中取得收益。当然，如果市场股价的走向与交易者的预测相悖，那么买空者非但无利可图，并且将遭受损失。由于在以上过程中，交易者本身没有任何股票经手，却在市场上进行购买股票的交易，故称之为"买空"交易。

卖出套期保值：又称"空头套期保值"，是为了防止现货价格在交割时下跌的风险而先在期货市场卖出与现货数量相当的合约所进行的交易方式。持有空头头寸，来为交易者将要在现货市场上卖出的现货进行保值。因此，卖出套期保值又称为"卖空保值"或"卖期保值"。

买入套期保值：又称"多头套期保值"，是在期货市场购入期货，用期货市场多头保证现货市场的空头，以规避价格上涨的风险。持有多头头寸，来为交易者将要在现货市场上买进的现货商品保值。因此又称为"多头保值"或"买空保值"。

P

平仓：是指期货交易者买入或卖出与其所持期货合约的品种、数量及交割月份相同但交易方向相反的期货合约，了结期货交易的行为。

Q

期货：是包含金融工具或未来交割实物商品销售（一般在商品交易所进行）的金融合约。

期货市场：广义上的期货市场包括期货交易所、结算所或结算公司、经纪公司和期货交易员；狭义上的期货市场仅指期货交易所。期货交易所是买卖期货合约的场所，是期货市场的核心。比较成熟的期货市场在一定程度上相当于一种完全竞争的市场，是经济学中最理想的市场形式。所以期货市场被认为是一种较高级的市场组织形式，是市场经济发展到一定阶段的必然产物。

期货交易所：期货交易所是专门进行标准化期货合约买卖的场所，按照其章程的规定实行自律管理，以其全部财产承担民事责任。在现代市场经济条件下，期货交易所是一种具有高度系统性和严密性、高度组织化和规范化的交易服务组织，它本身不参与交易活动，不参与期货价格的形成，也不拥有合约标的商品，只为期货交易提供设施和服务。其主要目的是为期货买卖的双方提供交易的场所并通过公开叫价等竞价方式来发现商品的价格，交易所负责把这些价格传播给全社会。

期货合约：期货合约是期货交易的买卖对象或标的物，是由期货交易所统一制定的，规定了某一特定的时间和地点交割一定数量和质量商品的标准化合约。期货价格则是通过公开竞价而达成的。

期货交易：它是在现货交易的基础上发展起来的，是通过在期货交易所买卖标准化的期货合约而进行的一种有组织的交易形式。

期货保证金：在期货市场上，交易者只需按期货合约价格的一定比率交纳少量资金作为履行期货合约的财力担保，便可参与期货合约的买卖，这种资金就是期货保证金。

期货上市品种：是指期货合约交易的标的物。

期货商品：是指期货合约中所载的商品，其标的物为实物商品的期货合约。

清算所：又称清算公司，是负责对期货交易所内进行的期货合同进行交割、对冲和结算的独立机构。清算所是随期货交易的发展以及标准化期货合同的出现而设立的清算结算结构。在期货交易的发展中，清算所的创立完善了期货交易制度，保障了期货交易能在期货交易所内顺利进行，因此成为期货市场运行机制的核心。一旦期货交易达成，交易双方分别与清算所发生关系。清算所既是所有期货合同的买方，也是所有期货合同的卖方。

期货投机：是指在期货市场上纯粹以牟取利润为目的而买卖标准化期货合约的行为。

期货投机交易：是指在期货市场上以获取价差收益为目的的期货交易行为。投机者根据自己对期货价格走势的判断，做出买进或卖出的决定，如果这种判断与市场价格走势相同，则投机者平仓出局后可获取投机利润；如果判断与价格走势相反，则投机者平仓出局后承担投机损失。由于投机的目的是赚取差价收益，所以投机者一般只是平仓了结持有的期货合约，而不进行实物交割。

期货经纪商：是指依法设立的以自己的名义代理客户进行期货交易并收取一定手续费的中介组织，一般称为"期货经纪公司"。

期货居间人：在法律上理解，期货居间人就是为投资者或期货公司介绍订约或提供订约机会的个人或法人。

期货佣金商：美国期货市场中经纪人类别较多。通常而言，主要有期货佣金商（Futures Commission Merchant）、场内经纪人（Floor Brokers）、经纪商代理人（Associated Persons）、商品基金经理（Commodity Pool Operators）、商品交易顾问（Commodity Trading Advisors）、介绍经纪人（Introducing Brokers）。其中，期货佣金商和场内经纪人的职能与我国目前的期货经纪公司和出市代表相类似。

期货弃仓：是指客户放弃其穿仓账户，隐姓埋名、逃逸，拒不归还亏欠期货公司资金的风险事件的简称。

期现套利：是指某种期货合约，当期货市场与现货市场在价格上出现差距，从而利用两个市场的价格差距，低买高卖而获利。理论上，期货价格是商品未来的价格，现货价格是商品目前的价格，按照经济学上的同一价格理论，两者间的差距，即"基差"（基差＝现货价格－期货价格）应该等于该商品的持有成本。一旦基差与持有成本偏离较大，就出现了期现套利的机会。其中，期货价格要高出现货价格，并且超过用于交割的各项成本，如运输成本、质检成本、仓储成本、开具发票所增加的成本等。

期货结算机构：成立专门的期货结算机构是由于日趋增加的交易而引起的复杂结算需求，以及提供交易结算交割的安全性的要求而产生的。1883 年，美国成立了结算协会；1925 年，芝加哥期货交易所结算公司（BOTCC）成立。

期货转现货：期货转现货简称期转现。

S

石油期货：就是以远期石油价格为标的物的期货。

商品交易顾问：美国政府在金融期货推出初期，曾经做过一项调查，发现 90％的个人投资者都是亏损的。为什么会出现这样的情况呢？因为在金融期货推出初期，参与的大多数投资者都是传统的股票与债券投资者，这一群体不熟悉证券与期货的差别，因而造成大面积的亏损。从理论上讲，期货交易与股票交易的不同点在于，股票交易的是隐含在股权中的未来收益权，而期货交易的是一种转移价格风险的标准化的合约，因此期货实行保证金交易，并且不限制卖空机制，这就使得期货交易相对于股票交易具有高流动、低成本、价格波动大、对信息反应灵敏的特点。从操作上讲，期货与股票的不同点在于，股票投资者可以根据价值分析长期持有一只股票，长时可以达到 2～10 年甚至更久，而期货交易很少有持有同一期货合约超过 3 个月的，因为期货的保证金交易有可能让投资者在期货价格向价值回归前爆仓。所以，股票投资者在进行期货交易前必须具备一定的专业知识和操作技巧。但是这种专业性不是短时间就可以建立起来的，因此逐渐产生了商品交易顾问。

商品期货交易：是指在商品交易所内，按一定规章制度进行的期货合同买卖。

实物交割：交割是指至期货标准合约规定的最后交易日后，对持有的未平仓合约以实物交收形式了结期货买卖义务的一种平仓形式。交割方式主要有实物交割和现金交割两种，目前国内商品期货交易中仅有实物交割一种方式。

锁仓：所谓锁仓，一般是指期货交易者做数量相等但方向相反的开仓交易，以便不管期货价格向何方运动（或涨或跌）均不会使持仓盈亏再增减的一种操作方法。

水平套利：水平套利的交易方式是买进一份期权，同时卖出一份执行价格相同、同属看涨或者看跌类别但到期日不同的期权。

T

套利交易：套利交易目前已经成为国际金融市场中的一种主要交易手段，由于其收益稳定，风险相对较小，国际上绝大多数大型基金均主要采用套利或部分套利的方式参与期货或期权市场的交易，随着我国期货市场的规范发展以及上市品种的多元化，市场蕴涵着大量的套利机会，套利交易已经成为一些大机构参与期货市场的有效手段。

套利：在一般情况下，西方各个国家的利息率的高低是不相同的，有的国家利息率较高，有的国家利息率较低。利息率高低是国际资本活动的一个重要的函数，在没有资金管制的情况下，资本就会越出国界，从利息率低的国家流到利息率高的国家。资本在国际间流动首先要涉及国际汇兑，资本流出要把本币换成外币，资本流入需把外币换成本币。这样，汇率也就成为影响资本流动的函数。

套期保值：是指把期货市场当做转移价格风险的场所，利用期货合约作为将来在现货市场上买卖商品的临时替代物，对其现在买进准备以后售出商品或对将来需要买进商品的价格进行保险的交易活动。套期保值的基本特征是，在现货市场和期货市场对同一种类的商品同时进行数量相等但方向相反的买卖活动，即在买进或卖出实货的同时，在期货市场上卖出或买进同等数量的期货，经过一段时间，当价格变动使现货买卖上出现盈亏时，可由期货交易上的亏盈来抵消或弥补。从而在"现"与"期"之间、近期和远期之间建立一种对冲机制，以使价格风险降低到最低限度。

头寸：也称为"头衬"，就是款项的意思，是金融界及商业界的流行用语。如果银行在当日的全部收付款中收入大于支出款项，就称为"多头寸"，如果付出款项大于收入款项，就称为"缺头寸"；对预计这一类头寸的多与少的行为称为"轧头寸"。到处想方设法调进款项的行为称为"调头寸"。如果暂时未用的款项大于需用量时称为"头寸松"，如果资金需求量大于闲置量时就称为"头寸紧"。

　　套期保值者：是指那些把期货市场作为价格风险转移的场所，利用期货合约作为将来在现货市场上进行买卖的商品的临时替代物，对其现在买进（或已拥有，或将来拥有）准备以后出售或对将来需要买进商品的价格进行保值的机构和个人。

　　天气期货：实际上它和其他期货的交易原理是一样的。每个月的开始，期货市场主管机构都会根据过去 10 年当月的气温情况，为降温度日数或升温度日数确定一个初始值，比如 40 度（华氏）。为了使市场运转起来，指定的"坐市商"将接着喊出"出价"和"要价"，前者比初始值稍低，后者稍高，这是投资者可以买进或卖出的度数。随着天气的变化和市场的反应，这些交易值在一个月中将起伏不定。到了月底，交易所根据实际温度进行结算，以华氏 1 度等于 100 美元的价格兑现所有期货合同。而投资者所要做的，就是预测一下未来的天气变化，然后进行"天气期货"买卖赚取利润。

W

　　外汇期货：是指交易双方约定在未来某一时间，依据现在约定的比例，以一种货币交换另一种货币的标准化合约的交易。它是以汇率为标的物的期货合约，用来回避汇率风险，是金融期货中最早出现的品种。自 1972 年 5 月芝加哥商业交易所的国际货币市场分部推出第一张外汇期货合约以来，随着国际贸易的发展和世界经济一体化进程的加快，外汇期货交易一直保持着旺盛的发展势头。它不仅为广大投资者和金融机构等经济主体提供了有效的套期保值的工具，而且也为套利者和投机者提供了新的获利手段。

　　外汇期货市场：是指按一定的规章制度买卖期货合同的有组织的市场。

X

　　现货：亦称实物（physicals），是指可供出货、储存和制造业使用的实物商品。可供交割的现货可在即期或远期基础上换成现金，或先付货，买方在极短的期限内付款的商品的总称。它是期货的对称。

　　现货交易：是指买卖双方出自对实物商品的需求与销售实物商品的目的，根据商定的支付方式与交货方式，采取即时或在较短的时间内进行实物商品交收的一种交易方式。在现货交易中，随着商品所有权的转移，同时完成商品实体的交换与流通。因此，现货交易是商品运行的直接表现方式。

　　信息披露制度：也称公示制度、公开披露制度，是上市公司为保障投资者利益、接受社会公众的监督而依照法律规定必须将其自身的财务变化、经营状况等信息和资料向证券管理部门和证券交易所报告,并向社会公开或公告,以便使投资者充分了解情况的制度。它既包括发行前的披露,也包括上市后的持续信息公开,它主要由招股说明书制度、定期报告制度和临时报告制度组成。

现金交割:是指到期未平仓期货合约进行交割时,用结算价格来计算未平仓合约的盈亏,以现金支付的方式最终了结期货合约的交割方式。这种交割方式主要用于金融期货等期货标的物无法进行实物交割的期货合约,如股票指数期货合约等。近年国外一些交易所也探索将现金交割的方式用于商品期货。我国商品期货市场不允许进行现金交割。

系统交易方法:是指交易者运用交易系统来帮助解决交易过程中的信息收集、信息处理、交易决策、交易计划、交易执行等问题的系统性的交易方法。

现货仓单交易:就是将仓单在市场上进行买卖交易(广义),仓单交易就是标准化的商品交易,是商品贸易的最高形式。由于仓单交易是一种介于金融与商品贸易之间特定的交易形式,在我国受到国家严格的管理,未经国家授权批准不得擅自开展仓单交易。

现货仓单:就是一份在现在或将来的一段时间内可以到指定仓库内购入或销出仓单所规定的标准货物的凭证。现货仓单交易是以一定保证金的形式对现货仓单进行买卖。

Y

玉米期货:2004 年 9 月 22 日玉米期货品种在大连商品交易所上市,这是自 1998 年中国期货市场清理整顿以来,玉米期货的重新推出。目前玉米期货是国内现货规模最大的农产品期货品种。

Z

逐日盯市制度:亦即每日无负债制度、每日结算制度,是指在每个交易日结束之后,交易所结算部门先计算出当日各期货合约结算价格,核算出每个会员每笔交易的盈亏数额,以此调整会员的保证金账户,将盈利记入账户的贷方,将亏损记入账户的借方。若保证金账户上贷方金额低于保证金要求,交易所通知该会员在限期内缴纳追加保证金以达到初始保证金水平,否则不能参加下一个交易日的交易。逐日盯市制度一般包含计算浮动盈亏、计算实际盈亏两个方面。

指数套利:指数套利(Index Arbitrage)是指投资者同时交易股指期货合

约和相对应的一篮子股票的交易策略，以谋求从期货、现货市场同一组股票存在的价格差异中获利。套利者随时监测着现货和期货市场，看理论期货价格和实际期货价格间的差额是否足以获取套利利润。如果股指期货贵就卖出股指期货并买入股票，当期货实际价格大于理论价格时，卖出股指期货，买入指数中的成分股组合，以此可获得无风险套利收益；当期货实际价格低于理论价格时，买入股指期货，卖出指数中的成分股组合，以此获得无风险套利收益。指数套利在运作上应首先计算股指期货的理论价格，其次计算套利的成本、套利区间与利润，最后制定具体策略。

债券期货：债券期货是利率期货（Interest Rate Futures）的一种，是一个标准化的买卖契约，买卖双方承诺以约定的价格，于未来特定日期买卖一定数量的某种利率相关商品。这个"利率相关商品"通常是一个中长期的债券。

正向市场：也叫正常市场，即在正常情况下，期货价格高于现货价格（或者近期月份合约价格低于远期月份合约价格），基差为负值。

追加保证金：是指清算所规定的，在会员保证金账户金额短少时，为使保证金金额维持在初始保证金水平，而要求会员增加交纳的保证金。

第九节　1800～2003 年的黄金价格

Date	High	Low	Close
12/31/1800	19.3939	19.3939	19.3939
12/31/1801	19.3939	19.3939	19.3939
12/31/1802	19.3939	19.3939	19.3939
12/31/1803	19.3939	19.3939	19.3939
12/31/1804	19.3939	19.3939	19.3939
12/31/1805	19.3939	19.3939	19.3939
12/31/1806	19.3939	19.3939	19.3939
12/31/1807	19.3939	19.3939	19.3939
12/31/1808	19.3939	19.3939	19.3939
12/31/1809	19.3939	19.3939	19.3939

Date	High	Low	Close
12/31/1810	19. 3939	19. 3939	19. 3939
12/31/1811	19. 3939	19. 3939	19. 3939
12/31/1812	19. 3939	19. 3939	19. 3939
12/31/1813	19. 3939	19. 3939	19. 3939
12/31/1814	21. 79	19. 3939	21. 79
12/31/1815	23. 07	19. 78	22. 16
12/31/1816	22. 16	19. 74	19. 84
12/31/1817	19. 89	19. 3939	19. 3939
12/31/1818	19. 3939	19. 3939	19. 3939
12/31/1819	19. 3939	19. 3939	19. 3939
12/31/1820	19. 3939	19. 3939	19. 3939
12/31/1821	19. 3939	19. 3939	19. 3939
12/31/1822	19. 3939	19. 3939	19. 3939
12/31/1823	19. 3939	19. 3939	19. 3939
12/31/1824	19. 3939	19. 3939	19. 3939
12/31/1825	19. 3939	19. 3939	19. 3939
12/31/1826	19. 3939	19. 3939	19. 3939
12/31/1827	19. 3939	19. 3939	19. 3939
12/31/1828	19. 3939	19. 3939	19. 3939
12/31/1829	19. 3939	19. 3939	19. 3939
12/31/1830	19. 3939	19. 3939	19. 3939
12/31/1831	19. 3939	19. 3939	19. 3939
12/31/1832	19. 3939	19. 3939	19. 3939
12/31/1833	19. 3939	19. 3939	19. 3939
12/31/1834	20. 69	19. 3939	20. 69
12/31/1835	20. 69	20. 69	20. 69
12/31/1836	20. 69	20. 69	20. 69
12/31/1837	22. 7	20. 67	21. 6
12/31/1838	21. 52	20. 69	20. 73
12/31/1839	20. 73	20. 73	20. 73
12/31/1840	20. 73	20. 73	20. 73
12/31/1841	20. 73	20. 6718	20. 6718

Date	High	Low	Close
12/31/1842	20. 73	20. 6718	20. 69
12/31/1843	20. 71	20. 67	20. 6718
12/31/1844	20. 6718	20. 6718	20. 6718
12/31/1845	20. 6718	20. 6718	20. 6718
12/31/1846	20. 6718	20. 6718	20. 6718
12/31/1847	20. 6718	20. 6718	20. 6718
12/31/1848	20. 6718	20. 6718	20. 6718
12/31/1849	20. 6718	20. 6718	20. 6718
12/31/1850	20. 6718	20. 6718	20. 6718
12/31/1851	20. 6718	20. 6718	20. 6718
12/31/1852	20. 6718	20. 6718	20. 6718
12/31/1853	20. 6718	20. 6718	20. 6718
12/31/1854	20. 6718	20. 6718	20. 6718
12/31/1855	20. 6718	20. 6718	20. 6718
12/31/1856	20. 6718	20. 6718	20. 6718
12/31/1857	20. 81	20. 6718	20. 71
12/31/1858	20. 6718	20. 6718	20. 6718
12/31/1859	20. 6718	20. 6718	20. 6718
12/31/1860	20. 6718	20. 6718	20. 6718
12/31/1861	20. 6718	20. 6718	20. 6718
12/31/1862	27. 542	20. 774	27. 542
12/31/1863	35. 448	25. 244	31. 394
12/31/1864	57. 052	31. 313	46. 356
12/31/1865	48. 014	26. 585	29. 896
12/31/1866	32. 191	25. 838	27. 49
12/31/1867	30. 1	27. 284	27. 593
12/31/1868	30. 695	27. 309	27. 827
12/31/1869	29. 298	24. 701	24. 728
12/31/1870	25. 217	22. 737	22. 893
12/31/1871	23. 718	22. 402	22. 531
12/31/1872	23. 849	22. 426	23. 149
12/31/1873	24. 493	21. 936	22. 789

Date	High	Low	Close
12/31/1874	23.537	22.531	23.123
12/31/1875	24.235	23.098	23.332
12/31/1876	23.693	22.116	22.116
12/31/1877	22.142	21.187	21.239
12/31/1878	21.239	20.67	20.67
12/31/1879	20.67	20.67	20.67
12/31/1880	20.67	20.67	20.67
12/31/1881	20.67	20.67	20.67
12/31/1882	20.67	20.67	20.67
12/31/1883	20.67	20.67	20.67
12/31/1884	20.67	20.67	20.67
12/31/1885	20.67	20.67	20.67
12/31/1886	20.67	20.67	20.67
12/31/1887	20.67	20.67	20.67
12/31/1888	20.67	20.67	20.67
12/31/1889	20.67	20.67	20.67
12/31/1890	20.67	20.67	20.67
12/31/1891	20.67	20.67	20.67
12/31/1892	20.67	20.67	20.67
12/31/1893	20.67	20.67	20.67
12/31/1894	20.67	20.67	20.67
12/31/1895	20.67	20.67	20.67
12/31/1896	20.67	20.67	20.67
12/31/1897	20.67	20.67	20.67
12/31/1898	20.67	20.67	20.67
12/31/1899	20.67	20.67	20.67
12/31/1900	20.67	20.67	20.67
12/31/1901	20.67	20.67	20.67
12/31/1902	20.67	20.67	20.67
12/31/1903	20.67	20.67	20.67
12/31/1904	20.67	20.67	20.67
12/31/1905	20.67	20.67	20.67